U0909595

湖南文艺出版社
HUNAN LITERATURE AND ART PUBLISHING HOUSE

在立体城市中，
地球人都一样，
女人荡着爱情的秋千，
而男人始终不过是一个看客……

目录

Contents

目录

7：30AM

她：有阳光的早晨，让人欢喜。新的一天开始了……

Chapter 1

同是天涯沦落人

有的人，懂得用爱情、青春换来等价甚至超值的补偿。
但可以被标上价格的东西，是完全不能和爱情相提并论的，
更无法和青春交换。

1

6月的一个傍晚，一位美女突然低头掩面从豪华餐厅奔出，抽泣着直接冲进门口的出租车里。

请问，你认为发生了什么事情?

A：美女吃了霸王餐没钱付账，被人胖揍了一顿；

B：美女失恋了，刚和恋人吃了分手餐，此刻伤心欲绝。

安逸很希望自己的遭遇是选项A，但事实却是选项B。

而且，情况比失恋更严重——她竟被拒婚了。

就在五分钟前，谈笑——那个原本打算明天和她领证，周末举办婚礼的男人，突然说他们必须分开，没有任何理由，也没有任何回转的余地。

出租车内，谈笑那绝情的话语还在安逸耳边萦绕，挥之不去，安逸越想越委屈，可矜持的性格又不允许她号啕大哭，她只能紧咬着嘴唇低声抽泣。

奇怪了，怎么司机不问自己去哪里呢？安逸抽泣了半天，感觉情况不妙。

更奇怪的是，这个司机竟然趴在方向盘上，身体颤抖着，好像也很痛苦。

“师傅，去立体城。”安逸决定主动，她悲悲戚戚地小声说。

“哎！你有没有搞错？”程诺从方向盘上抬起头，没好气地质问，“难道我的车很像出租车吗？难道我长得很像出租车司机吗？”

程诺一向温文尔雅，绝少发脾气，可现在情况有点儿特殊——半小时前，就在这家餐厅内，他的妻子彭越正式向他提出了离婚要求。

雪上加霜的是，今天恰恰是他们的结婚纪念日。

真是最大的讽刺。

结婚三年来，程诺精心维护着这个家，却没想到还是无法让他的妻子满意。现在他不愿意再多想谁对谁错，只能感叹生活不尽如人意。

只是虽然他自认倒霉，却怎么也想不到有人会把自己的车当成出租车——程诺下意识地狠狠抱怨了一通，心中顿时轻松不少。

过了好半天，程诺突然意识到身后一直都没反应，不禁回头。

竟是位年轻貌美的女子，而且，红着眼睛，显然刚刚哭过。

程诺不禁动了恻隐之心，语气也柔和不少："小姐，你没事吧？"

安逸不说话，只是不停流泪。

"你到底怎么了？"程诺慌了，联想起自己的遭遇，不禁脱口而出，"失恋了？"

安逸吓了一跳，这都能被看出来？她偷偷打量了程诺一眼，情不自禁地点了点头。

同是天涯失恋人，程诺心中突然冲出一股豪气："失恋没什么大不了，只要你没做错就好。"

这句话对安逸而言犹如久旱逢甘露，她又情不自禁地点了点头。

许是哭泣的女孩点头时很美，总之程诺看得激情万丈，说了句："我也失恋了，一醉解千愁，我们喝酒去吧。"

说完，不等安逸反应，摘手刹，挂挡，踩油门，汽车呼啸而去。

安逸怎么也没想到自己会突然失恋，更没想到自己会在失恋后和一个陌生人去喝酒，其实她从程诺的话中也听出了些内容，知道那句同是天涯失恋人的

内涵。

今夜，她决定放纵。

十分钟后，程诺的车子停在热闹非凡的美食一条街。

安逸看向窗外的歌舞升平，与自己的落寞形成了鲜明对比，忍不住抗议："为什么来这里？找个安静的酒吧不行吗？"

"不行，酒吧是给那些玩情调的人准备的。"程诺恨恨地说，"解决失恋的痛楚只能来这种烟火气十足的地方，吃饱了，喝足了，痛苦才能少一些。"

程诺的态度鼓舞了安逸，她不再反驳，听之任之。

达成共识后，安逸和程诺走进了美食街上客流最大的一家饭店。

两人简单商讨后，决定先喝红酒，再喝啤酒，最后喝白酒。总之，今晚和酒有仇，不醉不休。

店家投其所好，号称刚进了一批高品质葡萄酒，绝对可以让他们大饱口福。

很快，两瓶包装精致的葡萄酒放在了他们面前。

安逸一看，发出冷笑，还以为是什么好酒呢，不就是拿破仑黑皮诺？

瓶塞开启，橡木的芳香伴随着浓郁的果香立即泛开来，连绵不断，越来越清晰。

"这什么酒？这么香！"程诺感慨，又情不自禁想起妻子彭越。

彭越一直都喜欢PRADA的Infusion D'iris香水，那香氛就如同一个梦境：一场意大利的旅行，一种浪漫透顶的氛围，一种清爽亚麻床单的干净味道，也像赤裸在阳光下的肌肤。那种干净清透的味道很让人惊叹，一如彭越的干净。

可她怎么会说变就变呢？

程诺拼命收起思绪，此刻他只想喝酒，不要感伤。

"Cuvee Napoleon ler，1992年的拿破仑黑皮诺。"安逸对着酒瓶，幽幽地说。

程诺怔怔地看着安逸，眼睛里流露出敬意。

安逸被看得有些不好意思，其实她并不太懂红酒，仅有的一些知识都是从她开酒行的未婚夫谈笑那里学到的。谈笑专做法国葡萄酒，安逸跟着谈笑参加过很多次酒会，就算是道听途说，也学到了不少葡萄酒知识。

为掩饰内心的慌乱，安逸首先举起杯中酒，用力喝了一口，味道有点儿怪，大概是没有醒酒的缘故吧。

“法国就出了这么一个拿破仑，什么地方都用。”程诺不屑地撇了撇嘴。

“不能这样说，真正用在葡萄酒上的，只有杜福尔酒园。”安逸不想回答，但架不住自己真的知道。

“为什么只有这个酒庄能用拿破仑的画像？”

“当年拿破仑还是一位年轻的炮兵军官时，一位卖酒的年轻姑娘在博纳小镇里和他邂逅，两人热恋。拿破仑临走时答应，过几年退役后就来博纳跟姑娘完婚。姑娘当了真，等了一年又一年，却等来了她的情人当上法兰西皇帝的消息。后来这个姑娘写了一封信给拿破仑，询问是否可以用他的名字生产一款酒。拿破仑收到信后，专门让人画了自己在橡木桶边喝酒的肖像，把它作为回信送给了当年的情人，特许她的酒庄使用自己的肖像作为酒标。”安逸恰好知道这个典故，娓娓道来。

“这个姑娘很聪明，懂得用爱情、青春换来等价甚至超值的补偿。”程诺说到这里，又情不自禁想到彭越，女人有的时候真的很心狠，爱情在她们眼中只是工具。

“这个你说错了，这酒的价格并不算贵，这瓶是1992年的，才1000元。更近一些年份的酒，比如，2005年酿制的不过是200多元，在黑皮诺葡萄酿的酒里算很低廉的。而且，可以被标上价格的东西，是完全不能和爱情相提并论的，更无法和青春交换。”

“是吗！”程诺讪笑，掩饰自己的尴尬，他举起扎啤杯，和安逸撞了下杯，然后低头喝下一大口红葡萄酒，紧接着皱起了眉头，“这酒的味道怎么这么怪？”

“确实很难喝，也许是心情不好的原因吧。”安逸叹了口气，“其实，这酒以前挺好喝的。”

安逸还记得第一次喝这款酒时的想法：那个姑娘用眼泪和思念浇灌了那片葡萄园，又在每年收获的季节，孤单一人将那些葡萄碾碎，带着所有的热情和期盼，将葡萄汁装入橡木桶，最终将所有甜蜜的思念灌入这个印有情人画像的酒瓶，仿佛又一次将自己全心奉上。拿破仑没有办法与她相伴终老，她却用另一个方式与他地老天荒了。

而此刻，安逸没有了这种想法，不珍惜自己的人不值得去爱，她不愿再想自己的事情，于是问程诺：“你怎么也失恋了？”

原本不想说，可是喝了酒，不说出来实在憋得难受，程诺无奈地笑：“我老婆嫌我没出息，不求上进。可你说，上班就够累的了，还非得钩心斗角地去争个职位高低干吗？”

“就是，就是。”安逸不停点头，感慨幸好自己工作很简单也很舒心，她是一名电脑工程师，不需要和太多人打交道，只要把一屋子的电脑设备照顾好即可。

“再说了，就算我当上了策划总监又能怎样？她就能美死啊？结婚前，她觉得我的3D动画牛死了，结了婚就变成只是小孩儿玩意儿了。”

“这是借口。”安逸本能地回答。

“没错，就是借口，当年把你看做参天大树，现在连杂草都不是。”程诺嚼着鸭脖子，骨头都没吐一块出来：“有多少人能站在金字塔尖的？踏踏实实做基石没什么不好，香樟树也是好材料，非得当什么黄花梨，结果还不是被砍到快灭绝了。中庸可是老祖宗的精髓，争来争去还有朋友吗？”

就是不争，也没什么朋友，安逸悲哀地想着。说起朋友，从小到大她的朋友都非常少，大学时遇到一个叫贝宁的女孩，一个敢爱敢恨的女孩，她俩很快成为最亲密的朋友，只可惜她一毕业就去了航空公司，很久没联系了。

“真是不明白怎么就那么多人想当上司，管人最累了！”程诺错把水煮鱼的油喝了一口，竟然还没事儿地接着说，“我本来就是一学3D动画的，多有前途的一份职业啊，她非逼着我做什么策划。OK，为了她我放弃了自己的爱好，这些年也挺努力的，好不容易当个副总监，她还嫌副的不好。要不换我支持她打拼事业得了，我绝对支持，毫无怨言。”

安逸细心地把鱼刺拨出来，却没有了吃的欲望。

程诺这点儿小事算不得什么大痛苦，甚至有点儿婆婆妈妈。但是他说得也对，要是都当黄花梨了，也就不值钱了。凡事都是物以稀为贵，都跟好斗的公鸡似的，顾家的男人就成了好男人的典范。

“还是说说你吧，你这么漂亮怎么也会被甩？”程诺为安逸感到不平，“像你这种倾倒众生的长相，感情经验绝对是丰富多彩，怎么可能被甩？”

安逸虽然不愿再想，可在酒精的催动下，还是决定和盘托出：“我只有一个谈了七年的男朋友，明天就要去领证了，结果他今天突然说要和我分手，而且没有任何解释。”

说到伤心处，安逸撇了撇嘴，眼泪哗地就下来了。

程诺一看这阵势，扼腕痛惜啊，美女连哭都好看，为什么还会被甩？七年啊，而且是唯一，这样绝版的美女哪里去找？同情心立即泛滥：“他是不是得了绝症？不愿拖累你？”

“真的吗？”安逸的眼睛里又充满了神采，但瞬间又暗淡了，“不会的，他说，他需要的是一个让他充满激情的女人。”

程诺倒吸一口凉气，仔细端详了一下安逸，这样标致的美女放家里久了，估计也只能像瓷娃娃一样供着。唉，人就是这样，总能找出已经得到的东西的缺点，而得不到的东西永远像鲜花。

“这么没担当的男人就是人渣，没必要为他难过。”程诺举起了仅剩的葡萄酒，“干了吧。”说完咕嘟咕嘟地灌了下去，很快就见了底。只是这最后一口，不知道是什么沉淀物刮着嗓子了，他忍不住皱眉：“这酒就是怪，还有东西拉嗓子？”

安逸却又伤心到了极点，再也没心情喝酒，轻轻挥了挥手：“好了，该回去了。”

是啊，原本是想借酒痛哭一场的，却发现将心里的不满都说出来后，就没有了哭的理由。

“走吧，我也住立体城，咱们一起回去。”程诺站了起来，“你还行吗？我扶你。”

“没事，我还行。”安逸紧了紧衣服，从现在开始，她不愿意让自己再脆弱。

因为两个人都喝了酒，所以只能坐出租车回去。程诺坐在前面，安逸坐在后面，过往的一切亦如窗外的夜幕，漆黑一片。

出租车在市区高速上飞驰，安逸摇下车窗，夏日里的晚风，一下子就将她脸上的泪滴吹散、泪痕吹干，只是要当它们不曾存在过却是不能。

很快就看见了立体城那独特造型的摩天住宅群，高耸云霄，星光之下灯火通明，高速公路在立体城外环绕，犹如巨大的外星飞行器。

一年前，举世闻名的立体城如期开盘，震惊了整个北京，这个号称融合了未来二十年生活所有高科技的超大社区虽然远离市区，但完善的生活设施和便捷的交通还是让很多人趋之若鹜，最关键的是不到一万一平米的房价让所有年轻人购房的梦想变成了现实。安逸就是其中一位幸运儿，她几乎没有任何考虑，用存款支付了立体城一幢小户型的首付，开始了自己的有房生活。

车在立体城大门口停稳后，安逸立即掏出一张百元钞票递给司机，然后赶紧推开车门，逃似的离开。

刚才的饭已经是程诺请的了，她不能再欠人情。

甚至连告别都没说，他们本来就是陌生人，一顿饭改变不了什么。安逸想，最好永远都不要再见，免得彼此尴尬。

唉！如果已经付出的感情，也可以这般潇洒地说一声“永远不再见”，那该多好。

刚走了没两步，安逸突然发现前方人影幢幢。

已经快11点了，怎么广场上还有这么多人？今天没演唱会啊——因为立体城的居民超过十万人，宛如一座独立的城市，所以每个月在广场上都有各种露天音乐会或演唱会。

突然，人群中传来一声凄厉的哭喊：“你不回到我身边，我就死给你看。”

这话就像刀子一般插入安逸的身体，疼痛到惊醒。

有人和自己一样被男朋友甩了吗？

可就算被甩了又如何呢？哭一场、醉一回就好了。何必这般寻死觅活被他人围观，当笑话看？

安逸拨开人群，冲进亮光中，看到一个站在蹦极台上，没绑安全索的女孩，正要往下跳。

来不及多想，安逸大喊：“你真的跳下去也没用的，只能说明你的软弱。也只会说明一点，除了他之外，你一无所有。

女孩没任何反应，依然做跳跃状。

“但是，你真的一无所有吗？你这样，不过是为了给他一个惩罚，毫不高尚，也不是为情自杀，是你不能忍受被抛弃而已。”

还是没反应，安逸咽了口唾液，决定豁出去了。

“你别以为我站着说话腰不疼，我也在今天被男朋友甩了，而且原本明天我们就要去领结婚证了。但我只会在今晚痛哭，过后，再无留恋，因为我还拥有很多，我还舍不得死，我要过得更好，只为我自己。”

万丈豪情地说完这些，四周安静到诡异。

“OK！”接着响起一阵掌声，一个戴着花头巾的男人突然走了过来，握住安逸的手：“你这段太精彩了，比我们原先设置的桥段要好很多，而且真实、感人。天哪，还是大美女哦，你不当演员太可惜了，我们下一个剧给你安排个角色吧。哎，别走啊……"

原来是在拍电视剧！安逸恨不得立即跳进旁边的喷泉池中去。

早该想到立体城这般时尚的建筑是大多数影视剧的拍摄地，而且周围的拍摄器材那么明显，怎么自己就没发现呢？

看来今天真是伤心得把脑子都烧坏了。

安逸无视导演的喋喋不休，慌忙夺路而逃。

随着剧组的收工，围观拍摄的人群也逐渐散去。

立体城明朗医院的外科大夫苏浅正缓缓推着手中的轮椅，边走边对轮椅上的病人岳翎叮嘱："已经很晚了，我们得回去了。"

其实，如果不是岳翎强烈请求要来看看最喜欢的明星拍戏，苏浅是绝对不会来这种地方的。

不过，今天还算有收获——感觉这戏拍得还不错，至少那个突然冲出来的女孩说的台词挺打动人心。

"苏大夫，我好想和刚才那个姐姐照张相啊，她长得好漂亮的。"轮椅上的岳翎指着不远处的安逸说。

苏浅摇头："不行，明天起，你就要接受化疗，早些回去休息吧，否则以后我绝对不会同意你来这种场合了。"

岳翎有些黯然："也许，我也没有多少个以后了。"

苏浅听了有些难过，岳翎说得不错，骨癌晚期，每天都要与疼痛抗争，还能有多少个明天，真的很难说。苏浅心一软，推着她向安逸走去。

许是跑得太急，安逸心中突然涌出一阵翻江倒海的恶心，她用尽全力才算控制住不吐，等身体稍微好受些正想离开时，却被一辆轮椅挡住了去路。

苏浅将口罩扒下，露出帅气的面容："你好，我的病人想和你合影，可以吗？"

安逸本能想拒绝，可话还没出口，一股浓郁的消毒水味儿传了过来，进一步刺激着安逸本已羸弱不堪的胃，接着"哇"的一声，安逸立即翻江倒海地吐了起来。

“姐姐，你怎么了？”岳翎惊讶万分。

“我没事。”安逸拼命摇摇手，却又“哇”的一声，继续呕吐。

“她喝多了，咱们走吧。”苏浅连连后退，他一直很讨厌酒，更讨厌醉酒的女人。只是没等他转身，面前的女孩已经一头栽倒在地。

职业习惯迫使苏浅不得不皱眉上前，只见安逸双目紧闭，面无血色。

苏浅隐约感觉这不是醉酒那么简单，他又观察了一会儿，然后喃喃自语：食物中毒？

立体城明朗医院门口，苏浅吃力地将安逸搀扶了进来——不是安逸太重，而是他有洁癖，害怕沾上安逸身上的污秽。可饶是他再小心，也难免沾上了不少。

值班护士见状，赶紧上前协助。

“估计是食物中毒，赶紧洗胃。”苏浅腾出一只手，艰难地掏出一张纸巾，用力擦拭。

“怎么又有一个食物中毒的！”护士一边搀扶安逸一边讨好地向苏浅搭讪，“苏大夫，刚才也有一个人食物中毒了，正在洗胃呢。”

苏浅没搭理，心中只想着身上的衣服再也不能要了。

很快来到内科，苏浅远远就看到一个男人躺在病床上，从洗胃室里被推了出来。

苏浅觉得此人有点儿眼熟，“程诺？”等病床经过他身边时，他仔细打量，确定这个昏迷不醒的人正是自己的大学同学程诺。

忽闪着长长的睫毛，安逸醒了过来，好半天才意识到自己是在立体城的医院里。

护士走了过来，热情询问：“安小姐，你醒啦，现在感觉如何？”

立体城里每个人都在医院备有档案，医院对立体城里的每个人的健康情况都了如指掌。

安逸结结巴巴地问：“我到底怎么了？”

“食物中毒，喝的酒严重变质了。”

人要倒霉，喝的酒都能变质，安逸心生悲意，如果真的昏睡不醒，或许也是一个不错的结果？

突然想起那个和自己一起喝酒的人，他不会也中毒了吧？

一转头，安逸就看到了躺在旁边病床上还在昏睡的程诺。

“他没事吧？”安逸关切地询问。

“程先生没事的，不过他的情况比你要严重。”护士热情回应。

安逸有点儿不适应——从小到大，习惯了护士的冷冰冰，可立体城医院的护士一个个热情如火，态度好得一塌糊涂。

安逸扶着昏沉沉的头坐了起来：“那我可以走了吗？”

“可以的，您交完费就可以离开了。”

“嗯，我连他的一起交。”安逸指着身边的程诺，然后摇摇晃晃地去了收款台，刷了卡，灰溜溜地离开了。

做完交接班，苏浅回到观察室，看到程诺恰巧醒了过来，而旁边那张床上的女人已经不见了。

“苏浅！你怎么在这里？”程诺一看到苏浅，吃了一惊，上次见面还是三年前自己的婚礼上，“你不是已经出国了吗？”

“我才不想出国，没人能强迫我的。”苏浅的语气有点儿冷，他检查了一下程诺的病情，继而说：“没事了，你怎么会喝那么多严重变质的酒？”

“说来话长，人倒霉啊，喝凉水都得塞牙缝。”程诺挣扎着起来，“我得先走了，今天还有好多工作必须处理，回头我约你，咱兄弟好好唠唠。”

5

失落地回到家中，安逸立即将浴缸中放上玫瑰泡泡浴，抬眼看向镜子，吓了一跳，这种妆容可以直接参加万圣节的派对。

唉！如果昨天只是一场派对多好。

洗漱完毕，也才8点而已，今天还有很多事情可以做，实在不行，就把下个月要做的事都拿出来提前完成。

安逸走出家门，走进电梯，电梯急速向下，甚至有了些轻微失重感。她捂住胸口，指尖在电梯面板上胡乱地划过，电梯跟着上蹿下跳，左右横移了几次，她才将公司的地址设置为终点站。

这种点对点的电梯可以准确无误地将她送到立体城里她想去的任何地方。可是，无法将她送到那个爱了七年、终于决定托付终身的男人的心里。

还有人会比她更倒霉吗？26岁就开始体验苍老。

贝宁曾经说过自己是霉女，看来一点儿也不假，且是霉到了一定程度的。

安逸叹了口气，虽然昨晚她可以说出那种豪言壮语，可是在孤单的早晨，她依旧哭得撕心裂肺，也没能如自己所愿，做到再无留恋。

电梯门打开，踏上柔软的地毯，心底却硬生生地疼了。一想起原本应该一早就去登记的人出现在公司里，一定会成为话题的中心，安逸就失去了前进的动力。

仿佛从她的生命中消失不见的不仅仅是谈笑，而是突然间失去了一切，整个世界全都颠覆了。

还是先去处理别的问题，中午再回来会比较好。安逸转身重新按了电梯的按键，这次她选择通过“天街”的线路，前往位于99层平台之上的“空中教堂”。

那里原本是三日后举行婚礼预定的场地，而在周三早晨，带着这样的心情前往，真是莫大的讽刺。

从立体城A区办公区到B区的生活娱乐区，这条空中走廊是利用率最高的，因为它沿途的景观最美。

只是今日，安逸置身其中，感到的是一种虚无和视而不见。而这种悬空的感觉，让她甚至在想，如果走廊此刻突然塌陷，也许就可以一了百了、万事大吉。

控制面板上显示，有人按了催促的蓝灯，安逸才惊觉她选择的运行速度太慢了，立即将速度调快。

远远地就看到终点玻璃门外一张阴沉不耐的脸，安逸不由得皱眉，要是赶时间，为什么不去搭乘点对点的电梯，非要在这里给别人摆脸色？就算再英俊的男人，这副德行也算不得赏心悦目，本来就很差的心情变得更糟。

低着头走出电梯门，与那个身影擦肩而过，即便是没有看向那张脸，依旧能感受到冷冽的目光不屑地掠过自己的头顶。

人要是倒霉，任谁看都不顺眼，安逸嘟着嘴，走向教堂广场外的绿地。

身处近300米的高空，天空变得很近，白色的教堂在阳光下仿佛有一层金色的镶边，给人一种不真实感。有一个念头随之一晃而过，谈笑是不是在和自己开玩笑，说不定三天后他依旧会来迎娶自己呢？

随即，她又清醒过来，这是不可能的……

走进教堂的大门，安逸直接走向祷告室，虽然她不是天主教徒，在陌生人面前又说不出什么来，可是今天，她很有倾诉的欲望，如同昨天与那个陌生男人同醉一般。而且她也很想得到，哪怕只是一句话的安慰。

然而，义工很快就走了过来：“牧师今天不在，去下面主持葬礼了。”

生老病死，悲喜交织，这就是生活，即使是在高科技的立体城里，也无法逃避，只能承受。安逸叹了口气，和义工支支吾吾地说：“那帮我和牧师说下，周六预定的婚礼取消了。”

义工的眼眸中立即涌起同情：“孩子，这没有什么好难过的，至少你又有了机会去选择更好的人。”

“谢谢。”安逸仓皇地转过身，脚步凌乱地走了出去。

这也算是一句安慰吧，可是为什么听起来那么刺耳？难道一定要在此刻去想至少又有了机会，来聊以自慰吗？为什么不能是至少还有你陪在我身边呢？

一株名为痛苦的藤蔓恶劣地缠上她沉重的心，缚得她几近窒息，毫无挣扎之力。

苏浅终于走进了一号梯，突然想到刚才那个女人有些面熟，但是此刻她已经走远了。

算了，自己有多少病人在顽强地与病魔抗争，与时间赛跑，而她却一大清早就这般失魂落魄，简直是浪费青春。

将速度调整到最快，苏浅看向不远处的风景，绿色的草地、蜿蜒的蓝色河水，美景在眼前闪过。每天面对的都是病人痛苦的神情，短暂地欣赏一下自然界的美景还是可以调节一下心情的，所以他喜欢最外端的一号电梯。

他很快就抵达A区，在自助水吧里冲了一杯奶茶，然后乘坐电梯到达147层，走向报告厅。

今天，他要参加在这里举行的国际基因工程研讨会。虽然说人自从降生之日起，就进入了倒计时，早晚都要面对死亡，坦然一些，也就没有什么了，但一想起自己的那些病人，苏浅又觉得命运似乎很不公平，尤其是那些可爱的像小天使一般的孩子……

脚步变得沉重了些，苏浅提前半个小时走进了会场，却险些被迎面冲出来的人撞倒，手中的奶茶也飞了出去。

那人只是道歉了两声，就转身继续对手机嚷着："美女！你在哪里？会议还有30分钟就开始了，你赶紧过来吧，我都要抓狂了。"

苏浅有些不屑，他喜欢把所有事情安排得井井有条，最讨厌这样临时突击，貌似很忙的样子。他低头走过去，将已经空了的纸杯捡了起来，里面的奶茶洒了一地，却被性能良好的地砖迅速渗透到下面铺设的排污管道中，一点儿痕迹都不曾留下。

这也是立体城智能的一面，不必去请众多清洁人员维护整洁，也不必用本就稀缺的清水来冲洗。

苏浅将纸杯扔进纸质回收桶中，找到这层的自助水吧，输入自己的密码，重新冲了杯清香的茉莉花茶，让自己的心情平复下来。

8：00AM

他：怀念在公交上看书的时光，充实而有期待。

Chapter 2

八全九美的邂逅

人就是经历了这些背叛才变得强大，每次被背叛后，有的人，

在角落里舔舐着伤口，将它们隐藏。

心变得伤痕累累，就有了坚硬的痂，每一次跳动，都有负累感。

为了减负，变得收放自如，不轻易表露自己的心意与真情。

1

会议开了整整一上午，中午休息时，苏浅来到会场一侧的设备室，上午开会时的全息影像技术效果非常好，他知道这种全新技术是本次大会的承办方巨星公关提供的，很是好奇，想过去一探究竟。

刚进设备室，苏浅就看到正在埋头检查全息投影设备的程诺。他立即上前，轻轻拍了拍程诺的肩膀："程诺，原来你现在在巨星公关，那个全息投影是你的手笔？"

"是啊，我学的就是这个，你忘了？"程诺转头，看到是苏浅，愉快地说着。

设备室另一端，负责会议网络技术支持的安逸感觉现场无须她坐镇指挥，决定下午去钓鱼放松下心情。主意拿定后，她对助理杨阳说："下午我有事先走了，我手机没电了，你有事就定位我。"

"没问题。"杨阳满口应允，笑嘻嘻地看着安逸，"快走吧，可别耽误了登记，对了，千万别忘记给我们喜糖吃哦。"

安逸的脸一下红了："我不是去登记，取消了。"

"为什么？"杨阳一惊一咋，满脸的难以置信，拉着安逸不让她走，"到底发生什么了？是不是谈笑后悔了？他疯了吗？"

杨阳虽然是助理，但比安逸大一岁，火暴脾气，是个行侠仗义的女侠级人物，不知道为什么，她一直看谈笑都不顺眼，所以一下子感觉问题出在谈笑身上。

安逸连忙摇头，什么也没说，飞似的跑开了。

听到谈笑这个名字，程诺和苏浅都看了过来，双双目露惊愕。

谈笑是他们的大学同学。程诺突然想起本周六还准备应邀参加谈笑的婚礼，突然间，他什么都明白了。

程诺很快检查好设备，对苏浅说："下午，你还要参加会议吗？"

"下午的课题不一样，我不用参加。"

"我也不想回公司，我们去钓鱼如何？正好可以尽兴聊聊。"走出了会议室，程诺长叹了一声。

一向乐观幽默的程诺竟然会叹气，苏浅瞥了他一眼，关心地询问："昨晚到底发生了什么事？"

"彭越说要和我离婚。"程诺耸了耸肩，一副不在乎的口气："我尊重彭越的决定，虽然也挺难过的，但是日子总要过，明天更美好。但你说万一我以后娶个更漂亮、更好的女人回家，她彭越会不会气死。"

"就算生气，关你何事？"苏浅白了他一眼，此时此刻，显然不是说气话的时候。

"对了，你知道吗？昨天和我一起洗胃的女孩，就是谈笑的女朋友，不，前女友，谈笑这臭小子昨天把她给甩了，本来这周六他们就要结婚的，你应该也收到谈笑的婚礼邀请了吧？"程诺突然想起什么，兴冲冲地对苏浅说。

"嗯。"苏浅点点头，若有所思，"对了，你刚洗过胃，还是先去我那里喝点儿粥，再去钓鱼吧。"

"没问题，听说立体城的河里有很多野生鱼，而且今年世界淡水钓鱼大赛也要在这里举行。"程诺想让自己淡忘离婚的阴影，故意快乐无比地说，"如果把刚钓上来的鱼炖个鱼汤，或是烤着吃，味道一定鲜美。而且太久没有享受这种生活了！"

苏浅也来了兴趣："不过，鱼饵没有提前准备。"

"你总是这样一板一眼多累，随性一些吧。"

苏浅并不和程诺争执，每个人都有自己的生活方式，没必要非得论个是非对错，只要自己觉得合适、轻松就好。

程诺在立体城已经居住了整整一年，在热闹繁华的H区。

苏浅则是在半年前搬进了寂静却奢华的L区。

亦如两个人的性格，一个喜欢众乐乐，一个喜欢独自享受。

回到家中，苏浅立即走进储物间，那套宝贝一般的钓具就在最显眼的地方。除了工作，他最大的乐趣就是钓鱼和打网球，每年的年假也必是去参加世界淡水钓鱼大赛，且屡有斩获。

苏浅之所以喜欢钓鱼，是因为钓鱼能调整心态，抛出钓饵时不必去想非要钓上多重多大的鱼，而收线时就会总有惊喜。

身处繁复的都市中，不是谁都能保持这样的心态，总有诱惑、总有目的。

程诺则是走进了厨房，他喜欢做饭，简单的、复杂的都喜欢。

打开冰箱，里面没有什么可用的材料，于是他给便利店打了电话，要了些蔬菜和熟食。

刚挂了电话，门铃就响了。

"这么快？"程诺惊愕，看苏浅还在储物间里，就走过去开门，没想到门口站的是特灵公关的剽悍女老总——虞嘉。

巨星公关和特灵公关是最大的竞争对手，可是水火不容，短兵相接，这虞嘉，程诺自然认识。

但是虞嘉并不认识程诺，只是觉得有些面熟，她更惊讶于苏浅的房间里竟然会出现别人。

“你是谁？”

“苏浅的朋友。”

听到门口有说话声，苏浅从储物间里探出头，看到了虞嘉，不禁皱眉。

虞嘉一看到苏浅，立即笑颜如花，越过程诺，走到他的面前：“我以为你下了夜班在睡觉，手机也没开，怕你中午没得吃，特意给你煲了猪肝粥。”

“哦。”苏浅应着，拿出手机，刚才因为参加会议，关了机还未开启。

虞嘉把粥桶递了过来：“你吃这个吧。”

“谢谢，不过我朋友的厨艺很好，我们一会儿做了吃。”苏浅拒绝了。

虞嘉对自己的期待，他明了，只是两个人的性格差距实在是太大了。除了医术，他可以说是无欲无求，而虞嘉不同，目的性太强，且一旦要做，就一定要赢。

“可是我不吃猪肝，这粥是特意给你熬的，要不，你留着晚上吃吧。”

这时，便利店的人送了菜过来，程诺走进了厨房，将客厅留给那两个人。

程诺一边择菜，一边想，这个剽悍的虞嘉竟然还有如此温柔的一面，要是巨星的老总谢羽麟看到，会不会以为到了火星？

客厅里，苏浅勉强留下了粥桶，虞嘉转身离开，走得不疾不徐，多希望身后能传来一声呼唤，或是一声挽留，最好是一声共进午餐的邀约，即使有电灯泡存在，她也不在乎，却亦如以前的种种失望一样，什么都没有。

一回到特灵公关，虞嘉就表情肃杀。

前台小妹战战兢兢：“虞总，高总监说他下午要去KAKZ客户那里竞标，先过去了。”

“你给他打个电话，告诉他，连个单身派对的标都能丢，如果这次还没有拿下来，他就不必回来上班了。”虞嘉冷哼了一声，回到了自己的办公室。

站在窗前，她皱紧了眉，最近诸事不顺，被对手巨星公关连切了两个案子，看来应该有些举措才是。

她很快拨通了猎头号码：“务必给我约到巨星公关的策划总监杜力，不要说是我，但是要摸清他会开出什么条件。”

吃过午餐，程诺说想开车过去，苏浅却摇头：“在立体城里生活，你要坚持低碳的生活方式，有立体快巴可以到达，何必还要开车呢？”

“怎么听你的口气有点儿忧国忧民的意味？”程诺惊奇，“你该去参加环保大使的竞选。”

“少来，这是为了子孙后代考虑，否则医学再发达也没有用。”苏浅瞪了他一眼。

“这就是你选择立体城的原因？我还以为你只是想逃避你老爸的控制呢。不过，你这番话很有继承他衣钵的味道哦。”

“初衷确实是想逃离他的控制，不过在这里住了半年，感受颇多。虽然一样是高楼大厦，但是这里至少还有些风骨。”苏浅避而不谈程诺提到的衣钵问题，他老爹苏漠山有些理论是对的，但是他因此亏欠家人的太多了。

“唉，看来想坐一趟你那豪车还得等下回了，我们快走吧。”程诺背了钓袋走向电梯间。

来到立体快巴车站，安逸站在遮阳棚的阴影中等车，立体巴士很快来了，安逸抱紧钓袋上了车。

这个时间外出的人并不多，她选了临窗的位置坐下。虽然站在立体城中眺望，蜿蜒湛蓝的龙河仿佛近在咫尺，但真正过去，要至少15分钟的车程。

车门即将关闭的时候，苏浅与程诺跑了进来。

终于赶上了这趟快巴，程诺和苏浅走到最前面的玻璃窗前站定。

“其实来到立体城，给我最大的感受是虽然还是同一片蓝天下，却是不同的世界。就比如这个巴士，感觉很科幻，平白架空了一层，其他车子还可以自由在车下穿行。”

“其实很多事情都只是停留在想得到却没去做的阶段，立体城就是想到，也做到了。”

“也许吧。”程诺看向外面，不由得感慨，在他最落寞的时候，与苏浅重逢绝对是件幸事。

结婚三年来，他都很少和朋友聚会，因为彭越嫌那些只是酒肉朋友，没一个能帮上他事业的忙。

苏浅也是因为医科研究生毕业，忙碌的实习生涯让他们没有什么见面的机会，紧接着就是说他要去美国进修，除了偶尔的E-mail，就很少联系了。

立体快巴很快就到了龙河站，安逸站起身，走出了车厢，却突然被人拦住了去路。

她迟疑地看着对方，实在想不起来这个人是谁。

“我是昨天拍摄电视剧的导演啊，真是巧，今天我们在河边有外景，你也来吧。我给你安排个角色，你一露脸，保证很快就能红的。”

“哦。”一想到昨晚的糗事，安逸的头低得更低了，“不了，谢谢。”

“我说的是真的，你的脸型非常上镜，而且很适合都市偶像剧。”

“我，我不行。”安逸的脸红了，知道自己漂亮，但是被人夸成这样，还是挺难为情的。

“只要跟着我，一定能让你红起来的。”

“我真的不行。”安逸郑重地说。

“为什么？”

安逸越着急就越说不出什么来，反正就是不行。她甚至焦急地四处环顾，看哪里能脱身。

程诺捅了一下刚下车的苏浅：“你看！”

苏浅顺着他的手指看过去，安逸正被一个中年男人觊觎着，甚至流着口水。

“你去救美吧，我等你。”苏浅准备向站台上的座椅走过去。

程诺却拉着他走向了安逸那边：“真巧啊。”

安逸一看是程诺和苏浅，更是一阵惊慌：“……巧啊。”

导演看到两个帅哥过来，兴趣更浓：“我正邀请美女参演呢，你们也很合适啊。”

“哟，那是不错，要是你成了大明星，一定能把谈笑气得顿足捶胸，寻死觅活。不过，演艺圈有些乱啊！”

“我不想气他，也知道乱。”安逸说完，又转过脸去对导演说：“真的很抱歉，我不想，嗯，是不行。”安逸说完，索性转身离开。

导演也悻悻地走了，苏浅觉得安逸有点儿与众不同，程诺却说：“这个美女是不是少根筋？这么个大好机会都错过了。对了，她叫什么？”

“安逸。”苏浅对病历有过目不忘的本领。

“唉，要是我有这样的机会一定会抓住，飞黄腾达了以后，专门去气气以前那些小看了我的人。”

“果然名言说得在理。”苏浅向外面走去。

“什么名言？”

“想看一个人自卑什么，就看他在拼命炫耀什么。其实，阿诺，你没必要为别人活着。”

程诺低了头，双手插进裤兜里，这个道理他何尝不懂，只是做起来，真的很难。

两人很快找到了一个中意的地点，放下钓具，程诺走近河边：“河水怎么这么清澈？能钓鱼吗？”

“你还真以为‘水至清则无鱼’？”

“那倒不是，前年去西藏的时候，那里的湖水都很清澈，鱼多得似乎随手可得。但是钓鱼不同，不是说‘浑水摸鱼’吗？”

“也不尽然，国外的钓鱼比赛用地大多都是这样清澈的河水。不过，这条河曾经污染严重，用了大概十年的时间才恢复原来的面貌。”苏浅拿出钓竿，钛钢的结构又轻便又结实。

“你的眼睛都可以看到鱼的眼睛了，这怎么钓呢？你以为自己是姜太公？”程诺摇了摇头。

“近岸的不好钓，自然就要钓河中心或是更远地方的。”苏浅指着前方，“你看，那里就有人在布窝了。”

程诺看过去，似乎有一团饵料被射到超过河中心的位置，不禁疑惑：“这是怎么弄过去的？”

“应该是弹弓吧。”苏浅也拿出了弹弓，“河中心虽然有大鱼，却因河水急，并不容易钓到，所以布饵可以更远些。河对岸是向日葵田，钓鱼的人是不会去那里的，所以鱼儿们也愿意聚集在那边。”

“似乎一说起钓鱼，你的兴致就变得高涨了。”程诺走回来铺好塑料毯，躺在上面，“我更愿意在这里晒着午后的阳光看书，或是小憩。”

“这样也挺好。”

“你是不是觉得一个人特自在？我要是你就好了。”程诺不由得叹气，“不过，你也挺烦的，你老爸还是不满意你当医生吧？”

苏浅只是微微一笑，没有承认，也没否认。人总是很容易给自己找到借口和退路，来安慰自己。其实真相就在心里，明镜似的，却不肯承认。

亦如程诺和自己，程诺是因为不想在公司里混得四面楚歌，才不想当上司，而自己是以病患为借口，与世隔绝。

“你说我努努力，争取当上策划总监，彭越是不是就不走了？”

“那你去试试，不试怎么知道。”

“可是就算我试了，她还是要走，我岂不是更难过。”

“但至少你努力过了。”

“你刚才还说让我为自己活着。”

“她难道不是你的一部分吗？”

“也是。”程诺打开最新一期的《世界经济报道》，封面人物是地产大佬冯仑，因为成功建造了举世瞩目的立体城，冯仑得到了全世界的瞩目和尊敬。

程诺一边翻看，一边接着苏浅的话说：“不过一定会很累的。其实如果你不做医生而去从商，你的前途才是一片光明。你的起点至高无上，而我们需要拿出十倍或是百倍的努力才行。”

苏浅皱眉：“正因如此，才讨厌。”

“你的选择正确无比，所以我才更佩服你。”程诺看了他一眼，认真地说。

“你要是闷了，可以去走走。”苏浅恢复了笑意，淡淡地说。

“不了。”程诺专心地看起杂志，他原本就很欣赏冯仑，看了这期的详细报道后，对冯仑的勇气和魄力更是钦佩不已，也为自己选择了立体城而感到幸运。

洗手间里，安逸估摸着那两个男人和导演都应该不在站台上了，这才从洗手间里出来。

阳光洒在她身上的那一刻，她突然自问：“为什么我要躲着他们呢？”

安逸挺直了背，走向自己喜欢的垂钓点，高高的芦苇挡住了暑气，也将她隔绝在一个绿色的空间中。头顶是蓝天白云，阳光明媚，眼中是清澈的河水，一片碧蓝。

支好钓竿，选定了一块区域，安逸开始布窝诱鱼，然后开始绑钓线和鱼钩，一切都做得有板有眼。因为这样可以集中注意力，就不会去想其他了。

也不知是因为午后温度较高，还是其他什么原因，安逸的鱼漂始终没有动静，而不远处的钓竿一次次地被拉起，且每条鱼都不小。

安逸深吸了口气，不需要去羡慕别人，就算今天一无所获也无所谓，毕竟她是来排解忧愁的，且这两个小时里，没有再想谈笑。

突然，鱼漂有了动静，沉浮了几次，看来是条谨慎的鱼，安逸专心起来，也耐心地等待着。

鱼漂终于猛地沉了下去，安逸毫不迟疑地提起了钓竿，猛烈地收线，手臂上用了力道，甩竿，却赫然发现钓线的尽头，在出水的刹那，竟然是一个张牙舞爪的东西迎面扑来，她不由得发出一声惊呼，手也松了钓竿。

也有一尾鱼上钩的苏浅以及已经昏昏欲睡的程诺，听到了这一声近乎凄厉的惊叫，立即分开齐人高的芦苇荡跑过来，正看见安逸惊恐地看向即将被带入河中的钓竿。

在此处能再见到她，苏浅一愣。不过他还是跑过去，握住了钓竿，收线、提竿、甩竿的动作一气呵成，但他也被钓到的东西吓了一跳。好在他还算淡定，等那个东西被甩上了岸，走过去一看，不由得笑了："你钓到了一只甲鱼精哦。"

程诺也凑上去看，呵呵笑着："足有五斤重。"

安逸缓了过来，走上前看向那只甲鱼，这预示着什么？金龟婿不成？她有些气恼地从苏浅手中拿过钓竿，却又对这只甲鱼有些为难。听说它咬住了东西就不松嘴，那钓钩显然已经扎破了它的嘴，收也不是，不收也不是，该如何是好呢？

"听说吃这个大补。"程诺对尚在岸坡上爬来爬去的甲鱼垂涎三尺。

苏浅看向安逸，能在这里钓上这个东西，也算是个传奇。

安逸抬眼，正对上苏浅似笑非笑的眸，皱眉："放了它吧。"

"我？"苏浅挑眉。

"对。"

这倒是个难题了。

"放了多可惜，不过吃了估计也得鼻血飙白书。"

安逸看着这个俗称王八的东西，突然笑了起来，有些凄凉。它不是什么金龟婿，而是"忘吧"。天意，看来从今日起，该对往昔再无留恋了。

想到这里，她从钓袋里取了一支木筷，向甲鱼走去。

苏浅有些不解她笑从何来，凝视着她略带苍凉的笑容，若有所思。

程诺亦是不解，看着安逸走过去，用筷子逗弄甲鱼，终于，那甲鱼恶狠狠地咬住了筷子，小巧的钓钩便显露出来。

苏浅拦住了安逸伸出的手，自己利落地将鱼钩解下来，然后站起身，拉了程诺离开。

安逸愣在那里，真的有些难以理解，她失落地收拾好钓具，看来只能接受一无所获的结果了。

回到钓点，苏浅看了看钓篓，已经有了五尾青鱼，于是也收拾起钓具。

程诺还是对那只甲鱼有更多挂念："你说那甲鱼得有多少岁了？"

"能在野生的环境里长那么大，至少要有20年吧。"苏浅略微思索后回答，"行了，你别惦记了，还是想想怎么吃这几条鱼吧。"说着，他从中捞起一条鱼放入一个环保塑料袋中，又倒入了些河水，递给程诺："你给她送过去吧。"

"那还不如直接叫过来一起吃。"

"那你和她吃吧，这条我自己带回去好了。"苏浅又换将鱼篓递给程诺。

"得，还是咱俩吃吧。"拿过那一条鱼的塑料袋，程诺喊着，"安逸，安小姐。"

安逸！这个名字似乎很平和，却只能是个良好的愿望。

过了一会儿，钓具已经收拾妥当，程诺也走了回来："她说谢谢你。我把咱俩的名字告诉她了，不过没说和谈笑是同学。"

苏浅不置可否，和程诺向车站走去。

"谈笑这小子真是傻啊，不过许是天下没有十全十美的事吧，所以我要求也不高了，八全九美就足够了。"

苏浅被程诺的话逗得想笑，只是，八全九美？如果不完美，不如不要……

与此同时，立体城的中央广场上，拉着小巧的皮箱，终于结束了为期一年在英航培训的贝宁正仰望着阳光下璀璨的建筑群，心思复杂。

眼前高耸入云的摩天住宅楼里，有着属于自己的小小房间。只是自从拿到了钥匙，她总共才住了两天而已，因为突然拥有了一个梦寐以求的机会——去英航培训，所以当初离开时才不会觉得特别不舍。

她继而又转头看向另外一侧的办公区，虽然她无法一下子就找到第136层，但她知道此刻他就在里面，这就足够了，一年的时间，他也该做出一个决定了吧。

迈着愉悦的步子，贝宁走进H区，这里的小资情调是她最喜欢的。别以为美女就要求特高，她就不是，感觉才是最重要的。输入了密码，打开其实还很陌生的家门，一尘不染，空气中都带着淡淡的香味，看来他经常派人来打扫。贝宁心满意足地躺倒在沙发上，思索着如何营造晚餐的浪漫气氛。

也许应该先去超市里看看，于是贝宁完全抛却了疲惫，轻快地走向同属H区的大型超市。

从立体公交车站出来，程诺立即说：“去我那里吧，你家的作料不全，做不出好东西来。”

“也好。”要不是知道程诺有良好的生活习惯，素有洁癖的苏浅是不会答应的。

苏浅随程诺来到他的家，一推开门，被眼前红红绿绿、错综复杂的景象吓了一跳：“你这是什么地方？”

“‘盘丝洞’，怎么样？不错吧。”程诺笑得很得意，“这些都是全息投影而已，我懒得费力装修，却又想与众不同，这个正好。你想要什么场景？我可以随时调的。”

“你还是用这个‘盘丝洞’等你的‘彭晶晶’吧。”苏浅嘴上如是说，还是好奇地参观起来。

程诺则是换了家居服走进厨房，熟练地将鱼开膛破肚，做起全鱼宴来。

在这个魔幻的空间里游走，苏浅惊喜连连，虽然只是虚幻的成像而已，但是仿若置身其中一般，甚至连岩石中渗漏的水滴都触手可及。

“哪天你也给我家设置一个背景吧，这种感觉不错。”苏浅参观完毕，靠在厨房的门框上说着。

“行啊，你想要什么样的？”

“大海、孤岛。”

“你怎么总是喜欢与世隔绝？”

“因为疲惫。”

程诺点了点头：“确实疲惫。”

“对了，这个月22号有高中同学聚会，你去不去？”

“我值班，去不了。”

“其实毕业12年来也才聚了三次而已，你还每次都是这个借口，也不换换。”

“换什么，你帮我想想好了。”

“随便你吧。”程诺一边说着，一边忙碌着，“要不你去睡会儿？我怎么也得弄个把小时的。”

“好吧。”

程诺洗了手，走出来，拿了一条新毯子扔过去：“知道你有洁癖。”

“早没有那么讲究了。”苏浅躺在了沙发上，“一忙碌起来，能有个地方睡一觉就很好了。”

程诺知道医学院毕业的辛苦，尤其是刚开始时的住院医生生涯真不是人过的。刚才聊天的时候他就知道，现在的苏浅也是个小有名气的外科医生了，忙碌程度有增无减，程诺好心地将背景换成了大海中的一艘豪华游轮。

室内奢华无比，舷窗外海天一色。

苏浅露出笑容：“谢了。”

程诺摆摆手，走进了厨房。做鱼他最拿手，因为彭越不会收拾鱼，却很喜欢吃，所以他就练成了专业水准。

然而此刻，她却不在身边。

“嗞。”指尖传来痛楚，程诺忍不住吸了口凉气，因为分神，收拾鱼鳃的时候竟然被刺破了手指。他立即拧开水龙头，冲洗着伤口。算了，一想起彭越就会有意外发生，还是别想了。

将伤口处理好，程诺发现还少了几样作料，走到门口，对正在看法网转播的苏浅说：“我得去趟超市，烤鱼需要的东西没有了。”

说完程诺随便套了一条西裤，拿了一百块钱就出去了。本来财政大权也是彭越管着，他身上有个两三百块就不错了，现在他自己打理，结果更习惯刷卡，现金更少了。

唉，所有的事情都能想起彭越啊，是不是自己太婆婆妈妈了……不过最近饮食不太规律，似乎有些胖了，这裤子有点儿紧，程诺一边想一边走进了超市，直奔餐厨区，快速地寻找着锡纸等所需物品。

此时此刻，贝宁也来到了西餐用品区，在英国这一年学了不少英式大餐，正好给谢羽麟显摆一下。

锡纸竟然在最下面那一排，怎么那么多牌子？记得以前也就两三种，程诺只好蹲下去仔细看。

突然，传来一声衣物撕裂的声音，天，西裤竟然开裆了。

程诺立即拿起一盒锡纸站了起来，并紧了腿，前后观察了一下，还好，这边人不多。

旁边就有围裙，他立即扯出一条，围在了身后，这样就好些了，然后继续找其他东西。

那个烤架还不错，放在烤箱里弄烤鱼最好，于是程诺伸手去拿，突然眼前出现了一只青葱一般的小手，早他一步拿起了那个烤架。

货架上只有一个烤架了，程诺顺着那只手看过去，看来这两天艳福不浅，先是安逸这样的古典美人，然后就是眼前这个时尚美女。

贝宁看了看手里的烤架，算了，做烤的东西有点儿高难度了，不过这个烤架真是好看，她正准备将烤架放回去，突然看到旁边站着一个男人，眼带桃花地看着自己。

只需一眼，就能断定是有妇之夫，要不没事系个围裙四处跑干什么。

贝宁狠狠地瞪过去，然后将烤架放回货柜上，绕开了程诺。

就知道美女是不会要这种东西的，程诺立即伸手去拿，突然感到腰间一松，他连忙回头。贝宁绕过程诺后，突然感到腰间一紧，连忙低头，是时尚的腰链钩住了一根绳子，用力一扯，一片白色的东西飘忽落地，然后……

“啊！死变态。”贝宁说着抄起货架上的平底锅就拍了过去。

程诺只感到围裙飘落，赶紧用手去护住屁股，不想一句死变态骂来，紧接着眼前就寒光一闪，脸结结实实地被冰冷的东西拍上了。

一阵耳鸣加眼冒金星，鼻子剧痛，还有一股热流划过，还没缓过来，又被踢了两脚，然后是细高跟踩在脚上。

“啊！”杀猪般的惨叫终于从程诺的喉咙里爆发了……

超市的保安室里，程诺委屈万分地捂着脸，坐在塑料凳子上，屁股上传来冰凉的感觉，而脸上却是火辣剧痛，脚上的痛楚倒是好多了。

贝宁指认着：“就是他下流，真够戗，光天化日的。”

保安们一脸不解。

“什么？我下流？裤子瘦了，不小心开裆了，我系了围裙遮挡。哪里不对了？哪里变态了？是你把我的围裙拽开的，我没说你下流就不错了，再说了，我又不是没穿内裤。”程诺气得要死，头还是晕晕的，一想到这里更是生气，“你竟然用平底锅打我？还踢人，还用高跟鞋踩我？你个，你个野蛮人。”

“明明是你一看到我就一副色迷迷的样子，然后故意拽住我的腰链，故意让我看到你的，你的白色内裤以及大腿。告诉你，超人把内裤穿在外面，明目张胆地让人看，那是气概，而你这种故意让人看见内裤的行为就是变态。”

程诺豁地站了起来，立即被保安拦住了，谁也不能容忍他对美女动粗啊。

其实程诺只是想理论，总觉得坐在那里矮了一截，气势上就弱了。可是这一站起来，后面风光乍泄，一屋子的人又都笑得东倒西歪的，他又连忙坐下。

贝宁也站累了，坐在程诺的对面，恶狠狠地瞪着他。

“还有天理吗？”

“有，法网恢恢。”

保安处长已经调出了刚才的录像，从程诺找到锡纸开始……

贝宁不禁脸红了：“那个，我刚从伦敦回来，我住的那条街上总有个变态，所以，我才……”

几个小保安捂着嘴乐。

“你以为，你以为就行啦？这里是立体城，治安好得很。”程诺越看录像，越觉得自己遭受了非人的虐待，终于轮到他恶狠狠地瞪着贝宁了。

这时，餐厨组的组长发话了：“小姐，这个平底煎锅被你打坏了，得赔。”

“天哪，那是我鼻梁的印儿吧？”程诺再次哀叹，这可是不锈钢的煎锅啊。

贝宁低了头，这也太囧了，怎么一回来就遇见这事儿，真不是什么良好的开端。

“你明知道自己肥了，就不能买条合适的裤子穿？”贝宁强词夺理，掏出钱包，“都算我的，再给他拿条裤子。”

“你打算就这么算了？”程诺揉着鼻子，看看衬衫上的血迹，就知道它遭受了怎样的撞击。

“那你要怎样啊？”

是啊，要怎样呢？程诺还真是犯了难，凭直觉说：“我头晕，你得送我去做检查。”

“CT还是核磁共振你挑，我奉陪，还要讹我吗？真够戗。”贝宁也火了，不过没关系，身为空姐的她，什么人没见过，真是！

算了，进医院还是算了，可是这口气不出，不足以平怒气啊，于是他说：“我今天要请久别重逢的老友吃饭，准备亲自下厨的，现在被你弄得时间都不够了，你必须帮我的忙，把一顿晚餐做好。”

程诺YY着让美女做女佣，呼来喝去的场景，终于心底有了一丝满足感。

“凭什么啊？”

“就凭这个。”程诺指着自己红肿的鼻梁，指着衬衫上的血迹，然后指着已经定格了的监控录像，那场面——壮观啊，他的眼神极其悲愤。

贝宁看了不禁心软，大不了晚餐在他那里做了带回去，有什么的，于是头一扬：“行，就这么办，你也别婆婆妈妈的了，走人。”

没想到美女这么爽快，程诺倒是有些惊愕了。

走到程诺家门口，贝宁忍不住笑出声来。

程诺惊讶：“你笑什么？”

“原来是邻居啊，那我也不用去你家帮忙了，我就住隔壁，把你要做的东西咱们分个工，我拿回家做好了给你送过来。”贝宁指着隔壁的房门说。

“那房子快一年没人住了。”程诺打量了一下贝宁，很是怀疑。

贝宁输入了密码，打开门：“我放下东西就去你家。”

程诺点了点头，亦打开了自己家的大门。

苏浅已经抵不住困意睡着了，程诺换了衣服，照着镜子又是一阵悲愤，恐怖的邻居。

这时贝宁敲了门，程诺立即拉开门，做了嘘声：“我朋友睡觉呢。”说着转身走进了厨房。

贝宁对客厅里的布置目瞪口呆：“你的家也太……”竟然想不出形容的词语。

“你都会做什么？”

“简单的西餐，比如沙拉什么的。”

程诺翻着白眼，那叫会做饭吗？

收回了目光，贝宁走进厨房，看到了好多鱼，故意说道：“好新鲜的鱼啊，我会做煎鱼排，就用刚买的煎锅好了。”

“去，先把菜给我择好，豆芽要每根都一样的长短。”程诺白了她一眼。

“要求这么高干吗？宴请岳丈也用不着这级别吧？”贝宁故意说。

“别废话，赶紧着。”

“真够戗！”

“你除了这句还会说别的吗？”

“什么？”

“真够戗呗，我听得耳朵都疼了，不过说实话，你才真够戗！”

“你这人正经点儿不行吗？真够戗。”

程诺忍不住翻白眼：“今天我是造了什么孽？真够戗。”

“干吗学我。”

“崩溃呗。”

“一个男人，崩溃什么？”

“懒得和你说，你认真点儿，这还好着呢，你扔了干吗？”

“你干我干啊？一边待着去，别烦我，真……”“够戗”两字被程诺瞪了回去。

两个人在厨房里低声拌着嘴。

终于将菜都弄好了，程诺检查着：“还凑合，过得去。”接着，他熟练地分解了鱼，将适合做煎鱼排的部分装在盘子里，递给贝宁：“你回去做吧，橄榄油、盐和胡椒你自己拿，就在那边。”

“你是宅男？”

“才不是。”

贝宁撇嘴，完全不相信，这才下午5点，这会儿就在家做饭的男人？要不就是晚上才上班的。看看沙发上睡觉的那个和面前的这个，贝宁忍不住遐想，真是可惜了这副皮囊。

程诺明显感到贝宁想歪了，走到客厅拿了张名片给她："反正也是邻居，以后有什么事儿也好联系。"

"你是巨星公关的？"贝宁惊讶。

"你也知道巨星公关？"

"是，我们航空公司的公关宣传就是巨星。"

"怪不得看你眼熟，你就是G航广告上的那个美女吧。"程诺终于想起来了。

夜幕降临时，所有的菜肴端上了餐桌——全鱼宴。不过因为分量大了些，就施舍了些给邻居美女。谁叫人家还帮忙做了一道菜呢，当然这道菜是所有菜中最没品相的一道。

程诺叫醒了苏浅，面对这些餐点，他惊愕到无以复加："你什么时候学会的？"

"不记得了，仿佛与生俱来。"

"少吹牛了，不过中午做得也很好吃。"苏浅看向程诺，"你的鼻子怎么了？"

"往事不堪回首。"

"到底怎么回事？"

"倒霉又野蛮的邻居给弄的。"程诺禁不住苏浅诡异眼神的凝视，只好将过程叙述了一遍。

苏浅笑得眼泪都要出来了："难道你没发现，你的人生突然变得精彩了？"

"也是啊，还带点儿璀璨。"程诺略一思索，随即促狭地笑了……

10：30AM

她：每天和办公桌相处8小时，所以要好好待自己。

Chapter 3

现实总是很残酷

那些苦涩的可可要添加很多东西才能变得甜美。
凡事皆有代价，快乐的代价便是痛苦，而痛苦过后才知道甜的味道有多美好。
而且，受骗上当本就是成长要付出的代价，没有什么可懊悔的，
除非你不长记性。

1

拎着青鱼回到了家，安逸将它放入了水池。这条青鱼太大了，至少有三斤半重。

门铃响了，安逸擦干手，走向门口，可视对讲机上显示出邻居江琳的笑脸，她的手中正捧着洁白的婚纱。

安逸的心一抽，迟疑了片刻，还是拉开了门。

“安逸姐，你怎么了？脸色这么差？”江琳看出安逸的异样，关切询问。

“没什么。”安逸还是收下了婚纱，就算周六用不上，早晚也有用上的一天吧。

“是不是太紧张了？轻松一点儿吧，其实婚礼当天并不累，比起以后一起生活的日子，那点儿苦算什么呢？”江琳开着玩笑，“不过姐姐的事业那么成功，肯定比我和谷丰这样的毕婚族要舒心多了。”

安逸有些不知道该说什么，如果时间可以倒流三年，她也愿意成为和江琳她们一样的毕婚族。

只可惜当初没有那么勇敢，也把能被认可看得太重。如今这般后果只能承受，没有谁可以抱怨。

“我真的挺羡慕你和谷丰的。”安逸由衷地说。

“羡慕我们？”江琳摇着头，“有的时候觉得我们这拨人挺无奈的，同为80

后，可我们的机会已经少之又少了，单打独斗自然生存不了。一毕业就结婚只是从节约成本的角度考虑而已，谁知道以后会怎样呢？而你们始终都是把命运掌握在自己手里的。”

都有各自的苦楚吧，安逸沉默地走进厨房，将青鱼又捞了起来，装进塑料袋，走出来：“刚钓的鱼，送你吧。”

江琳接了过来：“那就谢谢安逸姐了，不过你不试试婚纱吗？如果有不合身的地方，我好拿回去改。”

“我现在还不想试。”

“那我先回去了，婚纱你最好挂起来，虽然进口缎的面料不容易起褶，但还是挂着更好。”

“好的，我知道了。”

“你真的没事吗？”江琳愈发地不放心了。

“没事……周六的婚礼取消了。”安逸决定不隐瞒。

“啊？”江琳愣在原地，半晌才说，“怎么会这样？”

“都过去了，我现在已经没事了。”安逸努力挤出一抹笑容。

江琳鼻子一酸，眼泪就涌了出来，连忙转身离开。自从服装学院一毕业，她就做起了礼服设计师，以为这是最可以见证幸福的职业，没想到会有这种事情发生。

回到隔壁的家中，江琳一股怨气油然而生，肚子也隐隐地痛起来。她抵在设计台前，默默地收拾起边角料，这些都是安逸的礼服上剪裁下来的，华美却破碎。肚疼很快就过去了，看了看表，已经快5点，谷丰就要回来了。江琳立即跑进厨房，今天完成的这件礼服是她开业以来的第一百件作品，她本想给谷丰和自己做顿好吃的，现在心情却变差了。

不过看上去安逸姐的状况还好，这让江琳稍许放心。于是，开始筹划起晚餐的菜谱，先收拾鱼好了，蔬菜在5点半就会送来，有什么就做什么好了。

江琳一边收拾着青鱼，一边忍不住露出笑容，当初选择立体城，是因为房价不贵，父母一下就付了全款。虽然远了些，住进来才发现是个天堂，很多年轻人在这里居住，而且很方便。

比方说买菜，根本不需要一大早就跑菜市场，只需要每个月交上600元钱，每天都有新鲜的有机蔬菜和水果送到家里。而这些蔬菜和水果都是在立体城的有机蔬菜基地种植的，周末还可以自己过去采摘，体验下田园生活。

人们常说知足常乐，虽然现在的生活一般般，但至少很开心，自己做着喜欢的事，谷丰也在努力创业，总有一天会好起来的。

本来还一直很羡慕安逸，现在看来，在物质基础都建立好后，却有可能发现一切都失去了。

安逸没有心思去做饭，眼看着暮色一点点降临，躺在沙发中，按了遥控器上的按钮。

《假如爱有天意》的曲调响起，她抱着沙发靠垫，渐渐睡去。

也不知道过了多久，她突然被门铃声吵醒。安逸一时有些恍惚，难道是谈笑？

她跳了起来，跑过去，拉开了门，却看见江琳慌张无比地站在那里："安逸姐，谷丰说他被骗了，喝多了，还说要去找那个骗子算账，我只好给他锁家里了。"

"怎么回事？你慢慢说。"安逸立即让江琳进了房间。

"谷丰和他的一个同学，不想上班，就在H区盘了一个门面房，要做手工巧克力的生意。还没开业，正在购买原料什么的。从网上找了家原料供应商，打了款过去，可是供货商一直不发货。本来就有些担心不可靠的，现在果然出了问题。"江琳的手在安逸的掌中依旧颤抖不已。

安逸镇定下来，拉着江琳走到她们家门前："开门吧，我和谷丰聊聊。"

江琳战战兢兢地输入了密码，门打开了。谷丰没在客厅里，江琳有些焦急地每个房间搜寻着，最终在洗手间看见了抱着马桶呕吐的谷丰。

“丰，你还好吗？”江琳连忙递给他一杯水，“漱漱口吧。”

安逸关上房门，也走了过去：“谷丰，你坐好，我们谈谈。”

听到安逸的声音，谷丰立即站了起来，有些惊慌，又有些埋怨地瞪了眼江琳。

“你说说受骗的经过，再把那个网址给我，我可以找到一些线索。”安逸直截了当地说。

谷丰叹了口气，来到客厅的沙发上坐下，将事情的来龙去脉说了出来。安逸微微一笑：“这个好办，你把你付款的网址给我吧，很快就能把这个供货商揪出来，明天一早就可以去报警。”

“真的吗？”谷丰恢复了些斗志。

“你把汇款的账号和账户名给我，还有那个网址，我回去马上查。”安逸站了起来，拍了拍谷丰的肩膀：“别垂头丧气的，做任何事情都不是一帆风顺的。”

江琳连声道谢地将安逸送到了门口，安逸温暖地笑：“别太担心，突然受到打击，难免会有些失态，你要多包容。”

“知道了。”江琳感激地应着，心里不禁为安逸难过，多好的人啊，怎么会被抛弃。

回到房中，谷丰正充满歉意地看着她，江琳嘟着嘴：“安逸姐刚取消了婚约，我们还这样麻烦她，我挺难过的。”

谷丰低了头，有些懊恼：“要是找不到那个人，我们该怎么办？那可是我们所有的钱，总不能结婚了还管家里要钱吧？”

“还有我呢，这个月的礼服订单挺多的。不过，万一这钱找不回来，你和陈鹏得想想接下来怎么办。”

听到这里，谷丰长叹了一声：“这批原料的钱是最大的一笔支出了，好在截至目前陈鹏还没出什么钱，否则我怎么对得起他呢。”

“实在不行，我就管我妈要些过来应急吧，不是定在月底开业的吗？”江琳小心翼翼地试探。

“绝对不行。”谷丰站了起来，“我不能让你家里人小瞧，这房子本来就是你们家买的。”

江琳闭了嘴，就知道谷丰对这个很敏感。

不一会儿，安逸就按响了门铃，谷丰箭一般地冲到门口：“查到了吗？安逸姐太厉害了。”

安逸将打印出来的资料递给了谷丰，他兴奋地接过来，立即翻看起来。

然而，谷丰的脸色越来越苍白，看到最后，他一拳砸到墙上。

安逸和江琳连忙拦住他，有些不明所以。良久，谷丰才哭喊出声：“骗我的人竟然是陈鹏，怎么可能？”

江琳也是一颤，惊愕地看向谷丰：“你说是谁？陈鹏？”

“我找他算账去。”谷丰挣脱了江琳和安逸的手，向门外冲去。

“陈鹏到底是谁？”安逸一边和江琳追出去，一边问。

“就是和谷丰一起合伙的同学，他们可是大学里最好的朋友呢。”

追到电梯间，谷丰几近疯狂。

安逸挡在电梯门口：“你现在找他想做什么？不能冷静思考一下，明天再面对吗？”

“他是我的哥们儿，怎么能这样对我？我今天不问清楚，根本就过不去。”谷丰悲愤地嚷着。

“问清楚了又能怎样？”安逸提高了声音，“你需要的是理清思路，想好对策再和他摊牌。”

谷丰靠在冰冷的墙上，心也凉了。

“当初为什么要选择做手工巧克力？”安逸软了声调，“我以为你明白，那些苦涩的可可要添加很多东西才能变得甜美。凡事皆有代价，快乐的代价便是痛苦，而痛苦过后才知道甜的味道有多美好。而且，受骗上当本就是成长要付出的代价，没有什么可懊悔的，除非你不长记性。”

说完这些，安逸都要惊讶于自己的演说才华了，从来没有过啊。

充血的眼眸中闪过晶亮，谷丰冷静下来。安逸将他们送回家，自己疲惫地回到空旷寂寥的房间，这个世界到底怎么了？四处都是背叛。

想想那些人生的四大喜事，不过是片刻的喜悦，没有长久的欢乐。喜悦过后反而是悲伤，是忧愁，是困惑。

再思索起那些铭刻于心的悲剧，却只源于一件——被背叛，被深爱的人、被最好的朋友、被最信任的生意伙伴背叛，哪一宗、哪一件都足以让人崩溃到癫狂。

然而，人就是经历了这些背叛才变得强大。每次被背叛后，有的人，在角落里舔舐着伤口，将它们隐藏。心变得伤痕累累，就有了坚硬的痂，每一次跳动，都有负累感。为了减负，变得收放自如，不轻易表露自己的心意与真情。

不论是爱情还是友情，投入太多，就变得有所求，于是就经受不起背叛。只是多年以后，一定会有某个时光，会有一丝遗憾油然而生。

有的人，努力对明日的阳光绽放肆意的笑脸，将伤口也曝晒在阳光下，血与伤痕一起蒸发。在忘记之后，重新付出，重新得到。人的自愈能力之所以强大，其实不是真的可以放下过往，而是因为不想再与自己为难。

终于彻底想通了，安逸打开客厅的灯，又走进厨房，给自己做了一顿丰盛的晚餐。人生本来就是这样的，将痛苦和快乐统统当做作料，即使是砒霜，也要含笑饮下。

贝宁布置好晚餐，期待着他早点儿过来。思念没有因为距离的增加而减少，有时孤单的时候更是质疑自己离开一年的选择是否正确。

不过好在这期间，他也有熬不过思念去找她的时候，短暂的欢愉过后仍是清冷。

想到这里，贝宁又有些落寞，明知道当“小三”没有任何尊严和前途，可是还是会陷进去，只是因为那是爱，所以义无反顾。

每次看《非诚勿扰》，贝宁都会感同身受，但她绝对不会像舒淇那样纵身一跳。

第一是怕没有一个像葛优那样的男人来救自己；第二，她贝宁也是有脾气、有骨气的人，给了他机会选择，他不珍惜，那就自己珍惜自己。

终于门厅那里有了动静，是他来了。贝宁立即跑过去。

果然，英俊伟岸的谢羽麟已经打开门走了进来，微笑着站在那里。

“你终于回来了，我的天使。”

所有的哀怨消失无踪，只剩下满满的思念和喜悦。

激情过后，两个人坐在了餐桌前。

“这些都是你做的？”

“是啊。”

“看来你在天堂学了不少东西。”

“伦敦哪里是天堂，只有阴郁又潮湿的城市与街道，冬季里的冰雨只会带来凄冷的肃杀萧索。”

谢羽麟并不辩驳，只是深深地凝望着贝宁，心底划过一道硬伤。他连忙掩饰：“这些都很好吃。”

“我也觉得。”贝宁没想到程诺的厨艺这么好，不禁赞叹，但立即感到这样回答，有些太自大了。突然发现锡纸青鱼的锡纸还没有打开，于是伸手过去打开。

就是为了这个锡纸，程诺才出那么大糗的，想到这里，贝宁笑得灿烂。

谢羽麟被这笑容震撼了，看来虽然伦敦的天气阴沉，但是她成了阳光。

“刚回来，是不是有假期？”

“嗯，是有15天的休假。”

“我们去丽江吧，正好最近公司里不是很忙，又有几个得力的干将。”

丽江，是他们初次相遇的地方，有意义。但是贝宁凝视了谢羽麟片刻，他今晚一直找着别的话题，不肯说出他的答案，不过既然有了邀约去丽江，那么再等两天也不是不可，只是聪明如她，也有了一丝了然。

于是贝宁摇头了：“最后的纪念？”

一丝尴尬闪过，谢羽麟的目光又恢复了商人的精明：“我希望你再给我一年的时间，但是不要再离我那么远了好吗？这一年，公司运作得很有起色，再有一年，我就不必看她的脸色了。”

“你错了，再过十年，你依旧得看她的脸色，只要你想的依旧是成功。”离开的这一年，她也思考了很多，终于想明白了这点。

虽然心在痛，但是总好过无边的等待，她已经到终点了，可以结束了。

看着贝宁瞬间苍白的脸色和略带苍怆的目光，谢羽麟幽幽地叹息了：“你今天先好好休息吧，倒时差还是挺痛苦的。我明天要去上海，后天就回来，丽江的行程是周六开始，我希望你考虑。”

贝宁径直走到门口，将门打开，目送着他离开，竟然不会落泪了。现实就是残酷的，她这次真的梦醒了，真的坚强了。

走进电梯，谢羽麟抵在冰冷的玻璃上，他没有机会选择，即使是再做一百次抉择，他依旧只能是辜负。

第二天一大早，阳光暖暖地照进安逸的房间，安逸起床收拾妥当，拉开房门走出来，正巧谷丰和江琳也打开了门。

“早！”安逸首先露出笑容。

谷丰点了点头：“谢谢安逸姐。”

“你们打算怎么办？”

“我们现在去报案，也许只有在那里见到他，我才觉得公平。”

安逸没说什么，按下了电梯按钮。看向江琳，有些担忧：“你的脸色怎么这么差？”

“没什么，如果事情圆满解决了，多睡两天，就补回来了。”江琳露出小女生的可爱表情。

“嗯，不论怎样，都要好好照顾自己。”

几秒钟后，电梯就来了，安逸让他们先上，自己等下一个。

看着他们手拉手地走进去，安逸浅浅地笑，相互扶持很好，自己孑然一身也很好。

很快直达公司的电梯就到了，安逸收拾好心情，快步走了进去。

刚进公司，杨阳一看到她，立即从座位上跳了起来：“你总算来了，快给我说清楚。”

“我……”安逸好不容易伪装起来的坚强瞬间就崩溃了。

拉着她走进办公室，杨阳关好了门：“说吧。”

听安逸抽抽噎噎地说完经过，杨阳锁紧了眉头：“总觉得有些太突然了，你在之前就没发现异常？”

“没有。”

“虽然我很讨厌那小子，但还是觉得这次有些蹊跷，也许有什么隐情。”

“能有什么隐情？”

“不知道，不过你也别难过了，这不是还没领证，没举行婚礼吗？”

“可是都通知了好多人。”

“天，那赶紧通知他们别来了。名单给我，我帮你通知去。”

“你打算怎么说？”

“能怎么说，当然是维护你的面子了，就说谈笑突然病入膏肓，婚礼暂时取消呗。”

“这么咒他好吗？”

“你怎么这么欠扁啊？他这样伤害你，你还不让我咒他？切，告诉你，要是我的本意，就说他出了车祸，离死不远了。过两天再在论坛上给他设个灵堂公祭，这才解气呢。”

“啊，还是算了，也别打电话了，就群发短信好了。”安逸真是怕杨阳说到做到。

“行了，你忙吧，我给你发去。对了，嘉尚杂志的编辑刚才问你，星座的稿子今天能交吗？”

“我已经写好了，一会儿就传给她。”

“安逸，我发现你预测的这个还蛮准的。上次你说这个月，摩羯座的会遇到情感变故，果然就发生了。”杨阳说完，觉得有往人伤口上撒盐的嫌疑，连忙赔上笑脸。

安逸低垂了眼，浏览着工作日程，今天的会议安排得很满，看来有的忙了。

先将星座运势的稿子发给了嘉尚杂志的编辑，这个是她在大学时热衷的，后来因为太喜欢，就拜了一个德国女孩为师，不仅可以研究学习，还可以学德语。没想到大学毕业后，试着给时尚杂志投稿，就此开了个专栏，一直维系到今日。

可是没想到，被人认可预测得最准的竟然是自己的情感变故……

9点半，安逸准时走进会议室，看到大家探询的目光，她连忙躲进角落。

频道主编莎瑞纳连忙解围：“开始讨论我们网络电视台对这次业主委员会换届竞选的配合吧。”

会议在11点结束，安逸率先走出来，杨阳却被扣下了……

谷丰在警察局报了案，等待着陈鹏被带来。

江琳有些不安地看着谷丰：“你还好吗？”

“很好，别为我担心。”谷丰挤出笑容，会好才怪。怎么也想不明白陈鹏为什么这么做，如果不是安逸姐搜索出铁证，他从来都没有怀疑过，但是看到了这些，再去回想，果然漏洞百出，自己也是有N个机会可以识破的。

当陈鹏被带进警察局，与谷丰的眼眸相视的那刻，他竟长出了口气。他随着警察走进密闭的审讯室，与谷丰擦肩而过的刹那，他闭了眼。

谷丰只觉得胸口被重重一击，说不清此刻的心情，只是沉重得无法呼吸。

江琳握住了他的手，虽然只有掌心里有一丝温度，但足以让谷丰感到温暖了。

“知道我为什么不想去公司上班吗？”谷丰看向江琳，眼神晶亮。

“你为了我们能过得更好。”江琳回答。

“可以这么说，但不准确。”谷丰叹了口气，“学服装设计的时候，觉得会是个光鲜又能赚很多钱的职业，可是实习时只能做些打杂的工作。而快毕业的时候，很多同学不是找了杂志社，就是选择了服装公司的销售，全都只能拿两三千的工资。

“那时你说要一毕业就结婚，我虽然欢喜，却没有自信。想想吧，就算我们一个月刨去花销存两千，一年才两万多，十年才不过是20万。你嫁给这样的我，一定不会快乐的，而我想让你过得好，过得快乐。”

“我知道，我一直都知道。”江琳有些想哭，拼命瞪着眼眸。

很快，警察走了出来，将陈鹏供述的事情陈述了一遍，谷丰和江琳听得目瞪口呆。

许久，谷丰才说：“我能撤销报案吗？”

“你们当过家家呢？”民警抬眼扫了他一眼，“他想和你说两句，进去吧。”

谷丰站着没动，仍是对民警说：“求求您了，我当时是一时冲动，没想到他是因为这些才这么做的。”

“他的行为确实触犯了法律，他本人也表示要接受15天的行政拘留处罚。他挺想和你道歉的，你进去吧。”说完推开了光线幽暗的房间的门。

谷丰深吸了口气，拉着江琳走了进去。

陈鹏一直低垂的头抬了起来，眼睛有些红肿，他揉了揉眼睛说："对不起，哥们儿，我很后悔，从你打了款到现在，我终于踏实了。"

"为什么要这么做？就为了郭岚？你怎么这么傻？"谷丰一连串地发问，却没有了责备。

"当初我和你一拍即合，想弄这个店，其实是因为羡慕又嫉妒你。你和江琳一毕业就结了婚，两个人相互扶持着走到今天，快一年了吧？也没向父母伸手。

"我也想和郭岚结婚，可是她说没有经济基础绝对不行。我家的情况也就那么回事，买房能出个首付就不错了。我供职的那个服装公司，一个月才给我3000块，还累得半死。所以，你一说想开店，我立即就辞职了。

"可是郭岚又嫌这只是小本买卖，风险又大，还不体面，她说她认识一个股票经纪，能很快挣来钱，让我开个10万的户头。

"玩股票一夜暴富的事太多了，所以我动了心，以咱们开店的名义管我爸要了6万块钱，又管我叔叔借了2万，还差一点儿。郭岚就说先管你借点儿，反正小店也不是一下就需要投入那么多钱的。再说，你们结婚收了不少彩礼，江琳的定制礼服生意也挺好的。本来我是想开口管你借的，又觉得不好意思，反正觉得股票回钱也快，大不了先用你的货款，赚回来立即去订购原料就是了。所以我克隆了那个采购网站，只是账号什么的变成了我的。

"没想到这股票一玩就被套住了，我……"

谷丰无语。江琳则担忧地问："那你以后打算怎么办？"

"我先把股票抛了吧，一定能还上你们的钱，只是求你们别起诉我，我在这里15天，你们别告诉我爸妈，也千万别和郭岚说。"

走出警察局的门，谷丰一屁股坐在了台阶上，喃喃自语："你说，我是不是不该一下就跑来这里，把他逼得没有退路？"

江琳咬紧了嘴唇，摇头："我也不知道，但是我觉得你应该这么做，否则他不会清醒。"

“可是，我来这里的目的，却是想让他坐牢，身败名裂。但一看到他，我又不忍心了，尤其是他为了郭岚，为了爱情做这些。”谷丰挠着头发，如果不把这些感受说出来，他会憋死。

江琳将谷丰的头揽入怀中，感到踏实。仰望着楼宇中透出的一小片天空，她淡淡地说：“记得吗？教咱们市场营销的老师说过‘价无情，值有情’，无价宝，只要有人肯拿出来卖，总有一个价。一件新衣，再华美也总有买得起的一天。有情人，没有合理价格，只有值与不值。对于我，与你在一起我觉得太值得了；对于陈鹏，郭岚让他铤而走险，他就做出这些算计，付出这些代价，那就是不值得的。至少他该问她一句，她付出了多少？只不过就是现在，他还没有醒悟，还想刻意瞒着。”

“你不知道他追郭岚有多辛苦，而且郭岚的家境太不好了，她才想过上富裕的生活。”谷丰为陈鹏辩解，已然没有了昨日的痛恨。

“刚才陆警官说了，如果咱们不起诉，陈鹏关15天，交上罚款就可以出来了。你怎么想？还继续和他合作吗？”

谷丰沉默了，江琳也沉默了，涉世不深的他们被这几天的变故弄得筋疲力尽，脑子完全不够使了。

晚上6点，安逸走出公司，想去位于50层平台的网球场看看。

今天有社区比赛，公司要负责网络直播，然后再去珠宝店，买个一模一样的钻戒。

突然手机收到了一条短信，有人在输入以前的密码要进入她的房间，这是警报。

昨天才修改的密码，而以前的密码只有谈笑知道，难道会是他？

安逸匆匆走进电梯，火速来到了L区的最高层，走出电梯的那刻，一抹熟悉却又有些陌生的身影就站在自己房间的门口，懊恼地、执著地一遍遍地输入着密码。

听到脚步声，谈笑转过头。

安逸停止脚步，谈笑那邋遢的胡楂儿让他显得憔悴又狼狈，不知为何她想起了融化掉的冰激凌。

两个人都沉默不语，空气仿佛凝固了一般。

最终是安逸润了一下有些发干的嘴唇，说："你是回来取走自己的东西吗？"他的东西也不过才搬来两个星期而已，有的箱子甚至还没有开封，拿走倒是方便。

"不……不是。"谈笑有些慌张。

"不是？"安逸的心揪紧了，这话代表什么意思？

他又想复合？都说女人善变，原来男人善变起来更不可理喻。

那天分手时，他说得那么绝情，甚至指责她虽有天使面孔，但80A的身材不够有魅力，让她伤心的同时，也伤了自尊。

才过去三天而已，她还没有从伤痛中彻底恢复，他竟又跑回这里。开什么玩笑？

为什么他要如此践踏她的心，而她又为什么要承受？

看到安逸眼眸中的痛恨与悲愤，谈笑快步走上前，死死地搂住安逸，连声说着对不起。

如果是在昨天，安逸还是满心期待的，而此刻，就算被拥在怀中，却感受不到曾经的温暖与温柔，自己的心也不会悸动了。

听到有电梯的响动，安逸立即用力推开了谈笑，走向门口，输入了新的密码，打开门："进来吧。"

谈笑有些狂喜，也有些难以置信，更有些悔愧难当。

走进熟悉的空间，窗外的夕阳如血，将室内的一片纯白晕染成了粉红色。

安逸冷着脸，谈笑站在那里，表情纠结，又不知道该怎么开口，全然没有刚才过来时的勇气。

安逸突然发现谈笑的额头上有一小片淤青，又有些没有骨气地问："额头是怎么弄伤的？"

"刚才撞门撞的。"

"哦。"安逸又变得有些木讷，说话也词不达意起来，"撞门干吗？"

这个问题真不好回答，谈笑也愣住了，但随即醒过神来，从裤兜里取出一个精致的小盒。

不打开也知道是什么，安逸转身就向书房走。谈笑追上来，挡在她的身前，一下就跪了下去："我知道我错了，结婚戒指我重新买了，比原来的那个还漂亮。婚礼还没来得及取消吧，我们的蜜月旅行也可以在周日开启的，我们继续，永远在一起好吗？"

看着他急切的表情，安逸感到的不是激动和幸福，而是难过。

以前那个智慧又稳重的男人消失了，面前的谈笑就像个孩子，祈求着大人的回心转意。仿佛是一夜间，又仿佛是自己突然矫正了视力，才一眼看穿。

看到安逸不说话，谈笑更为紧张，他懊恼地抓了抓头发，又伸手握住她的手："我是一时被冲昏了头，真的对不起。我知道，就算我长了一百张嘴都不够道歉的……"

"你不需要道歉，这样其实挺好的。"安逸倒退了两步，竟然对他的碰触有些不适应，甚至有些厌恶，言语却犀利起来。

谈笑的手持续停在半空中，夕阳的余晖笼罩着他，他却只感到黑夜就要来临。

今天的安逸似乎与以前不同，很有主见，原本就美丽的脸上散发出不一样的光彩。

他是被戏弄了，被报复了，第一个想到可以疗伤的地点就是这里，于是丧家犬般地跑回来，可是竟然连一向温婉的安逸也拒绝他了。

是的，这里也已不是家了，且是被他亲手摧毁的。谈笑无法为自己说出一句辩解的话，因为不值得说，也因说了会更糟。

安逸转过脸去，看向残阳一点点沉没。

“或者还是我收拾了给你快递回去吧，你走吧。”书房去不了，安逸转身走进洗手间，关了门落锁。

好在谈笑没有说出什么让她想知道却又不想听到的故事，其实她早就明白了，现实都是残酷的，就像巫婆的毒苹果，不管是爱情、欲望，还是利益，只要触碰了，就会痛苦，无处可逃……

11：30AM

他：做报告力求准确、清晰、有趣。我知道自己在不断进步。

Chapter 4

人生何处不相逢

当大家衣冠楚楚地并肩站在一起时，
是看不出谁会忠贞不渝，谁又不是个玩意儿的。
只有经历时空的考验、苦难的历练、生死的选择才能作准，而非一时激动。

1

谈笑走后，安逸在房间里游走，就是不能安静下来。

怎么办？到底怎么办？不是说好了永不相见的吗？怎么才三天就跑来认错了，她完全乱了。

她忍不住给杨阳打了电话：“怎么办？谈笑回来了。”

“什么？”正在酒吧里参加“3+3”相亲的杨阳，听得不是很清楚，只听到了“谈笑”两个字，她连忙站起来，走到还算安静的角落。

“谈笑回来了。”安逸又重复了一遍。

“回来又怎样？”

“他说婚礼不用取消了。”

“岂有此理。”杨阳要发飙了，“你在哪里呢？”

“家里。”

“你给我出来，立即到B区的‘灵’酒吧来。”杨阳要气死了。必须得修理安逸这个倒霉孩子，听她的语气简直还有点儿期待，真是没脑子的霉女。

不过说完了让她出来的话，杨阳也后悔了，自己这是在参加相亲呢，叫这么个美女过来，还不得搞砸了，自己也够没脑子的，只好跑到门口去等安逸。

安逸很快就过来了，杨阳已经想好了对策，一看到她过来立即说：“明天起，你的假照休，正好明晚有单身俱乐部的舞会，你也来参加。就是因为你的世界里只有谈笑，所以他一回头，你就屁颠屁颠地要接受了。”

“我没有接受。”安逸解释着。

“我告诉你，不说什么好马不吃回头草，就算是做草，你也得有骨气，凭什么让那烂马吃？他之所以回头，肯定是因为他到达不了彼岸，便想回头是岸，漂泊于苦海中，费力挣扎。救还是不救？救的结果，是委屈你自己；不救的结果，他会溺亡吗？不会，所以你也不必为他担心而委屈自己。”

“嗯。”安逸诺诺地点头，“可是，你说的单身俱乐部的活动，我不想参加。”

“工作也疗不了感情的伤，这伤还得是用新的感情来覆盖。看看我，你就该知道了。”杨阳加重了语气，“至少你得让他死心，别再来纠缠你，懂了吗？”

“好。”安逸点了点头，她了解自己，如果谈笑再来一次，她一定就妥协了。

所以，现在虽然不想那么快就开始另一段感情，但至少应该彻底结束这段曾经的深情。

“行了，你回去吧，我也进去了。”杨阳摆了摆手。

既然出来了，安逸还不想这么快就回到寂寞的家去，索性来到了就在B区的空中花园。

天色还没有完全暗下来，深深浅浅的灰，花园里四处弥漫着花香，很多情侣都在这里，真是应了那句花前月下。

安逸独自坐在一株木芙蓉树下的木椅上，她与谈笑为数不多的浪漫往事一下子就跃入脑海。她连忙摇头，还是去看看电影院有什么片子吧。她站起来，穿过花园，径直来到了电影院。

反正明天开始休假，看个连场也好，这样凌晨两点回家，就不用担心失眠了。于是安逸来到售票处买了票，看了看点播目录，将自己想看的电影一一勾选。

负责售票的男生诧异地打量了几下安逸，等她转身离开后，忍不住和旁边负责卖爆米花的女生说：“怎么今天都是美女独自来看电影？点的还都是恐怖片，这么重口味的片子，美女受得了吗？”

“重口味才过瘾，懂不懂啊你？”女生往机器里放了一罐玉米粒，噼里啪啦的声音响了起来。

安逸走到了放映厅门口，又想到没有饮料和爆米花，似乎少了个程序，于是又走回去买了超大份的。

这么一折腾，进场的时候，放映厅里已经开始放映了。

摸索着找到自己的位置，安逸坐下来，刚看向屏幕，就看到一张血淋淋的面孔，四周响起惊呼。她被诡异的惊叫声惊得睁大了眼睛，淡淡地摇了摇头，这面孔一看就是戴了面具的而已。且一看就是美国式的恐怖片，小儿科，自己点的都是日韩恐怖片。

记得大一时，自己最好的朋友贝宁就喜欢看恐怖片，每逢老大又要无中生有四处散播八卦之时，她就将笔记本上的恐怖片定格在最恐怖的一帧，然后冷冷地说：“这个还不错，我想试试。”

屡试不爽，安逸也就和她一起看起了恐怖片。

贝宁喜欢看日本的恐怖片，她说：“日本的恐怖片是让人毛发倒竖的心理恐怖，而欧美的恐怖片是血腥暴力的视觉刺激，韩国的片子也能看，因为他们主要是模仿日本的。”

而安逸是反应比别人慢半拍的女生，在贝宁已经尖叫过后，总是迟钝地问：“怎么了？”弄得好好一个恐怖的氛围变成了喜剧一般。

安逸最不解的还是贝宁明明害怕得要死，却还要不停地去看，每每问及此，贝宁总是甩她一个白眼：“我这不是想把神经锻炼得和你一样粗壮。”

其实真的不是她的神经粗壮，而是真的当时没觉得恐怖，等别人越想越怕的时候，她已经忘记了。最后贝宁发现了这个规律，总结为看恐怖片的最高境界就是像安逸这样。

贝宁是安逸最好的朋友，她们已经很多年没有见面，每次看恐怖片的时候，安逸都会比平时更加思念贝宁。特别是最近，自己深受情伤困扰，对好友的思念也愈发强烈。

来不及多想，几条广告过后，正片终于上映了。安逸也从回忆中醒转过来，一边吃着爆米花，一边观看起这部韩国的《鬼铃》。

和所有的韩国恐怖片是一样的，到结局都会牵引出一个凄美的爱情故事，所以安逸尽量去忽略那些情感的纠结部分，等待着恐怖的瞬间。

突然听到身旁有饮泣声，影片此刻的场景，是荷珠正在处理真希的尸体，这个时候竟然可以像对待她的艺术作品那般冷静。也许这就是杀人的时刻最紧张，杀完了反而变得冷静了的缘故。

可是实在没看出来哪里恐怖到能被吓哭，安逸诧异地转过头，却在看清对方的脸后，突然尖叫一声，一下抓住了邻座人的手。

而这个举动直接导致了那人的惊声尖叫，以及爆米花、可乐齐飞的效果。

“你想吓死我啊？”被请出观影厅，贝宁还在捶打着安逸，“你腻在蜜罐里，早把我忘了吧？干吗和我在这里狭路相逢？”

“电影开始前我还想起你呢，没想到你就在我身边。”安逸还沉浸在重逢的喜悦中。

“为什么离开校园就不和我联系了？”安逸有些委屈。

“你怎么一个人来看电影？谈笑呢？”贝宁逃避了这个话题，她是刻意没有和任何人联系的。

这个话题是安逸的死穴，她也沉默了。

看出安逸的落寞，贝宁万分惊讶，难道出了状况？只好说：“你也住在这里？”

“是，你也是吗？怎么一直都没有遇见。”

“我去英国待了一年，刚回来。你这几年怎么样？我们去喝一杯吧。”

“好。”安逸难以平复激动的心情，眼中终于浮现出泪光。

“这里哪个酒吧比较好？”

“不知道。”

贝宁皱眉：“你怎么还是这个样子。”

“没办法。去我家好了，路过便利店的时候可以买些啤酒。”

“我想喝葡萄酒，你那里一定很多。”

“我戒葡萄酒了，因为刚中过毒。另外，谈笑和我分手了，而原本我们应该是昨天去登记，后天举行婚礼的。”

“啊？”四年不见了，贝宁对安逸还是有些不适应。善良却有些自卑的安逸怎么能这样淡定地说出如此让人心疼的话，而没有哭泣呢？

安逸迎视着贝宁眼中的探询，摇了摇头：“走吧，能和你重逢，比什么都快乐。”

贝宁的心底一酸，就是，有什么比好朋友重逢更美好呢？尤其是她们还这般貌美如花，就算经历了感情的挫折又如何呢？

既然安逸刚刚食物中毒过，自然不适合再喝酒，于是在便利店里，贝宁只挑了一些零食和水果。

一走进安逸的家，贝宁不得不惊叹：“原本以为你有所改变，可是一看这里就知道，你还是你。安逸！你个小邋遢鬼。”

“这个只是还没有来得及收起来。”

“要不重新装修一下房子也好。”安逸将婚纱塞入储物间后，走回来说：“装上全套的智能设备。想拿什么、放什么按按键；没回家之前就按几个按钮，遥控把饭菜做好，洗衣服、打扫就更是简单了。而且，这也是我的强项。”

“想得挺美，能实现吗？又不是科幻世界。”贝宁撇嘴。

“什么科幻啊，这就是互联网的科技应用。把家里的东西弄上各种信息传感设备，与互联网结合形成的一个巨大网络，这样就会方便地识别、管理和控制了。”

“真的？那你赶紧的，我等着看效果，好的话，我也要。”贝宁连连点头，甚至已经开始设想在那种环境下的美好生活了。

“不过这房子才住了一年就翻修有些浪费，当初装修的时候，我就该坚持的。”安逸说完，又陷入了沉思。谈笑不喜欢太过时尚、科技的地方，依他的意思，买下个葡萄园才是生活。

怎么又想谈笑了，不行……

“还是我邻居会过日子，他家没装修，却比装修了还梦幻。全息投影你知道吧，一天换一个风格都行。”

说起程诺，不由得想起了与他在超市的见面，也就想起了后来与谢羽麟的晚餐，贝宁也沉默了。

气氛变得哀伤起来，贝宁连忙跳起来：“好在你还喜欢看恐怖片，我们才得以重逢。”

“你可是和以前完全不一样了，那个场景都能被吓哭。”

“才不是。”贝宁又叹气了。其实是故事的本身触动了她，第三者真的很可悲。

爱情是自私的，爱情也是包容的，把握的同时懂得放手才是智慧。同时也看穿了一个事实，婚姻里，女人身旁的男人叫相伴，而像谢羽麟这样的男人，身旁的女人是点缀，是他通往成功之路的点缀。

出于对谈笑的了解，贝宁知道他与谢羽麟不同，但也异曲同工。他就像他代理的葡萄酒一样，华丽富有激情，安逸是他身边最靓丽却又是最安静的一个点缀而已。

沉默良久，贝宁扬起笑脸，问：“我记得你是去了电视台的，还在那里？上下班有些远哦。”

“我在立体城的网络电视台。”安逸继续收拾着其他杂物，很快表面上就整洁起来。

“这个很符合你的习性。”贝宁点了点头。

"说说你的近况呗。"

"我能怎么样？飞来飞去而已。"贝宁不想谈，于是扯起了大学时的趣闻，两个人都快乐起来。

然而，不可避免地还是会说到爱情。

"我记得你的男朋友是个很帅的男人，是叫谢羽麟吧。"安逸想起来了，虽然那时贝宁的男朋友很少到学校里来找她，但是一次珠宝展，他邀请了贝宁和自己。

"他在四年前和别的女人结婚了。"贝宁知道这事瞒不过，正好也需要倾诉，于是绞着手指，娓娓道来，"就在咱们即将毕业的时候，可是我们并没有分手，这才让我最难过，也不敢去面对你。"

"他说他的公关公司已经维持了七年，却一直不温不火，要想得到更多的单子、更大的影响力，他必须娶一个女人。那个女人的父亲身在高位，可以给他帮助。我给不了他帮助，就只能接受这个事实，由正牌女朋友沦落为小三，真的很悲剧。一开始我还幻想着，我们是相爱的，他需要几年成功，一旦成功了，他就会离婚，就会娶我。

"一年前，他摆了他儿子的百日宴，我选择了去英航培训的机会。我不想就这么等下去了，我想让他做出选择，要么事业，要么我。"

"昨天我回来了，他还要我再给他一年的时间，我就知道了，我们再也没有未来了，该结束了。"

"当时为什么不和我说？"安逸走过来拥住了抽泣的贝宁，良久，突然恍然大悟，"所以刚才，你看《鬼铃》的时候会哭。"

"你终于进步了，反应快了不少。"贝宁破涕为笑。

"是吧，我也觉得是，偶尔也能长篇大论了。"安逸叹气，"看来书上说得是，不经历感情挫折的人永远长不大，我们终于也算是长大了吧。"

两个人又沉默了，平躺在床上，看着窗外触手可及的星空，长长地叹息。

"你明天开始休假？咱们出去旅行吧，我正好也有几天的假期。"贝宁提议。

“那就周六出发吧，我也不想在这里，免得谈笑又过来找我。”

“为什么周六啊，明天就走呗。”

“可是明天晚上，我答应了要去参加单身俱乐部的舞会。”

“哎哟喂，没看出来，安逸，你果然跟以前大不同了。”贝宁吃惊地看着安逸。

“是杨阳说，感情的伤只能用新的感情覆盖。”

“这话有道理，这样，带上我吧。”

“那最好了，本来我还担心去了会闹笑话。你说，这种单身派对都会有什么？”

“好玩的多了去了，最主要的就是可以肆无忌惮地整人。”

“啊，为什么？”

贝宁差点儿掉到床下去：“什么为什么？”

“为什么你要去整人？”

“好玩呗，参加活动的那些人肯定都装模作样的，那多没意思，得让他们露出真面目才行。再说了，你以为那些参加活动的男人就都是好心啊？你不整他们，就会被他们整。”

贝宁开心地说着，仿佛已经走入活动现场一般，手舞足蹈。

“所以还是要先下手为强。到时你跟着我就好了，已经好久没有这样的机会了，好期待。”

昨天回来，时差和心痛搅得贝宁一夜无眠，今天本想借助恐怖片刺激一下神经，让自己不再去想谢羽麟的。没想到遇见了安逸，也没想到会在遇见她后，自己的决心终于坚定了，所以很快就进入了梦乡。

安逸却有一种不安的感觉。记得大三的时候，同寝的老大太可恶了，为了奖学金的事，又一次诬蔑自己。贝宁看不过去，就设计了一场午夜凶铃现场版。

先是在头几天，哄骗老大看了这片，然后就在晚自习结束前跑回宿舍，让安逸穿了一身白袍躲在电视柜下的纸箱里。

等到约定的暗号出现时，安逸疲惫地爬了出来，紧接着就是老大绕梁三日的凄厉惨叫。她都茫然了，回头看见电视上一片雪花，而老大则是颤抖着缩在角落里，忏悔那两年来做过的所有缺德事。

“这是替天行道，不能让名校出去这样的垃圾祸害他人。”贝宁说得理直气壮。

安逸却照顾了老大一个星期，直到她恢复常态。

事后，老大还真的再也没有做缺德事了，而且很快调换了宿舍。

但这件事总是让安逸心有余悸，所以贝宁一说想整人，她就担心得不得了，然而困意终是席卷而来……

周五早晨，有些阴沉，似乎预示着今日有雨。

“怎么是阴天啊，耽误了我晒成蜜色肌肤的计划。”贝宁一醒来，就筹划起晚上的舞会了，“我们先去打一场网球。然后去做个SPA，护理一下肌肤，再去商场置办一身行头就OK了。”

安逸有些迟疑：“不用那么麻烦吧？”

“安逸童鞋，你记住，做这些不是为了取悦别人，而是为了取悦自己。所以一点儿都不麻烦！”

“好吧，不过网球真是很久没有打了，你不在，没有人和我搭档。”

“她们是自惭形秽。”贝宁张扬地笑着，“我回去换衣服，半个小时后，我们网球场见吧。”

等贝宁走了，安逸收拾好走出了家门，先去敲隔壁的门。

江琳打开门，连忙请安逸进去，安逸摆手：“我不进去了，昨天的事情怎么样了？”

“还好，是陈鹏为了女朋友做的，他也很后悔，我们决定不起诉他了。”

安逸点了点头：“那也好，有什么需要帮助尽管说。”

“谢谢安逸姐。”

微笑着离开，安逸的心底还是抽搐了一下，先不说陈鹏的所作所为是犯法，但他是为了爱情，而他谈笑又是为了什么呢？

每个爱恋的故事里，每个人都有选择的权利，对与错都要去承担。为什么自己的这场爱恋里，毫无机会，连知情权都没有。

也许贝宁说得对：“你是一个太简单的人，遇事还不过脑子，把所有人都当好人。”

好在贝宁回来了，有人可以帮自己了。

贝宁刚走到家门口，程诺的房门就打开了。

他匆匆忙忙地走出来，看到贝宁，点了点头，就跑向电梯间，边跑边下意识地看了眼腕表。呵呵，就算再赶，也要迟到了。

贝宁摇头，不过猛然想到程诺竟然也在巨星上班，她的心里竟然产生了一个念头。不过她连忙摇头，这也太恶作剧了。

程诺一走进巨星公关，前台CICI就递给他两个快递：“程副总监，这些是你的快递，今天一早收到的。”

“谢谢。”程诺接过来，扫了一眼，手却是一抖，其中一个快件的寄件人是彭越。难道是离婚协议书？另一个则是珠宝公司的，看来钻石清洗好了，可是与这离婚协议同时收到，真不是一般的讽刺！

程诺低着头走向里面，还没走到自己的办公室，旁边的门就打开了，策划部总监杜力侧过身子说：“怎么才到？今天的活动这么多，会议马上开始。”

“好。”程诺推开自己办公室的门，将两个信封和公文包扔进沙发中，也许应该给自己一个假期，去调整心情。但现在没办法，要开会，要工作，还要听杜力的呵斥。

他第一次感到在公司里是那么的没意思。

最后一个走进会议室，在杜力轻蔑的注视中，程诺坐在自己的位置上，长条桌的最尾端，杜力的对面。

“项目部又争取来几个重大活动的案子，需要我们做出完美的策划，其中最重要的是立体城业主委员会的换届选举。

“在座的很多人都居住在立体城中，自然知道，立体城的业主委员会与其他社区的业主委员会不同。这里的业主委员会有会长，还有分管各个领域的理事长和委员，俨然一个城市的政府职能机构。而它的换届选举不亚于市长选举，且还成为了一个试点，得到了社会各界的关注。所以这个案子，我们巨星拿下的话，对各位的业绩都是一个亮点。

“不过最近要争取的案子比较多，且对手特灵公关也是步步紧逼，我们对哪个案子都不能放松。”

“所以，我对这几个需要争取的案子做一下分配：医院的形象公关案，由汤米你们三人负责；沁园墓地的广告策划由丽莉两人负责；国际钓鱼巡回赛的启动仪式由瑞娜负责；顶尚俱乐部的周年庆典由西蒙负责。”

听到这里，程诺不由得抬眼看了杜力一眼。西蒙一直是他程诺的助理，这次单独负责一个案子不是不可，但是他杜力离间的目的太过明显。

而且听听这个分配也很有问题，杜力刚来巨星时，一直是按接来项目组的策划案子，由他负责一组，与自己负责的一组进行方案PK，决出优劣后，再拿去与其他公关公司的方案PK。就算是这次需要策划的案子多，也不该这样分配，他这么做的目的很狡诈。

“立体城网络电视台的周年庆典由杰西和梅恩负责，慈善拍卖会就由克里斯负责。”杜力轻笑着继续说，“业主委员会换届选举的公关策划案，还是老规矩，我们分两组来PK。”

程诺的手指捏着笔，心下飞快地盘算：杰西和梅恩也是自己一手带起来的，但是他们两个在谈恋爱，在同一公司里，这只能是私下发展的事。以前自己安排工作时，从来不会安排他们负责同样的事，可是杜力这着，明显是知道这点，想挤对他们了。

而最最明显的，就是这些方案自己的组员被分配得很多，六个方案里分配了四个，且基本上都是独立负责或是两人负责的，那么能投入到业主委员会换届选举的公关策划案上的精力明显会被分散。

看来就算自己想要中庸，不与人为敌，可他杜力已经亮剑了，自己的日子不会好过了。杜力想在巨星公关的策划部拥有绝对的话语权，所以向元老级的自己挑战了，那么是接着还是忍让呢?

程诺深深地叹了口气，也许彭越说对了一句："你不想和别人竞争，但不能阻止别人把你当敌人。"

心情变得更烦躁了，散会后，程诺回到自己的办公室，西蒙跟了进来："你怎么想?"

"我只想休假。"程诺疲惫地说。

"什么?老大，这个时候你还忍着?"西蒙都要无语了，"你要是退缩了，我们也得走人，他已经让人事部招人了。"

程诺一惊，是啊，这不是他一个人的问题。一旦他离开了巨星，那么自己这一组的人势必是杜力的眼中钉，早晚都要被拔掉。

自己一个人窝囊，却要连累一组的七八个弟兄，这就说不过去了。

脑子飞快地转着，为人中庸但并不代表自己不会算计。他坐正身子，对西蒙说："障眼法你懂吗?"

西蒙盯着他看了两眼："你的意思是?"

"我现在没有心力去顾及工作。"程诺将离婚协议书摊开在西蒙面前，"你去和咱们的组员抱怨去，但一定要让他们组的人都听到，去吧。"

"明白了。"西蒙的领悟力极强，"而且暂时不说明，正好看看谁和咱们是一条心。"

程诺皱眉，西蒙的提议不是不对，但是身在职场，有危机的时候，每个人表现出来的未必就是本意。而且这种试探一旦做了，就没有了退路，所以他摇头：“不，中午吃饭的时候，我来解释，你先去散播这个消息吧。”

西蒙点头，走了出去。

看着离婚协议书，程诺的心真的是凉了，彭越提出的要求真是多啊，难道对他就这么恨铁不成钢吗？失望到极点似的，仿佛不抽筋扒皮就不能解气一般。夫妻一场，何必做得这样绝？而且到现在他程诺也不觉得自己有什么做错了。如果只是怒其不去争取高职的话，就做出这些，那就太可笑了，这还是当初自己爱得死去活来的那个女人吗？

现在就赌一把，努力争取到一切，然后再在离婚协议上签上大名！但是，绝对不是因为她，而是因为这些弟兄，还有自己的尊严。

想到这里，程诺挺直了腰，可是眼光流转，看到办公桌上与彭越的合影，悲叹一声。当初为了彭越，放弃自己喜欢的设计部总监的职位，而选择了彭越希望他做的策划部，不就是为了博得她一笑吗？既然是自己选择的，就该做出让她、也让自己满意的事来，而不是这般埋怨才是。

好吧！那就再努力一次，挽救婚姻似乎比争取婚姻更悲壮却更有意义。

西蒙摇着头很无奈地走回大开间，大声哀叹：“没戏了，咱们没指望了。我就不明白了，他到底一天到晚混什么劲啊，怪不得他老婆现在要和他离婚。”

“别这么说老大。”梅恩反驳，“他一定很难过，咱们得帮他渡过这个难关才行。”

“对老大来说，这个打击都不能让他振作的话，他可真是无欲无求了。”杰西叹气，看来得找新工作了，或是向杜力投诚，但这么做又有些没品，该怎么办啊？

“没办法，各自努力吧，总不能因为老大不给力，咱们就自暴自弃吧？”瑞娜无奈地敲击着键盘，在职场上跟对人很重要，可惜老天不遂人愿，只能靠自己了。

克里斯则是无所谓地说：“现在又不是士为知己者死的年月，谁缺了谁不能活啊，想开点儿吧。”

“就是，就是。”西蒙坐了下来，在MSN上给每个组员发了信息，“中午一起吃饭，一个都不能少。”

有人回了信，有人没吭声。

西蒙心里有了谱，就算程诺再不计较，他也得去防备，毕竟事关生死。这次杜力可是表明了立场的，做得不够好，就得走人。

在巨星工作的两年多里，他算是看明白了一点，像程诺这样的好人不适合做领导，也不适合坐竞争太激烈的职位。将熊熊一窝，误人子弟啊。

不过，他真的是个好人，让人不忍心落井下石、墙倒众人推，真是矛盾。

午餐的时间到了，程诺打开办公室的门，杜力正好从谢羽麟的办公室走回来，瞥了他一眼：“听说你家里最近出了些问题？要不要休假？”

“我正在考虑。”程诺落寞地说，“不过就算休假，也挽回不了什么。”

“如果要请假，我随时批准。”杜力一脚踏进了自己的办公室，又回过头来说，“不过，今晚的单身俱乐部的舞会还是得弄好，毕竟这是你们组唯一赢过我们组的策划。”

程诺没有吱声，将手插入裤兜里，向外走了出去。

赤裸裸地挑衅又怎样？咄咄逼人没意义，以后赢过他的策划会更多。

西蒙他们看着程诺若无其事地走过来，每个人脸上的表情都不一样。

“走吧。”程诺率先走了出去。

来到他们的据点“清雅”港式茶餐厅，程诺让大家点餐。

梅恩忍不住问，“老大，要吃散伙饭？”

“错。”

“那是？”

“誓师大会，歃血为盟。”西蒙抢着说。

“原来如此，我说老大也不能是窝囊废啊。人家亮了剑，咱们也得回击才行。”

“不过，我们要用些计谋，不能这样对立着来，毕竟是一个公司的，传出去不好。”程诺表明了立场。

克里斯立即拍手附和：“没错，看来老大在‘江湖’上久了，还是明白的。”

“行了，你网游玩多了吧？”西蒙忍不住嗤笑。

“这次虽然杜老大给咱们拆分了任务，我觉得咱们还是得用集体的智慧去应对。”杰西强调。

“要不这样，没PK就出不了好点子，咱们自己分个组，进行方案PK得了。”西蒙提议，“现在咱们组接了四个案子，而且还有一个需要和他们PK的那个换届选举的案子。咱们现在除了老大，是八个人，四人一组，分别拿出这四个方案来。换届选举的那个案子，咱们集体讨论。”

“行。”瑞娜附议。

很快就分好了组，西蒙带领一组，瑞娜带领一组，程诺负责先准备换届选举竞选的资料。

“今晚的舞会是谁负责和执行部对接？”程诺突然问。

“是我。”克里斯回答。

“你参与讨论吧，我下午过去盯着好了。”程诺喝了口茶水，接着说，“对你们，我感到非常抱歉，我一直没有为你们争取什么。不论是方案PK，还是升职加薪，我都没有去主动争取过。但从今日起，我会改变。”

中午不能喝酒，大家就以茶代酒，都举起了杯，为了生存打响这场战役。

回公司的路上，瑞娜走在程诺的身旁：“老大，今晚的舞会，听说会有几个顶尚俱乐部的人参加，得抓住机会探点儿消息啊。”

瑞娜的话一下提醒了程诺，业主委员会的理事中有两个顶尚俱乐部的会员。

说起顶尚俱乐部，其实就是立体城的精英俱乐部，比如一些律师、金融分析师什么的社会精英。其中还有特灵公关的虞嘉，如果特灵也是竞争对手的话，那虞嘉想得到一些竞选的内部资料就会比较容易了……

想起虞嘉对苏浅的态度，程诺深吸了口气，给他拨通了电话。

4

刚下手术台的苏浅将手机开机，今天是周五，按照常理是要回海淀的家的，但是，周日是母亲的忌日，他不想在这几日看见苏漠山。于是写了短信发过去，刚发出，手机就响了，他的手一抖，好在屏幕上显示是程诺的名字。

“怎么了，阿诺？”

“我想拜托你一件事。”程诺思考着措辞，“今晚有空儿吗？”

“暂时没有什么安排。”

“来参加个活动吧，很热闹的。”

“你知道的，我喜欢安静。”苏浅想也没想就拒绝了。

程诺叹气：“我知道，但是我需要你的帮忙。”

“怎么？”苏浅听出程诺的为难，他是很少出口求人的人，于是说，“你现在有空儿？来医院找我吧，我在办公室等你。”

程诺挂了电话，和众人分开，直接去了B区的医院。来到普外科的医生办公室，苏浅正吃着午餐。

“才吃饭？”

“刚下手术，挺正常的。”

“那你先吃，我喝点儿水，再和你说。”程诺转身去了自助水吧。

不习惯求人，亦不习惯钩心斗角。可是没有办法，为了达到目的，他程诺也有不择手段的一天，真是悲哀。

他端了两杯咖啡，回到苏浅的办公室。

“说吧。”苏浅将餐盘放在旁边。

“晚上是单身俱乐部的舞会，当然，你没有兴趣参加我知道。”程诺递上咖啡，“我请你参加，是因为我需要知道一些信息，然而我不是顶尚俱乐部中的人，虞嘉是。她的公司和我所在的公司一直都是对手，这次也不例外，而这次对我是非常重要的一次。”简单地解释了一下自己现在的处境，程诺低下头，看着杯中的咖啡。

苏浅抿了下嘴唇：“我想不必非要参加这个舞会，我的病人中有业主委员会的会长，她即将进行手术治疗。你想知道什么，直接问她也许更好。”

“真的？”程诺惊讶得瞪大了眼睛，这就是传说中的天上掉馅饼吧。

“阿诺，我会帮你引荐。但是你要记得，不论什么时候，做自己才是最重要的。”苏浅喝了口咖啡，“虞嘉那里，我很抱歉，帮不上你的忙，因为我无法接受她，就不能给她任何机会，这个你懂的。”

程诺点头，不由得感叹，苏浅清冷的处世态度是他所无法企及的。他永远也做不到超脱，因为牵绊太多。

从医院出来，程诺径直走向位于N区的酒店，来到宴会厅，执行部的人员已经到齐了，正在布置现场。

苏珊走过来：“怎么是你亲自出马了？”

“今天的布景正是我的强项。”程诺低头摆弄着他们已经运过来的设备。

“听说你要离婚了？”

“不愧是公关公司，什么都传得这样快。”

“我们是惊讶，你老婆的脑袋被驴踢了吧？”苏珊的语调不禁提高了，夸张地说，“全世界最后一个好男人程诺哦，她说甩就甩了？”

程诺将电源线接好，摇了摇头，再美的风景也抵挡不住熟视无睹，竟然无话可说。

“别和这种不知足的女人置气。告诉你，今晚可有不少美女来参加活动，你抓住机会，找个最漂亮的，气死她。”

打开投影设备，吸血鬼古堡的布置就完成了。这个案子之所以一举拿下，就在于他这套全息投影的惊艳登场震撼了组织方，又省钱又可变化多端。

其实气气彭越的怨念，他程诺不是没有过，甚至YY了好多场景，但是苏浅说得对，做他自己才重要。

5

夏日晚7点，天空一片浅灰，安逸与贝宁来到了酒店的大堂，再向宴会厅走去。

一袭渐变蓝的小礼服将安逸衬得玲珑精致，黑白分明的眼睛永远都是那么的清澈，浓密的睫毛遮住了羞涩的眼神。

一袭大红露背小礼服的贝宁则是有些狂野，她要从今天起活得有尊严。

一路上，她们接受了很多人的注目礼。安逸有些不自在，贝宁则照单全收。

进入会场，现场的布置别具一格，非常梦幻。安逸不由得惊叹："真像是童话世界。"

贝宁看到眼前的场景，突然想起了那日在程诺家看到的，伸手去触摸，果然不是什么石膏柱。但是这般逼真的布置，不得不惊叹，那小子还真有亮点。

安逸以前经常陪谈笑参加这样的酒会，但是每次她都莫名的紧张，现在谈笑不在了，她却依旧紧张。

"放松点儿。"贝宁感到安逸的指尖冰凉。

"我也想，不过……"

"走，先吃点儿小点心去。"贝宁拉着安逸向餐点台走过去。

看到那些精巧的食物，贝宁取了几块塞到安逸手中的餐碟中："你爱吃的朗姆酒慕斯。"

"只要是和酒沾边的东西，我现在都不喜欢。"安逸有些不知所措。

"很好，那就扔了，我们吃芒果慕斯。"贝宁将手里的朗姆酒慕斯扔进了垃圾桶，很是潇洒的样子。

不过，贝宁的举动引来旁边一个女人的不满："不喜欢就不该取，浪费。"

"我高兴。"贝宁懒得搭理她，拉了安逸走开。

安逸不好意思地冲她点了点头，然后小声对贝宁说："她是立体城里有名的铁娘子——虞嘉，我们电视台采访过她的。”

“她就是虞嘉？”贝宁一愣，谢羽麟的竞争对手？呵呵，果然是个女强人的样子，而且良好的家世甚至高于谢羽麟现任的太太。

真是奇怪，他谢羽麟当初为什么不娶了虞嘉呢？许是虞嘉瞧不上他吧。

“舞会就要开始了，我们去个不显眼的地方吧。”安逸扯着贝宁的手。

“好。”贝宁随安逸走向帷幔，反正她们两个已经是焦点了，去哪里都是一样。

走进去才发现，竟然连帷幔也是假象，贝宁不由得笑。突然听见一对男女在低声争吵，她和安逸都转头看过去，也都同时惊讶万分。

“你怎么会来？”

“我为什么不能来？”一身银色礼服装扮的彭越格外显眼。

“你还没单身呢？”

“不是马上就可以了，这叫未雨绸缪。”

“这叫丢人现眼，这活动是我们公司承办的，同事都认识你。”程诺气愤得就快窒息了。

“我就是要告诉他们，我们马上就要离婚了。”彭越理直气壮。

“你……”

“我怎么了？”彭越咄咄逼人，“我就是看不惯你这个窝囊相，别把平庸说成中庸，你可没到那境界。”

安逸听了皱眉，贝宁看到了，有些不明所以：“你也认识我的邻居？”

安逸小声给她说了个大概，想离开这里，毕竟是人家的家务事，不好掺和。

可贝宁一听完，就瞪圆了眼睛：“我最讨厌这样的女人了，凭什么逼着别人去成功，真够戗。”

说完，她扭动着腰肢走了过去，拉住程诺的手：“找了你半天了，走，跳舞去。”

程诺眼前一红，就看到一张精致的脸，且不由分说地被拉至聚光灯下。

音乐正是《惊情四百年》的主题曲。

“怎么是你？”程诺忍不住问。

“不行啊？”贝宁冷笑。

“不是。”

“我这是救你于水火，也是弥补一下前天让你出糗的过失。”贝宁无所谓地说着，“不过，好好的单身聚会，你们搞成吸血僵尸的场景干吗？”

“要知道，当大家衣冠楚楚地并肩站在一起时，是看不出谁会忠贞不渝，谁又不是个玩意儿的。只有经历时空的考验、苦难的历练、生死的选择才能作准，而非一时激动。”程诺嘲讽着。确实，这个舞会，他在策划时，就是带着这样的心情做的，没想到会被采纳。

贝宁瞪大眼睛凝视着程诺的眼眸，笑得异常灿烂。

被甩在一旁的彭越惊愕地看着程诺与一红衣美女跳起了狐步，身旁一阵香气袭来，转头，正对上虞嘉颇有深意的眼眸：“能劳动杜力的人，竟然是你，真是意想不到。”

彭越不由得皱眉，虞嘉冷笑：“你觉得这着会有效吗，不如我帮你？”

“怎么帮？”彭越不假思索地问。

“让杜力来我的公司，空出来的位置自然非他莫属，巨星的人才有限。”虞嘉似笑非笑。

彭越明白了，优雅地转身：“谢了，不过我觉得还是我自己的计谋更好些。”

一边的安逸看得一头雾水，连忙离开了那里，不可否认，她认为贝宁的大胆所为很仗义。

这时，杨阳找到安逸：“你打扮得可真漂亮，走，去那边，有很多帅哥在。”

“不，不了，我在这里就好了。”安逸连忙摆手，脸色绯红。

“来都来了，自然得认识几个才好吧？”杨阳一副皇帝不急太监急的样子。

好在这时手机响了，安逸低头从手包里拿出了手机，却在看到来电显示时，瑟缩了一下。

杨阳立即劈手将手机夺了过来，果然是谈笑，他可真是阴魂不散。她没好气地接起来："谈公子，安小姐正在单身俱乐部的舞会上大放异彩呢，你要不要来参观？"

"啊？"安逸想把手机拿回来，却已经被杨阳挂断了。

"他肯定会过来，你现在的任务就是和一个男人跳舞，不管是谁。"杨阳义正词严。

"我可否有这个荣幸？"不知何时，身旁站了个男人。

安逸吓了一跳，杨阳直接将安逸的手放进伸过来的手中，站在了一旁。

神啊，安逸祈祷着，跳舞会是会，但是如此紧张的自己会不会踩到对方的脚？如果踩到了怎么办？还有，杨阳那么断定谈笑会过来，可是谈笑看到了这样的场景又会怎样呢？

她的胡思乱想终于引起了舞伴的不满，那男人揽在她腰间的手加重了力道："小姐芳名？"

"安逸。"她勉强回答，都感到发丝间有汗了。

"我叫李戈，是个律师。"

"哦。"律师似乎都是口若悬河的人，安逸想着。

可是，李戈安静地看着她，良久才说："你真的不记得我了吗？"

安逸抬眼看向他，一脸的茫然。

"我是你初中时的同桌啊。"

"是吗？"安逸还是完全没有印象。

"你才上了不到一个学期就转走了，也许想不起来了。不过，你还是那么漂亮，一眼就能认出来。"李戈多少有些落寞地说。

安逸的脸又红了，眼光流转他处，却看见正在入口处的谈笑向这里张望。

她的脚步乱了，一下就踩到了李戈的脚。

李戈皱着眉强忍着，顺着她的目光看过去：一个气急败坏的男人。

这种场景发生在美女身上再正常不过了，李戈释然地笑，可是安逸的大眼睛中瞬间已经充盈了泪水，他的心一动。

安逸真的想不明白，谈笑这是为什么，一着急，眼泪就涌了出来。

李戈在她腰间的手突然用了力道，将安逸推了出去，右手再一用力，又将她带回怀中，完美的亮相在戛然而止的苍怆的音乐声中，让人有那么一丝忧伤和悲戚。

松开李戈的手，贝宁正好也出现在安逸身边，拉起她的手迎着谈笑走了过去。

“谈笑，好久不见。”贝宁波澜不惊地说。

谈笑看了她几眼，突然想起来了，讨好地说：“贝宁啊，安逸想了你好久，你终于出现了。”

“当然了，再不出现，恐怕她就要被骗了。”贝宁冷冷地说，“说吧，给个理由先，通不过，就到此为止，别再来纠缠。”

舞会的焦点本来就是她们两个，此刻的焦点就更是。

程诺有些惊讶于贝宁的侠女风范，四处巡视，再也没有彭越的身影，不禁有些疑惑。他还不想过去和谈笑打招呼，于是走到投影设备前，按了按键。

奢华却阴沉的古堡一下就变成了碧海蓝天中穿行的豪华游轮——泰坦尼克，众人的注意力被吸引过去不少。

谈笑没想到贝宁会突然出现，如果只是杨阳，他有足够的准备，可是贝宁就没那么容易了。才6月的天气已经有了燥热的迹象，他只感到汗流浃背，渐渐喘不上气来……

12：30AM

她：午饭的水果很让人期待。好好吃饭，好好工作。

Chapter 5

陌路萧郎的忏悔

很多人并不真正反省自己，而是在思想中将自己装扮成一个失意的人，
一切倒霉的事并不是自己不好，而是时运不济。
于是一通自怨自艾后，同情自己的心理得到满足。
过段日子，当缓过气来、事事顺心后，就完全不记得当时怎样痛下决心了，
人们的多数反省大抵如此。

1

不想成为笑柄，他们三个走出了宴会厅，在人烟稀少的中庭。

毫无征兆的，谈笑靠着墙壁慢慢坐倒，这让人始料不及，安逸刚要扑上去查看，贝宁一把拉住了她。

“大四的时候，他不就是用了这个招数哄得你什么都信了。”

如果不是贝宁提醒，安逸都忘记了，她总是那么容易忘记不开心的事。

贝宁不客气地说：“喂，别装了，一个招数使一次就够了，还没完没了地用，真够戗。”

谈笑无奈地睁开双眸：“我的胸口好痛。”

“疼很正常，做了亏心事的人都这样。”

“逸，我可以给你解释，我应该给你解释的。”谈笑不敢再看贝宁，只对着安逸痛心疾首地说。

“那就解释吧。”贝宁有些不耐烦了，他比谢羽麟更让人鄙视。

谈笑低了头，正在酝酿如何述说的时候，突然手机大噪。

“谈总，这次进口的葡萄酒在运输过程中出现了问题，造成了酒质受损。”是销售经理打来的电话，万分焦急的语气，“已经售出的酒，造成了部分客户中毒的现象。”

“怎么会出现这样的事？”谈笑一下子站了起来，脸色更加苍白，“我们去提货的时候，并没有人告诉我们啊？”

“是运输过程中冷藏集装箱出现了问题，温度没有保持在13℃，而是一度达到了47℃，后经发现才调整回来的。因为出了事情，我才去核实回来。如果处理不好，我看要出大事啊。”

电话里的声音清晰地传了过来，安逸立即联想起和程诺一起喝的那两支Cuvee Napoleon ler。她不由得也为谈笑着急起来：“你快回去处理吧。”

站在旁边的贝宁真恨不得缝上安逸的嘴，将她拉至身后。

谈笑的视线越过贝宁，感激地看着安逸：“我先回去处理事情，一定会回来给你解释清楚的。”说完，他快步离开了。

贝宁转身很生气地说：“看到了吗？你在他的心目中并不重要。”

“有人中毒了，他当然得赶紧过去。我也喝了那酒，也中毒了，知道有多难受。”安逸本能地为自己，也为谈笑辩解。

“算了，和你说也没用。走吧，明天我们去丽江。”这个节骨眼上，还是避而不见最好，而且想起谢羽麟的提议，其实也不错，告别的纪念。

“对了，我的蜜月旅行还没有取消呢。”安逸突然想了起来，“要不我们两个去吧？反正改个机票名字就好了，你的签证哪里都能去的。”

“神经。”贝宁都要无语了，“你们选的哪儿啊，一定是马尔代夫什么的吧，那里全是情侣。你说，咱们两个去像什么话，真够戗！”

“不是啊……”安逸无辜地眨着眼，“我想去埃及，所以就订了那里。”

贝宁的眼睛一亮：“这个靠谱，难道是你还想着穿越去古埃及？”想起大一时，安逸看了本穿越小说，就想着穿越去古埃及的事超级好笑。时间过得真快，已经是挺久远的了。

“我还想过这个？”安逸傻笑着，其实她记得，那时别人都有了男朋友，而她偏偏因为谣言而形单影只，不想着穿越能想什么？不过把蜜月之旅定在埃及，并不是想去穿越，而是想让那片古老神奇的土地见证她的幸福，只是可惜……

“那岂不是要周日才能走了？明天去我家吧，我妈很喜欢你的，记得吧？”

贝宁心底叹了口气，回来了总不能连家都不回一次，但是一想到老妈苦大仇深般的眼神，就心有余悸。如果带了安逸回去，老妈就一定不会烦她了。

安逸点头："是啊，阿姨很好。"

"那我们上午过去，吃了午饭就回来，要不也没什么共同语言。"

"其实不是没有共同语言，而是不想她们因为咱们伤心。"安逸想起看到分手信后，在餐厅里电话通知老妈婚礼取消时，她难过的语调……

"你现在真的是长进了，说话能说到点儿上了，不过可别说我的事。"贝宁笑着抓紧了安逸的手，"舞会回不去了，我们去游泳好不好？"

"早上打过网球了，好久不运动还真的是腰酸背痛。我们还是去看看星星吧，顶层有个天文馆。"

两人很快来到酒店的顶层的观景台，这里也是立体城的最高点，400米应该是有了。向下看都已经有了虚无缥缈的感觉，尤其是这样的夜晚，有些微雾，下面的世界流光溢彩，抬头望向天空却又是寂寞的深蓝。

因为有些阴天，天空中并没有闪烁的星辰，但是凑到天文望远镜前，璀璨的星空有如黑缎子上的宝石。

贝宁不禁感叹，自己以前的人生就是这样的阴天，厚重的云层拨不开，只能陷在痛苦的爱中。其实星空一直在，永远都在，只是她没有穿透云层的勇气，也一直心存着幻想。一年的分别终究是有用处的，让她终于可以清醒、可以面对、可以决定了。

安逸站在望远镜前，脑海中却是和谈笑一起来的场景，这几天她都在努力不去想谈笑。可总是事与愿违，到底是她放不下的更多吧，可是仔细想想，又不禁怀疑，谈笑真的爱自己吗？自己也真的爱他吗？

这个念头竟然是她第一次想到，把自己都吓了一跳，到底什么是爱？她完全不清楚了。

两个人都陷在各自的思绪中，良久，贝宁才长叹一声："我们该怎么疗伤，才能不辜负这大好的青春呢？"

“缺什么就补什么呗。”安逸想到杨阳说的话。

“你现在真的行啊！”贝宁觉得安逸的话很是一语双关，还有那么一点儿幽默的意味，“你缺什么呢？”

“我也说不清楚，可能缺乏勇气和信心吧。”安逸如实回答。

“你所缺少的，至少可以抓住机会去弥补。我呢？除了一个值得我真心付出的人之外，似乎什么都不缺。可是这个又太难找到了！”贝宁又凑到望远镜前，“要是有颗流星，我一定许愿——赐给我个男人吧。”

安逸忍不住笑：“怎么说得像花痴似的。”

“我这是勇于面对自己，诚实的表现。”贝宁觉得心情好了不少，“对了，你不是会星座预测吗？看看双鱼座下个月有没有桃花运？”

“双鱼座是这个月桃花运旺盛。”安逸白了她一眼。

“这个月啊？再过两天就没了，可我还没遇见谁呢。”

周六早晨，安逸开着车，与贝宁去了位于西郊的家。

“你的车是不是也该换了？”贝宁惊讶地看着安逸的车，“这不是你大学毕业时买的二手甲壳虫？按说你也是高收入人群了，快换辆车吧。”

“这车挺好的啊，干吗换？车只是代步工具，其他什么也说明不了。”安逸又想起了谈笑，他也说过让她换车的话。而且他是每年都会换一辆车，且越换越好。安逸想起他曾说过“对于男人来说，身边的女人要漂亮，开的车要好，才能彰显身份”。

难道自己只是他身边还算得上漂亮的女人，仅此而已？

安逸摇了摇头，最近怎么突然变得这般善于联想？以前他说这些时，自己都不曾在意的，看来自己果然很迟钝。

“今天真的是好日子，竟然有这么多婚车队伍。”安逸边开车边说。

贝宁观察着她脸上的神情，没有接话。

安逸转过头，对她笑了笑，沉默了。四年的分别，让两个人都成长了。贝宁虽然还是心直口快，但是至少知道给对方留有余地。而自己就算再迟钝，也终于开窍了。

终于到了贝宁的家，她开心地敲着门。是她老爸来开的门，看到宝贝女儿回来，他的欢喜溢于言表，可是贝宁的老妈有些愁眉苦脸。

“发生什么事了吗？”贝宁有些忐忑。

安逸放下手中的水果和礼物，礼貌地打了招呼。

“你二姨不久前查出了乳腺癌，前几天住院了。”

“我二姨？”贝宁有点儿不敢相信，连忙又劝慰着曾嘉竹：“妈，你别太担心，乳腺癌在癌症里算是轻的了，只要没扩散就好说。”

“唉，你二姨就是累的，她搬了新家后就成天忙着业主委员会的事。”

“她们搬家了？”

“对啊，和你一样，买的是立体城的房。她本来说那里清静，空气好，结果非忙着这事，都累病了。”

“唉，我二姨是闲不住的人，闲着也得生病。她什么时候手术？”

“下周一就手术。”

“那住我那里好了，别来回跑，我下周陪安逸去埃及散散心，回来了我过去照顾她。”

“安逸怎么了？”曾嘉竹这才关注地看向安逸。

“也没什么，就是婚礼取消了，那种烂人不嫁也好。”

曾嘉竹揽过安逸安慰着：“总比结了又离强，阿姨给你张罗更好的去。”

安逸一阵感动，贝宁偷着笑了。要不是安逸在，自己一定又得被老妈数落，可是明明才26岁的青春年华，愁的不是嫁不出去，而是嫁不到一个好人。

吃过午饭，曾嘉竹和贝林简单收拾了几件换洗的衣服，就随贝宁和安逸回到了立体城。贝宁坐在副驾驶座上，沉默了，最后还是给谢羽麟发了短信——“我决定放弃了，以后不要再见面了，更不要来找我，我父母搬来和我一起住了。”

周日一早，贝宁与安逸就离开立体城，前往机场。

望着渐渐消失在眼前的立体城，安逸发出一声叹息，希望回来的时候，一切都变得美好起来。

苏浅也是很早就起来了，今天是母亲的忌日，他要去墓园看她。她离开已经14年了，在他16岁的时候，也是从那时起，他才立志要做一名医生。

将精心准备好的祭品放在车上，天色刚有些蒙蒙亮。苏浅开着车，驶出了立体城，一路向北。

寂静的墓园永远都是这般清冷，就算是此刻夏花盛放的季节，依旧是那么凉薄孤冷。

走到那棵青松下，苏浅停了下来，一抹熟悉又有些陌生的背影正站在那里，母亲的墓碑前已经有了她最喜欢的百合花，素雅的白色，清雅的芬芳。

苏漠山听见了脚步声，并没有回头：“你来了。”

“是。”苏浅淡淡地应着，自从母亲去世后，他们父子之间就是这样。因为在他的心中，始终无法谅解苏漠山在母亲病重期间，依旧自顾自地忙碌。

“还是那么忙碌吗？”

“是。”每天的手术都排得很满，而且病患的年龄也越来越年轻，苏浅对此颇感无力。

苏漠山一时找不到话题，气氛冷漠下来。

苏浅走上前，默默地将墓碑擦干净，然后将祭品一点点儿地摆好。

天色渐渐明亮起来，清澈的蓝。

良久，苏漠山终于找到了一个话题：“昨天虞嘉来了家里，你和她……”

“我们没有什么关系。”苏浅打断了苏漠山的问话，“虞叔叔对你的环保工程支持很大吧？”

不知道苏浅为什么这么问，苏漠山挑眉。

“只是他的支持再大，我也没办法娶他的女儿。我不会娶一个我不喜欢的女人，而且这辈子我不打算爱上谁，我只会为我的病患忙碌。无法给一个女人温暖的家，那就不要去伤害谁。”

苏漠山的肩一抖，紧接着心也一痛，忍了又忍，叹了口气才说：“那就早点儿和她说清楚，很多话不是藏在心里，只用行动表达就可以的。”

“我知道了，你先回去吧，我还想单独陪我妈一会儿。”

苏漠山拍了拍苏浅的肩膀，走了，非常落寞地走下长长的台阶。

夏季的早晨颇有些凉意。

又是崭新的一周。

周一早晨，苏浅提前两个小时来到医院，他答应过马上要做手术的曾嘉兰，陪她巡视一番立体城。

苏浅直接来到病房，曾嘉兰正坐在窗前，看着窗外明媚的早晨。

她回头看到苏浅进来，笑道：“好准时的苏大夫，今天天气真好。”

“当然。”苏浅淡淡地笑着，“我们去走走吧，不过只能逛一个小时，你还得回来接受术前准备。”

“好。”曾嘉兰笑意浓浓，“苏医生对每个病人都很好，是个很有爱心的人，怎么不去参与一些社会公益活动？”

“除了工作，其他的时间还要用于查阅国外的病例、手术资料，怕不能全心投入，所以没有参与。”

其实，他是个清冷且高傲的人，从小到大也只有程诺一个朋友。而对病人的爱心，是缘于没能给予母亲更多照顾的遗憾。可是如果让他对其他事务热心，那是不可能的，他提不起半点儿兴趣。

苏浅知道曾嘉兰是个热心公益的人，还是立体城业主委员会的会长，所以他答应了程诺给他以帮助。

来到了天街，曾嘉兰再次道谢："苏大夫，真是很感谢你，今天手术排得这么满，还要陪我走这一趟。"

苏浅搀扶她的力道又增加了不少："我一点儿也不累，您不要这么客气。"

身旁的曾嘉兰才过了60岁的生日，清瘦干练，但她亦是乳腺癌三期了，不知道今日手术过程中，会不会发现已经转移的迹象。

苏浅心底有一丝难过，曾嘉兰和母亲长得有很多相似之处，就连生的病也是一样。只是母亲错过了救治的最佳时间，在最后出现了转移，痛得忍不住了，才去就诊……

曾嘉兰叹了口气："在这个节骨眼上生病，真是让人沮丧，也真有些舍不得。不想麻烦孩子，却要麻烦到你，我真是……"

苏浅只是浅浅地笑，让曾嘉兰感到温暖。

站在缓慢移动的玻璃电梯里，可以看着远处的风景，也可以环视整个立体城。占地仅一平方公里的城，却集中拥有了一切，让居住在这里的人感到十分便捷。

曾嘉兰贪恋地看着："这里真的很美，是吧？苏医生喜欢立体城的哪里？"

"动中有静吧。"苏浅虽然只说了这个，但其实选择在这里居住，还有很多原因：因它时尚晶莹的建筑氛围、低碳环保的居住理念、方便快捷的生活方式；也因它独立自成体系，办事效率变得很高；年轻人居多，充满活力，张扬却不浮夸。

"符合这个条件的何止这里？我认为立体城与那些社区不同，这里值得你去改变。"曾嘉兰仰起头，极力看向云端下的楼顶，继续说，"总有人说什么时尚改变生活之类的话，其实更能改变生活的是居住的环境和氛围。"

苏浅淡淡一笑，他不想反驳，因为他的生活不会因为其他而改变。

“只可惜，我能为它做得不多。”曾嘉兰淡淡地摇头，“还有很多心愿无法达成。”

人生本就是一个遗憾接一个遗憾的，但也正是因为有这些遗憾，才让人逐渐坚强、勇于面对。于是苏浅微笑：“那你就等着手术完了，养好身体，还有的是时间可以好好去完成。”

曾嘉兰被这份信心感染了，继续看着。

从天街回来，苏浅将曾嘉兰送回病房，与往日一样，病房里又满是前来探望的人。他立即让护士做术前准备，并叮嘱刚来探视的人们说：“一会儿就要手术了，希望你们多给她些鼓励，不要让她情绪激动，再过15分钟就要做术前准备，也请大家配合去外面等候。”然后走了出去，轮到他做准备了。

今日来探视的，除了曾嘉竹夫妇，还有一大部分是业主委员会的人。副会长周权关心地说：“曾会长，你的状态很好，一定会没事的。”

“其实这手术不麻烦，我知道，化疗才是比较损耗体力的。”曾嘉兰无奈地微笑，“换届选举的事，你们讨论得如何了？”

“按照你的意思，我们拟订了一个细则，一会儿你慢慢看吧。”周权将一个文件袋交给曾嘉兰。

“好，那就等我手术回来看。”曾嘉兰将档案袋郑重地放在床头柜上。如果说一点儿都不怕即将开始的手术，那是骗人的。虽然不甚了解乳腺癌三期到底是什么概念，但总觉得会比一或二期来得严重。此刻最最了解她的是这些朋友，给她带来了工作上的期待，有了这份期待，她便有了更多的信心。

一周的时间在忙碌中匆匆度过。

周日中午，程诺正要走出家门，苏浅打了电话过来：“同学聚会是几点？”

“你要去？”

“都分开12年了，岁月一轮，也该见一次了。”

“那你现在就往H区的停车场走吧，我正准备出发。”

“好，就开你的车好了。”

“你的车那么好，还是开你的吧，这样我也有面儿。”程诺调侃着走到了电梯间。

这一周里，彭越没有找过他。他努力地工作，似乎忘记了她的存在，也忘记了协议离婚的事情，甚至恢复了冷幽默的习惯。

“参加同学聚会显摆的不都是女人？”苏浅也调侃起程诺，“我们该显摆的是带过去的女人，可惜，你没有，我也没有。”

挂了电话，程诺微微皱眉，两年前的同学聚会，他参加了，记得当时是谈笑独领风骚，现在回想起来，似乎他带着去的还不是安逸。

唉，程诺叹了口气，不愿再多想。

很快来到停车场，苏浅竟然已经到了。

“怎么这么快？”

“我直接从医院过来。”苏浅不自觉地叹了口气，他负责的一个病人在今天凌晨的时候去世了。虽然今天是休息日，在知道了这个消息后，他还是去了医院。

这个病人是他主刀的第一个病人。虽然被医学判定了死期，可是这个老人乐呵呵地接受着化疗，然后出院，一晃五年过去了，他也被子女接到了立体城。只是这次他真的走了，不知道是该难过还是该为他感叹，因为他已经打破了那个判定。

很多时候，总会有软弱无力的感觉，虽然医学发展得已经足够快、足够好，但是依旧阻止不了死亡。

程诺看出苏浅的落寞，这种落寞，在高一的时候就见过了。那时，他的母亲突然去世了，他一直陪着他，生怕他垮掉。可是他竟然没在人前掉过一滴泪，只是这种表情一直延续到他考上医学院。

程诺伸手拍着他的肩，大大咧咧地说：“本来他们想定在立体城的顶尚俱乐部的，我怕他们烦你，所以还是让他们选了老地方——飞云俱乐部。不过，听说顶尚俱乐部超奢华，好像是立体城中一众精英的聚会场所？”

一提起顶尚，苏浅就想到虞嘉，那个俱乐部是她一手创办的，他也是被拉进去了，却极少参加活动。而下个月初，似乎就是顶尚的周年庆典了，也许可以借这个机会和她说清楚自己的心意。

程诺启动了车子，歪头看向苏浅：“不知道谈笑那小子是不是要去，他前几天回来找过安逸，很可笑。”

苏浅一愣，安逸，噢，想起来了。不过对于谈笑的行为，他不想加以评判，他不谈恋爱，自然无法去理解恋爱中的人的行为。甚至就连对程诺的离婚事件，他也不去多说什么。很多事，需要的是自己的承担，他人帮不上忙，而且还有可能越帮越忙。

“下周我安排你和业主委员会的会长见面吧，她的手术很成功，恢复得也不错。”苏浅找了别的话题。

“谢啦。”程诺松了口气，苏浅不主动提，他也不好意思问。这种不择手段、牵扯上所有关系的竞争方式，他是真的不习惯。

45分钟后，他们来到飞云俱乐部。

已经到了不少同学。很多人看到苏浅都很惊讶，苏浅也和每个人都热情打着招呼，虽然十几年不见，却依稀能找到当年的影子，所以他没有认错谁。

程诺作为组织者之一，还有很多需要他照顾的，所以他对苏浅笑了笑，便向餐厨区走去，想看看餐点准备的情况，却突然看到谈笑正走向高尔夫球场。

巡视完餐厨区的准备情况，程诺也走向高尔夫球场，寻找谈笑的身影。

他之所以要找谈笑，心理比较复杂，许是因为自己不成功的婚姻，许是不解他为何会抛弃安逸那样的女孩。或许只是在这个落寞的时刻，想找个人倾诉或是给些建议。

苏浅只会当个听众，不会去介入，但这时他需要的是共鸣。

开阔的绿地上，谈笑正在训练场那里练习挥杆。程诺走了过去，挑了根杆，戴好手套，走到谈笑身后的球道上站定，摆好姿势，用力一挥，比谈笑击打出去的球落点要好很多。

谈笑回头，看到程诺，黯然一笑。

程诺这小子一直是班里的宣传委员，以往这个职务一般都是女生担任的，可见他八卦的程度非同小可。但是这小子又是特别有情有义的，不像班长苏浅总是那么冷傲，他更像一团火。

程诺皱着眉故意说："上周不是你小子的结婚典礼吗？怎么取消了，而且你又怎么会在这里？你的女朋友不是很漂亮吗。"

谈笑有些尴尬，又有些无奈："我想我是脑子进水了，竟然会觉得娶美女也是负担。"

"负担？"

"是啊，我也算是一表人才了，可还是有人会说鲜花插在牛粪上的话。而且当时也有些婚前恐惧症吧，毕竟要结束自由的单身生活了，会觉得恐慌。而这种恐慌的时候，只会去想对方的缺点。结果一切都搞砸了，我才想躲在人群中，免得孤独地想哭，懊恼地想死。"

"好吧，那你说说看，你都干了什么？"

谈笑不知该如何启口，摇头："算了，酒会要开始了，我们进去吧。"

程诺不强求，与谈笑回到了宴会厅。

谈笑一直都在思念安逸，她的手机关了一周了，不在立体城，到底去了哪里？他真的很想拥她在怀，可是怎么解释自己的背叛呢？心乱如麻。

毕业12年的聚会，人到得蛮齐的，只除了在德国和法国工作的两个女生没到。

其实经过这12年，大家都有很多变化。大学毕业那年聚过一次，大家多是炫耀找到了哪些大公司；两年前又聚过一次，按说是十年的大日子，可是来的人很少，只有一半，多是混得小有成绩的人。今日的聚会，女生们凑在一起炫耀嫁的老公，男生则是依旧比拼事业。

苏浅觉得有些无趣，如果比起事业，他不过才是个主任医师，而有的人早已成为知名企业的高管，或是有些已经自己开了公司。听着他们的炫耀，苏浅很想笑，可是又说不出人家这样做到底哪里可笑。

刚从美国出差回来的陈昕带了两瓶加州纳帕谷的葡萄酒来，给酒会增添了情趣。苏浅也乘机端着酒杯走到窗前，望着外面的绿地，一片生机。

程诺也端了只酒杯走过来："你倒的是Opus One 1992？"

苏浅看了看酒杯中的酒液颜色，和程诺手中的不同："原来两瓶是不一样的？"

"看来你对葡萄酒没研究。"程诺耸了耸肩，"其实我也没研究，谈笑应该很懂。"

"他懂又如何？"苏浅不以为意。

程诺有些无语。

谈笑走了过来，和其他人站在一起，屡屡被问到取消婚礼一事，于是逃窜到为人清冷的苏浅这边，力求个清静。

程诺举起酒杯和他碰了一下："你的酒行生意做得那么大，怎么不带瓶珍藏过来？"

谈笑叹气："最近刚出了点儿事，新进口的一批酒变质了。"

程诺点头，摇着酒杯，又闻了闻，问道："你觉得Robert Mondavi Napa Valley Cabernet Sauvignon Reserve 1993如何？"

"很不错，就是还有些年轻，再窖藏一段时间会更好，而且打开得太晚了，应该再放置会儿品尝，味道才会更丰富。"

"确实，我还以为是我判断有误呢，有你这个专家的点评，我就放心了。不过，你说这酒还年轻，那需要多久喝才好？"程诺似乎是在说酒，又似乎不是。

"每种酒都不同，这个应该再存放个13年，凑足30年再开启才好。"

"你们说得好像以前看过的影片《杯酒人生》。"苏浅对这个话题依旧没兴趣。

谈笑一听到《杯酒人生》，表情一下就纠结起来。程诺看到他眼中闪过的懊恼，忍不住问：“难不成你也和杰克一样想来个荒唐的结束单身之旅，却弄巧成拙？”

“比那个更糟也说不定。”谈笑放下手中的红酒，从侍者手中取了一杯啤酒，一口气喝干。

“真有你的。”程诺不知道该是同情还是责备，只好转移话题，“听说石孜在法国也是做葡萄酒贸易的，恰巧在聚会前回波尔多了，有些可惜。要不你和她没准儿还能有些业务往来，当年她可是很迷恋你的。”

谈笑的脸一下变得苍白，继而又红到了极致。

看到谈笑的表情，程诺惊愕地展开了联想，甚至有了些超越的快感。似乎谈笑比自己更不幸，这种感觉有些良好。

就连苏浅也觉得程诺这样的一语中的太尴尬了，于是淡淡地说：“听说对葡萄酒的品评，都是一套套的，那么你教教我如何？”

谈笑深吸了几口气，才恢复了些气力，看了眼苏浅，眸中带了些谢意，将酒杯摇了摇，看着其深红的颜色，如血。不知怎么，眼前就似乎出现了石孜的笑容，谈笑的心立即绞痛起来，不由得呻吟出声。

“你怎么了？”苏浅立即伸出手搭在他的颈动脉处。

谈笑恢复过来，无奈地摇头：“惩罚，这是惩罚。”说着就将酒一饮而尽，转身离开了。

苏浅和程诺对视了一眼，难以理解。

又待了一会儿，苏浅实在觉得没有意思，便和程诺说：“我先回去了，明日还有几个连台手术。”

“吃了午餐一起走吧，今天本就是半天的聚会，很多有了孩子的还得赶回去呢。”程诺挽留着。

苏浅只好点头，走出令人烦闷的宴会厅，向湖心的亭子走去。

他走进亭子，才发现谈笑亦在这里，手里捏着浅蓝色小瓶装的酒。

“你喝的是什么？”苏浅觉得那瓶子很像医院里用来装碘伏的瓶子。

“婴儿香槟。”谈笑看出苏浅的诧异，自嘲地笑了笑，“说是婴儿香槟，并不是给婴儿喝的。不过是汽酒，味道还很差劲，而且瓶子跟一瓶小号酱油似的，总之很差。”

“那为什么还喝？”苏浅觉得不可理喻。

“因为它难喝，就像一种惩罚。”谈笑已喝得微醺，“来，还是和你说Mondavi Reserve 1993的味道吧。”

闻着乱七八糟的酒气，苏浅忍不住皱眉，但还是礼貌地走到近前坐了下来。

谈笑长出了口气，问：“你做过人生的选择题吗？”

苏浅点头，他当然做过。

“在人生这么多难题当中，我宁愿选择后悔，但绝不让自己留下遗憾！于是我做了，于是我发现我是个傻瓜。”谈笑拿过苏浅手中的酒杯，喝了一口便将其扔了出去。

碧绿的湖水上，晶莹的酒杯漂浮着，酒杯中残留的红色液体是那么的鲜艳又凄绝。

对这句话，苏浅本能的抗拒又反感，他忍不住反驳：“其实你们所谓的品酒我略懂一二，但我不沉迷，因为我觉得只要懂得它的精髓就够了。”

“那你觉得这酒的精髓又是什么？”

“酿酒是一个漫长乏味且痛苦等待的过程，与人生其实一样，都需要一个很长的酝酿期。经过这个酝酿期后，便会进入辉煌期，酒香让人沉醉，醉到不能自拔，自甘堕落委靡不振；但也让人痴迷，痴迷于它的芬芳馥郁百转千回。只是这些会像黑夜中灿烂的烟花，稍纵即逝。”

谈笑眼睛亮了一下，随即低了头，也许和苏浅倾诉不是一件坏事，如果再憋在心里，他就快要疯了。

“还记得石孜吗？当时班里最丑又胖的姑娘，而且当年她主动找我说喜欢我，我毫不犹豫地拒绝了。”谈笑娓娓道来，此刻他不在意是谁在身边，也不在乎他是否会听，他需要的是发泄。

“可是这次她回来，完全不同了，仿佛脱胎换骨了一般，非常有魅力，非常性感。她问我现在过得好不好，我说当然好了，而且我马上就要举行婚礼了，新娘漂亮得像仙女呢。她祝贺我，却分明带了丝遗憾的眼神。

“我有那么一刹那的冲动和异样的快感，就好像今日的Mondavi Reserve 1993。深红的色泽表明这酒还非常年轻，开始是薄荷、尤加利树的香气，入口已有感觉，复杂且多变，酒精的活力亦强，丹宁硬朗，觉得还是能够陈年很久。醒酒后，能感觉到这酒有些按捺不住了，散发出烟草、桑椹、烧烤类的香，口感的特点变得不明晰，香气中甚至还有些兰花香，奔放亦有纵深感。

“我真的不敢相信，她变得那样有魅力，那么吸引人。我说你改变了很多。她笑着不答，却充满了自信。我问她在做什么，她说在做法国葡萄酒的贸易。因为我也在做酒的生意，所以我有些惊讶。她说，她知道我家里一直都在做这个，所以她才回去法国，去波尔多。

“我惊讶得不知道该怎样回答，只打岔说在波尔多并不好扎根。她却说因为会时常想到我，所以可以熬过去。说这些话的时候，她看着我的眼睛，我可以从她的眼睛里看到强烈的爱。

“我的心底突然蹿升起一种欲望，说不清楚的欲望。

“她让我陪她逛逛京城，说离开得久了，很多地方都变了，她想找回当年的影子。”

“我自然答应了。长城上，我们谈得很投机，以前我觉得她一点儿都不可爱，且很无趣，没想到我竟然可以让她那么开心。回来的路上，她说她要去看个朋友，说朋友得了厌食症，因为她也得过，所以可以给些建议。

“我问她怎么会得厌食症，减肥？她摇头，说因为我拒绝她的时候说得很难听，让她很难过，不想吃东西，但是没想到一下子就瘦了下来，只是后来需要医治。

“我说我当初年少，不懂得为人考虑，所以很抱歉。但是她笑了，她说她因祸得福。”

“后来……我送她去了饭店的房间，然后，很自然地拥抱、亲吻、做爱，完全忘记了马上就要举行的婚礼，甚至很后悔十年前没有选择她。后来我就像着了魔，每分每秒都想和她在一起，要把这十几年消耗的时光都弥补回来。

“我们在一起了半个月，直到她最后不得不离开，我送她，心如刀割，从来没那么痛过。在机场，我下定决心告诉她，我想和她一起走。为了她，我可以放弃即将到来的婚姻，和安逸分手。

“没想到，她没有答应为我留下，而是笑得很凄凉，说她不是要回来拆散我们的，能够和我在一起已经很满足。说完，她就真的走了。

“她走后，我感觉我的世界都空了。我想，她一定是觉得我还不够诚心，于是我果断地和安逸分了手，然后立即买了机票追去波尔多。我要用实际行动来表达我对她的爱。

“结果，我到了波尔多，她来车站接我，却说抱歉，因为她和老公现在过得很好。让我不要再打扰她。

“我完全傻掉了。她从来没有告诉我，她已经结婚了。

“面对我的委屈和愤怒，她突然冷笑起来，她说我以前那么无情地拒绝过她，她永远不会忘记我说过不喜欢又丑又胖的她。她这次回国，就是想试试我到底是不是真的永远不会喜欢她。

“她胜利了，她说我其实就是一杯隔夜的红酒，一切都变得风轻云淡。紫陌红尘，我们轻轻走过，飞鸣而过的是孤鹤、是落叶，却也惊不起什么，不高兴也不悲哀，陌路萧郎而已。

“我终于明白，我只是个傻瓜，自以为是得久了，以为谁都会敬仰，原来也可以这般被羞辱。”

说完这些，谈笑突然失声痛哭起来。

苏浅心情全无，简单安慰了几句谈笑，然后简单和众人告别后，便独自打车先行回去。

坐在出租车里，苏浅眼前总是浮现出安逸那漂亮却苍白的面容，他替她惋惜，他心疼这个女孩。

这种感觉很奇妙，前所未有，让他感到烦躁。

苏浅努力调整了几次呼吸，却没有任何改善，只好摇下车窗，烦躁的心情被迎面吹来的暖风吹得渐渐消散。

也许最可恶的不是谈笑的所作所为，每个人面对诱惑与欲望时，都会有把持不住的时候。最可气的是他并未清醒地认识到自己到底做错了什么，更没有认真地反省。

谈笑说他当初年少，不懂得为他人思考，如今的他又何曾为安逸着想了？不知道他去找过安逸没有，如果他还有一点儿自尊心，就不该去。

他为什么不好好反省呢？唯有在人生受到打击时，才应该好好思考人生的价值等问题。只是大多数人只是懊悔自己曾经对任何事的轻纵态度，并下定决心如果人生能有转机的话，一定会认认真真地过好每一天。

然而，这样思考的人其实并没有真正做到对自己的反省，而是在思想中将自己装扮成一个失意的人。一切倒霉的事并不是自己不好，而是时运不济。于是一通自怨自艾后，同情自己的心理得到满足。过段日子，当缓过气来、事事顺心后，就完全不记得当时怎样痛下决心了，人们的多数反省大抵如此。

回到了立体城，苏浅抬头仰望高耸的建筑，不知道安逸隐藏在哪扇窗后，更不知道她是否真的像表面那样坚强。

只是很快他就摇了摇头，再次告诫自己这些都和他无关。

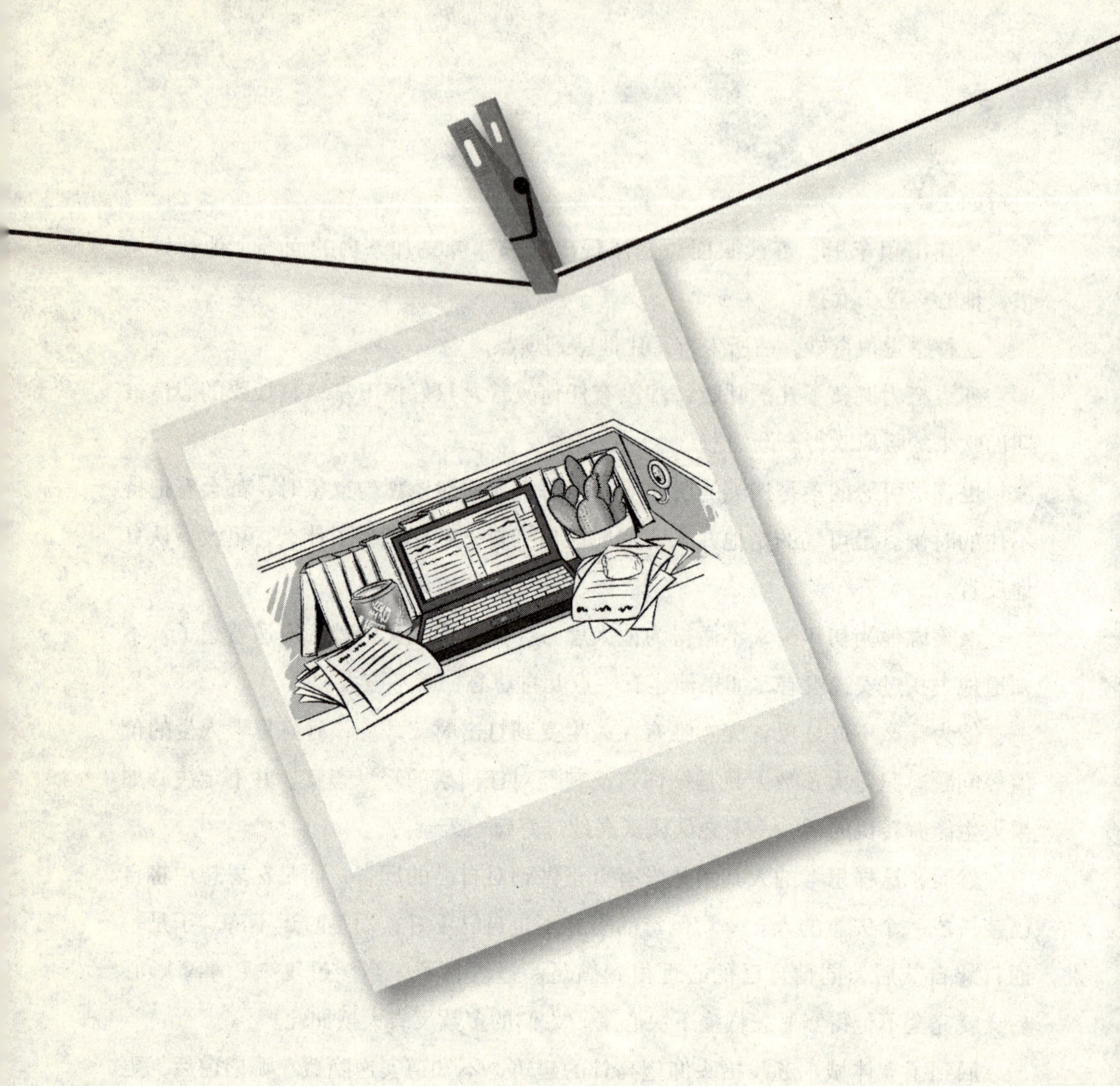

13：00PM

他：忙得只能啃面包的时候，就给自己打气说，这是锻炼。

Chapter 6

有风吹过的夏天

谁没失过恋啊，但是不要失去爱的能力。

1

6月中旬的埃及，烈日当头，可是安逸和贝宁都神采奕奕，没有被沙漠的热气蒸发掉丝毫快乐。

贝宁的快乐是刻意的，肆意地对每件事发出笑声。安逸的快乐是被动的，因为贝宁快乐，她被感染了。原本她就是个很容易快乐的人，从不去强求什么，也不执著于什么，只想坦然地面对自己和别人。

面对着庄严的神庙、雄伟的金字塔、萧索的帝王谷、黝黑的木乃伊、精美的黄金面具，安逸感动地想哭，却又说不出因为什么想哭，而她也不想深究下去，因为想哭的理由实在太多。

贝宁却只有感叹，只有这些成为永恒，而曾经以为的爱情早已灰飞烟灭，所以更要谈笑风生，掩饰所有的悲凉。

旅行总有结束的一天，带着疲惫，她们踏上归程。

“我的休假就要结束了，后天又该飞来飞去了。”贝宁靠在飞机座椅上，看着她的同行们忙碌的身影，不由得摇头。如果每次排班不告知目的地是哪里，也许工作起来更美好，至少有个新鲜感和期待感。

“我还有五天时间，不知道该怎么打发。”安逸闭着双眸。

其实手机可以漫游，但是刻意地没去开机。在机场候机时，闲得无聊且带有一丝小小的期待，于是打开手机。全是谈笑的短信，想直接删除又舍不得，都是些热情的问候，他这样的急切似乎从未有过。

她们之间的爱情就和自己的性格一样，一直就是不温不火的，但这足够渐入心脉、融入骨髓了。

想到这里，安逸突然睁开眼，她自己都觉得不可思议，她竟然可以想到这些话语了。

贝宁看了她一眼：“要不，你去多伦多看看你爸妈？”

“我怕他们的盘问。”安逸连连摇头，好在老爸的工作很忙，要不就算她不去，他们也早过来了。

“可怜的安逸。”

“对了，我可以去养老院做义工，以前只是每个月的第一个周末过去。”安逸突然想到了去处，心安下来。

“那你帮我照顾照顾二姨得了，也好让我爸妈歇两天。”

“没问题。”

“不许食言。”

“保证。”

贝宁不放心地打量了一下安逸，这种请求她都答应，看来她还处在迷茫期，这几天的说教算白费了。

不过，对于心地纯洁、反射弧又比较绵长的安逸来说，永远不会这么快地接受现实。也许正是因为谈笑没有将抛弃安逸的理由说出来，安逸的心底才会有隐隐的不甘，才会有所放不下吧。她皱眉了，也许她有必要出面见一下谈笑。

经过十几个小时的飞行，深夜一点多，飞机终于降落在首都机场。

此时进港的还有一架从迪拜归来的航班。

疲惫的旅人在踏上国门的时刻，都会莫名的兴奋，安逸和贝宁也不例外。取了行李，通了关，走进接机口时，贝宁踉跄了一下，立即抓住安逸的手躲在了一旁。

“怎么了？”安逸担心地看着贝宁。

“我看见他了。”

“谁？”安逸看到贝宁眼中的苍怆，才醒悟：“谢羽麟吗？”

贝宁点头，是的，她看到了谢羽麟，也看到他接到了太太和儿子。原来他为了和自己去丽江，已经安排了她们的出行。

这个画面太温情，那个小婴儿可爱的笑容与他太太幸福的笑容是那么的刺眼，这也更佐证了自己的选择是多么的正确。

放弃比拥有更勇敢，她已经不需要逃避了，贝宁扬起了头：“走吧。”

安逸伸长脖子看了看外面：“他们走了。”

贝宁的秀眉一挑：“那我们快点儿，超到他们的前面去。”

“啊？”安逸来不及思考，已经被贝宁拉着跑了出去。

很快就到了他们的身后，将跑步改为快走，与谢羽麟擦肩而过的时候，贝宁和安逸相视一笑。

安逸有些明白贝宁为什么要这么做了，她也好想有这样一个机会，将谈笑甩在身后。

出租车上，贝宁安静了，刚才等车的时候笑得太开心了，透支了。

安逸握着她的手：“我看到他的紧张和失落了。”

“真的？你也能看出别人眼中的情绪了？”贝宁平静地说，“其实他没有任何表情，我知道。他早已被成功、地位、名声、财产弄得心力交瘁了，不会多分出一点儿给我了。”

“那你为什么还要让他看到你？”

“因为我不想每次都是看到他转身离开的背影，这次，一定让他看到我离开的背影。”

“哦。”安逸只能隐隐地感到这确实有所不同，是有意义的。

回到立体城，已经凌晨3点了。贝宁直接去了安逸的家，冲了凉，相互都没有来得及打招呼，就入睡了。不过，总是有种感觉——身体回到了立体城，心却飘得更远了。

2

周四一早，贝宁就去上班了。安逸走出卧室，餐桌上碗碟还没有来得及收拾，不过不要紧，自有小时工来收拾。

这是贝宁告诉她的："如果你没有收拾东西的习惯，就请别人来管理。这不是浪费金钱，而是在帮助别人，亦是帮助自己。"

于是安逸采纳了这个建议，在立体城的家政中心填了张表格，很快就订下了人选——秦婉。她今年30岁，丧偶，独自带着五岁的女儿，只看了这几条，安逸就决定用她了。

这餐桌上的四套碗碟，证明昨日的安逸并不孤单。是的，不仅贝宁在这里，隔壁的谷丰和江琳也过来了，说是来感谢她的帮助。

其实这不过是举手之劳，但是安逸有些内疚，这种被最信任以及最亲近的人背叛的滋味很难受，她不该那么冲动地告诉谷丰，怎样也该旁敲侧击地问问才好。真不知道谷丰这个年纪是否经受得起这样的打击，好在，他们看上去都还好。

不过来不及多想了，今天要去帮忙照顾贝宁的二姨。听说病理切片在手术过后的第三天就回来了，扫除的12个淋巴结上没有发现癌细胞转移的迹象，这周已经开始化疗了。

可能照顾病人也蛮辛苦的，曾嘉竹都瘦了一圈，所以昨天被送回西郊，也没怎么反对。

来到曾嘉兰的病房，安逸愉快地和她打着招呼。

"要麻烦到你，真的不好意思。"曾嘉兰有些歉意。

"阿姨您千万别这么客气，我和贝宁是最好的朋友。"安逸一边说着，一边给她倒了杯水。说来也奇怪，她这人前失语症在病人面前就自动消失了，也许是因为老妈就是医生的缘故。记得在日喀则的时候，放学后的大部分时光都是在病房里度过的，所以她现在也愿意去养老院照顾老人。

“我应该见过你的。”曾嘉兰打量了一下安逸，昨天她过来的时候，自己就觉得眼熟，一时没有想起来，但是现在看到她给自己倒水的这个场景，突然想了起来，“你是不是养老院的义工？”

“是啊。”安逸有些惊讶，这可不是她四处炫耀的。

“我在那里见过你。”曾嘉兰对安逸的好感更深了。记得当时去养老院征询，看到这么漂亮的女孩也在做义工，就曾感到欣慰。

“哦，我只是一个月去一次，不过现在有了时间，可以多去几次了。”

“怎么？换了工作？”

“不是，反正就是自己的时间多了。”

这时病房的门被推开了，医生例行查房了。安逸连忙站起来，退到一边。

苏浅走在最前面，询问了几句，温和地说：“这两天的化疗有没有什么不舒服的反应？”

“有些恶心，吃不下东西。”

“这是比较正常的反应，不过您还是要多吃些食物，这样对恢复元气有好处。”

“嗯，我会尽力的。”曾嘉兰回答着。

苏浅点了点头，转身离开时看到了安逸，他一愣，安逸也是一愣，诺诺地说：“苏医生好。”

安逸细白的肌肤在埃及沙漠上被晒成了浅蜜色，非常健康，也更加迷人。苏浅的第一反应竟然是这样的，他连忙甩掉这个念头，难道她们是亲戚，可是为什么之前没有来照顾呢？

正在住院的小精灵岳翎摇着轮椅进来了，一看到安逸，开心地说：“姐姐，你还记得我吗？照片已经打印出来挂到我的病房里了，姐姐好漂亮。”

提起这事，安逸的脸红了，那天她出了很多糗吧。被谈笑甩，和陌生的程诺喝酒，回到立体城，又打搅了剧组拍戏，然后还冒充明星和人合影，再后来是呕吐住院。这样精彩的一天，她简直不敢回想。

苏浅看到安逸羞涩的样子，竟有了丝笑意，他和曾嘉兰与岳翎道别，走了出去。

岳翎很活泼，一进来就话不停：“我开始掉头发了，等都掉光了，我就可以演尼姑啦——曾姨，你掉头发没？”

“还没有，不过第一个疗程结束时，估计就会掉了。”曾嘉兰拉着她的小手，15岁的孩子，就得了骨癌，且已转移，太令人扼腕痛惜了。

“姐姐你叫什么？你真的不是演员吗？”岳翎又看向安逸。

“我叫安逸，和曾姨的外甥女是好朋友。”安逸连忙回答。

岳翎点头，又对病房里的一个设备产生了兴趣。她拿了起来：“为什么这个远程问诊的东东只在普外科有，骨科就没有。”

“上周五才装好，估计很快骨科就会有了。”曾嘉兰笑了，还是个孩子，什么都好奇。

岳翎摆弄着：“咦？这个是什么？”

安逸凑过去看了看：“这个应该是在线聊天的软件，应该可以联系到在其他医院的病友，相互交流的。”

“可以连到法国吗？我学了法语，一直都没机会练习。”岳翎来了兴趣。

安逸接过这个机器，研究了几分钟，这个机器的程序不复杂，也很实用，只要把自己的病情描述一番，就会有全国各地以及国外的专家一起为你的病做出会诊、解答。而且如果对自己的治疗方案、手术方案、化疗方案有不明白的地方，也可以通过这个系统来咨询。这里面还有很庞大的病例库，可以从中找到与自己病症相关的很多资料，进行比对。

最精彩的还是这个聊天软件，可以和其他病友交流心得，相互鼓励。

安逸已经登上了聊天室，不过法国的时间还是夜里，聊天室里安安静静的，安逸不死心地发了一个笑脸上去。

没想到很快就有了回复，安逸连忙把机器交给岳翎：“有人哦，你快来。”

岳翎全神贯注地聊起天来。曾嘉兰对安逸说："这个设备，我昨天也用了下，不过有些担心，是不是一定要让病人如此清晰地知道自己的病症？要知道，不是每个人都能承受自己得了绝症的打击的。"

"也是，不是每个人都能接受的。"安逸点头，不过被瞒着，不知道真相，似乎也并不是最好的方式。就比如谈笑和自己分手的理由，是她心底的硬伤。

岳翎的法语还不纯熟，能交流得并不多，但是她已经心满意足了，因为对方鼓励了她，认为她勇敢。

上午的时间缓慢地流过，快要到吃午饭的时间了，突然病房外一阵嘈杂。

岳翎好奇地来到门口张望："好像有人要自杀。"

不是又在拍戏吧？安逸本能地反应，转念又想，这种戏不该在医院里实地拍摄的。

"姐姐，我们过去看看吧，你劝人的话说得很好。"

安逸再次脸红，在曾嘉兰的催促下，她推着岳翎走了出去。

又顺利地完成了三台手术，苏浅换去手术服，走回病区。

突然很多人匆匆向平台跑去，其中还有不少正在化疗期间的病人，抵抗力几乎为零，还这么不照顾自己？苏浅快步走了过去。

走上平台，竟然是三天前才住院的廖先生正抵在玻璃围挡前，右手紧握着一把水果刀，压在左手的动脉处，瑟瑟发抖。

这场景即使是在炎热的夏季，也着实让人感到寒冷。苏浅走上前一大步，很多病人自觉地给他让开了一条道。

苏浅转过身，不去看廖先生，而是对其他病人说："爱惜自己的人都请回到病房去，尊重别人的人也请回到病房去。"

他说的话不是命令，也不是商量，而是让别人有选择的余地，只是如果真的留下，那似乎又是承认了些什么。于是，病人们陆续散去，平台上只剩下几名医护人员和廖先生了。

岳翎对安逸说：“姐姐，你不是病人，你可以留下。我先回去，你帮苏医生好好劝劝他啊。”说完摇着轮椅回去了，安逸站在角落里，她也想知道事情的究竟。

廖先生依旧颤抖着拿着水果刀，却没有勇气拉下这决绝的一刀。

这时，一个学生模样的男生跑了过来，一看到廖先生，难以置信地大喊一声：“爸。”

“别过来，站在那里。”廖先生激动起来，“我不想躺在病床上那么无助、那么没有尊严地死去。”

“哪儿有那么严重？你不过是胃结石，做了手术就可以回家了啊。”

“你们瞒着我，我知道，根本不是胃结石。我用那个远程问诊的机器查过了，不是，绝对不是胃结石，而是胰腺癌，根本没有任何存活的希望。”廖先生泣不成声了。

苏浅气结，有的病患只要住了院，就会疑神疑鬼，本来不是绝症，却总以为自己得了不治之症。廖先生确实只是胃结石，跟胰腺癌一点儿关系都没有。

“就知道安了那个东西没好处，真是胡闹！”旁边一个护士不由得抱怨。

那个男孩也不确定地看了眼苏浅，苏浅皱眉：“难道你隐瞒了不适的症状？为什么各项检查中没有显示出什么胰腺癌的征兆呢？而且你的癌胚抗原是正常指数。”

“没有，绝对没有隐瞒症状，是你们没有查出来。”廖先生固执地说着。

“那好，你就再重复一遍好了，我来听听。”

这时，与廖先生同病房的张先生做完检查，回到病房听说了此事，立即走了过来：“老廖，你弄错了。早上你摆弄了半天，然后去洗手间了。我以为你看完了，我就鼓捣了一下，看完了，我就去验血了，也没退出来。胰腺癌的是我啊，这你知道的。胰腺癌虽然让我时日无多，但我也没有什么遗憾的，人早晚都要面对这一天的，你这又是何必呢？尤其还是在孩子面前。”

廖先生的表情急剧纠结起来，突然晕了过去，苏浅和几名护士立即跑过去，一阵忙碌之后，他终于醒了过来，喜极而泣。

苏浅拉他站了起来，送他回到病房：“好好休息，后天就手术了。”

廖先生仿佛死里逃生，连连点头。

他走出病房，就看到安逸走过来，她说：“那个设备我看了，我觉得有必要调整一下程序，应该设置一个一分钟自动退出的程序。”

苏浅一愣：“你很熟悉编程？”

“是的，我学的就是这个。”

苏浅不得不惊讶了，再次看向安逸。

安逸不好意思地低了头，这不是她的行事作风。不过病患毕竟不同于常人，要忍受身体上的病痛，心理上势必就会脆弱些，而且坦然面对生死的人本就不多。设备和程序本身是要更好地服务于病患，可是出现了这样的问题还是应该调整的，而且非常容易，所以她才主动提出的。

苏浅点头：“我会和计算机房的工程师说的。”

“好。”安逸转身走回曾嘉兰的病房，窗外竟然变天了。

飞了一个上海往返，贝宁可以下班了。这才中午12点多，不过要是再晚点儿，估计就会因天气原因延误了，看看这乌云密布的架势。

贝宁换了便装，要赶回立体城，今早她主动联系了谈笑，谈笑竟然要约在立体城的葡萄园。

他以为这样就可以见到安逸了吗？不过自己这关，他休想。

走进立体城中的葡萄园，已经是快3点了，贝宁寻找着谈笑，却没有看到，看来他还没到，贝宁就先坐了下来。

环视着这里的环境，虽然是人工堆砌的坡地，但是由于运来的土壤是最适宜梅乐葡萄生长的黏土，其中还有石灰质、砂质土，上面更是覆盖了一层砾石，又由于坡度是最适宜阳光普照的角度，让这些从名贵酒庄里移植过来的葡萄藤能够茂盛生长。

这种等级的葡萄园本就不多见，而在立体城中有这样一片浪漫之地，原本是为了让情侣们在约会的同时亦可了解葡萄酒的酿制过程。其实恋爱和酿酒真的没有什么不同，一盏沉香要经由繁复的工序才能收获一滴精华。

谈笑之所以选择这里，贝宁无须多问也知道他的深意：谈笑是葡萄酒商，葡萄酒对女人的吸引度很高，所以，以葡萄酒的一些道理讲给她听，她会比较容易被打动。

只不过他一定没有料到，现在的葡萄园中葡萄还是一片青涩，就像他和安逸原本即将开始的婚姻生活，会因为一场冰雹而使之前的辛苦全部白费。

在葡萄藤中仰望乌云密布的天空，梅乐特有的清香隐隐传来，谈笑的脚步声亦响了起来。

谈笑一接到贝宁的电话，就紧张了一个上午，脑中甚至一度一片空白。他知道贝宁的用意，他本能地想拒绝，但是又不能，这也许是最好或是最后的机会。

一路上谈笑都在自责，其实不仅是路上，而是这一段时间以来一直如此。

想想真是懊恼。才几天而已，安逸就由呵护在手心里的宝贝，一落千丈成为既不温柔可爱，又满身缺点的“必剩客”。然而一场骗局过后，才发现这个女人在自己心中早已成了家人，是唯一受伤后想要寻求的温暖。所以，不论多么恬不知耻，也想重新拥她入怀。所以，不论多么厚颜无耻，也要编一套谎言。所以，不论贝宁如何刁难自己，也要挺过去。

“是安逸让你来的吗？”谈笑小声地问着。

“安逸不会这么做，你知道的。”贝宁立即回答，“要来找你的人是我，因为我必须要和你说清楚，单纯的安逸太容易相信他人，作为她最好的朋友，我应该保护她。”

“我承认留信要和她分手是个错误，但这个错误还是应该和她本人来澄清。”

贝宁反驳：“你该知道，有很多错误可以弥补、挽回，可是有的错误不可以，比如杀人。而你对安逸的行为与谋杀她没有什么区别，别以为她不善于表达，内心就不脆弱；也别以为她忍让，就是没有自尊。也许你都不知道，其实她有很多时候是自卑的，你这样的伤害，对她很残忍。”

“我知道她有多恨我，我也知道自己多么罪不可恕，但这至少说明，她爱我，所以才恨之入骨。”谈笑是有备而来的，他早已做好了充分的准备，接受贝宁所有的指责。

贝宁冷笑：“今天，我约你来这里，不是想听你解释的，只是想告诉你，别再纠缠安逸了。也许你觉得破镜重圆是个好词，但我一直认为这个词本身就是错误的。不论是古代的铜镜还是现在的镜子，只要碎裂了，就重圆不了，哪怕完美地拼合在一起，仍掩饰不了那一道裂痕。安逸不善于表达，她会把这些都埋在心里，即使对你日后的行为有所怀疑，也只会作践自己，所以我必须替她杜绝这样的事情发生。”

“我知道，我当然知道，但是有的错误也能成就另一个神话。”谈笑举起手中的一瓶葡萄酒，“就像这酒，在它之前，没有人知道，发霉的葡萄也能酿出如此甜美的佳酿。”

贝宁摇头，难以置信。

谈笑立即说：“这是著名的伊甘贵腐甜酒，它就是在一次错误下产生的。1847年，庄主错过了葡萄采摘季节，葡萄已被贵族霉侵蚀过，发生了霉变。不过，庄主抱着试试看的心理酿酒，竟然发现此酒口味更加甜美。

“我们一贯的认知，是对已经发生的错误，要么改正，要么摒弃，而他选择了接受，从而使葡萄酒中出现了一颗璀璨的新星。

“我知道你是有胆识的女人，对已经发生的错误并不全是摒弃，我需要这个机会证明自己，更需要你的帮忙见证我的诚意。”

“证明你什么呢？又见证什么？霉菌吗？”贝宁被他的说辞弄得有些哭笑

不得，“我对葡萄酒没什么研究，但是我至少知道，每个人都是一个酿酒师，将所有的往事加入酒中，你加入什么，年老时打开，酒中自有你的人生写照。也许是沉香，也许是平淡如水，也有可能变成了醋，更有可能是一坛腐坏的东西。

“而作为酿酒师，自己应该知道该加入什么，不该加入什么。我想在多年后开启一坛沉香，而不是其他。”

谈笑一时卡壳了，不知道该怎么应对能言善辩的贝宁。

贝宁继续说：“对于你所谓的错误，安逸不想知道，我也不想知道，也无心了解。如果你真的爱过安逸，你就该从此消失，不再出现。她会难过一段时间，但会是有限的时间，而如果你继续纠缠她，那么她的痛苦就会绵延一生，我不会眼睁睁看着你这么做。

“安逸七年的感情就这样结束，怎么也算不上是喜剧，但至少比沉沦一世要强。”

谈笑心里急，但依旧淡定地撕开这瓶Chateaud'Yquem 1921，又从衣兜里取出酒杯，倒上一点儿，递给贝宁：“不管怎样，你都该尝尝这酒，也许可以改变你的想法。”

“我的想法不会改变，但是我可以品尝这酒，作为祭奠。”贝宁接了酒杯，一饮而尽，这句话、这杯酒何尝不是为了自己。

“其实这真的是一场错误。前不久陪一个朋友去医院做检查，他结婚很久了，可是一直没有孩子，检查结果是他患有无精子症。究其原因是他小时候得过腮腺炎，然后转成了前列腺炎，才造成这个结果。当时我就想，我也是得过腮腺炎的，会不会也这样？你也知道，安逸很喜欢小孩，如果我这样，我无法面对她，所以才……”

“那你又回来找安逸，就是说你又没事了？”贝宁皱紧了眉，对于那些医学上的事，她完全不懂，但是对谈笑的这个行为，有那么一点儿理解了。

“是的，当时因为第二天就要去登记了，可我不能让她不幸福，所以才那样做，后来检查结果在周四出来，我没事。”谈笑低着头。

“这有些太戏剧了，我以为只会在电视剧里发生。”贝宁眯着眼睛，缓缓地说，“还需要验证一下你说的真伪，如果你所言不假，我会帮你。”说着，她走出了葡萄园。

谈笑坐了下来，在圆圆的砾石上，一杯接一杯地品尝着源于错误的佳酿，心情并没有因为暂时通过了贝宁这一关感到愉悦，反而更沉重，因为他以后一直都要去圆这个谎了。

终于起风了，且风势越来越大。葡萄叶刷刷作响，藤蔓也摇摆起来，雷声亦隆隆传来，一场暴雨即将来临……

吃了午餐，苏浅走回办公室，该复核一下手术记录了。手机突然震动起来，从衣兜里掏出，竟然是苏漠山的号码。苏浅皱了眉，将手机放在桌子上，自己走去茶水间倒水。

回来的时候，手机依旧执著地震动着，苏浅只好接了起来。

洪亮的声音立即响了起来：“今晚有空儿吗？回家吃个饭吧。”不容拒绝，电话就挂了。

苏浅凝视着手机上的光亮熄灭，无奈地将它塞回兜里，心情更是烦乱。

室内的光线愈发暗淡了，苏浅站起身，点亮了节能灯，与骤亮的屋内相比，外面的天空更加阴沉。突然一道闪电撕裂了天空，一场暴风雨来得正是时候。他拿起电话拨了一组号码，转去总经理办公室后，修长的手指有些不耐地敲击着桌面。

终于又听到了苏漠山的声音，苏浅连忙说：“今晚我还有事，而且下雨了，你知道我最讨厌在雨后的道路上行走。”

“你下午没有手术吧？我过去找你，你等着吧。”苏漠山的语气从来就没有商量的余地。

苏浅不情愿地挂了电话，看来一个小时的车程还不算远，应该再远些才好。

他与苏漠山并不亲近，甚至有些排斥。从他有记忆起，他的世界里只有母亲，而苏漠山整日忙碌，一个月里能见到的次数很有限，而有限的几次见面还总是不能留下愉快的记忆。

自从母亲去世，他对苏漠山的不满情绪终于爆发了。苏漠山指东，他一定向西；苏漠山说好，他一定不屑。于是，先是高考坚持医科，然后是毕业坚决不去苏漠山安排好的知名医院，最后是买了立体城的房子，搬出家，远离苏漠山的控制。

只可惜，血缘的牵绊让他永远无法做到真的远离。

闪电越来越密集，突然很想听到雷声，也想感受一下暴雨之前的冽冽风声。苏浅走出了办公室，来到这层的平台上，风立即灌了进来，挺括洁净的白大褂被吹了起来，像飞翔的白鸽。

风将云层迅速地聚集，乌云上下翻卷，雷声阵阵，震撼又悲壮，雨点终于砸了下来，苏浅只得退回到楼道中。

岳翎正坐在轮椅上，看着玻璃门外的风雨，亦看着苏浅。

苏浅不禁皱了眉："这样的天气，你不会不舒服吗？怎么还跑到这里吹风，万一感冒了怎么办？"

岳翎扬起笑脸："曾姨请你过去，我是当跑腿的，刚到而已。"

"化疗还顺利吗？有没有不舒服的感觉？"苏浅关切地问。虽然岳翎是骨科的病人，但是她喜欢他，经常过来普外找他，和很多普外的病人都熟悉了。

"还好吧，至少今天我觉得没有那么疼了。"岳翎开心地说，"我刚才在安逸姐的帮助下和一个法国的男生在线聊天来着。他说很佩服我呢，我也挺佩服自己的，才学了两个学期的法语，就可以和他沟通了。"

苏浅看着充满生气的岳翎的笑脸，他感到欣慰，本来这个小姑娘已经被疼痛折磨得很虚弱了。

苏浅推着她的轮椅，走进曾嘉兰的病房，她正歪头看着窗外。安逸没有在病房里，可能已经回去了吧。

曾嘉兰听到脚步声，回过头来："苏医生，我大概什么时候可以出院？"

"第二组化疗结束，各项指标要都正常了才可以。"

曾嘉兰担忧地说："太长时间了，还有很多事要做呢。"

"就是出院了，也需要休养，你要忙碌什么呢？"苏浅有些不解，已经退休的曾嘉兰有什么可忙的呢？

"等有合适的人选接替了我的位置，我才能踏踏实实地休息啊。"曾嘉兰指了指桌子上的档案袋，"前阵子看苏医生对这次的竞选有些兴趣，这里有报名表格，苏医生也填一张吧，要是委员会中有苏医生这样的人该多好。"

业主委员会吗？苏浅摇头，那只是帮程诺拿到资料而已。

曾嘉兰看他摇头，刚要说什么，苏浅的手机振动起来，苏漠山竟然已经到了。

从曾嘉兰的病房走出来，苏浅直接去了医院大厅。果然苏漠山正从奔驰车中走下来，又对司机说了几句，才走进医院的大门。

一眼就看见了玉树临风的苏浅，苏漠山心头一热，然而眉头却不自觉地纠结起来。一表人才的儿子，偏偏喜欢和自己作对，真是不幸。

面对一看到自己就皱眉的苏漠山，苏浅早已见怪不怪了，直接转身带着他走到了候诊区，递给他一杯自动售卖机里的咖啡，然后坐了下来，做出洗耳恭听的姿态。

苏漠山接过咖啡，也坐了下来，一路过来，正赶上瓢泼大雨，这样的风雨在他的一生中不知经历了多少次，每次都有不同的感受。

苏漠山抿了一口廉价咖啡，忍不住又皱眉，压低声音说："今天我来找你，是想和你商量个事情。"

商量？这个词语几乎没有从苏漠山的口中说出过，苏浅听着意外，于是默不作声。

“听说这里要进行业主委员会的换届选举，我希望你能去争取那个会长的职位。”苏漠山开门见山。

苏浅听了想笑，但他忍住了，淡淡地说：“你的消息还真是灵通。不过，我没兴趣，而且也没那个时间。”

苏漠山早就料到苏浅一定会拒绝，所以并没有暴跳如雷，只是仔细端详了苏浅好一会儿才说：“这是一个好机会，你应该多与人沟通，不要封闭自己。”

“我不喜欢仕途，早就和你说过的。你不是也只是在从商吗？何必把连自己都不喜欢的事强加给我呢？”苏浅波澜不惊地陈述着。

“这不是仕途，你应该知道。我喜欢做环保事业，但这份事业并不容易，需要沟通的地方太多，而你总是这样与世隔绝，是无法继承这个事业的。”苏漠山一改往日的粗暴，心平气和地说着。

苏浅不想和他争辩，站了起来：“要说的事就是这件吗？没别的事，我得回去了。”

“那你忙吧，我去你家里等你下班，一起吃个晚饭。”苏漠山亦站了起来。

“密码是我妈的生日，你过去吧。”苏浅头也不回地走了。

回到办公室，才觉得有些气闷，苏浅拉开了窗，清凉的雨丝与凉薄的空气一下涌了进来，雨还在下个不停。

苏漠山没有直接去苏浅的家，而是走进了特灵公关的大门。

虞嘉受宠若惊，一时有些反应不过来，愣了两秒才连忙说：“伯父是过来看苏浅的吗？我陪你过去？”

“我已经见过他了，现在是特意过来看看你。原本在城里做得好好的，非得搬到这里来，连见你们一次都很难。”苏漠山对虞嘉的态度与对苏浅的截然不同。

“这也是城里啊！”虞嘉拉着苏漠山走进自己的办公室，非常亲昵，“这里年轻人多，又时尚，而且苏浅来了，我当然也得过来。”

苏漠山心底有丝尴尬，要是能攀上虞家这门亲家当然是最好不过的了。可是苏浅对虞嘉一直是拒之千里的样子，自己自然不能强迫。

不过，很快，一个闪念在他头脑中立即形成了一套可行方案。于是他放松了心情，继续和她聊了起来，直到雨过天晴。

气急败坏的谢羽麟回到了巨星公关公司，径直走进自己的办公室，并甩上了包着纯牛皮的门。

巨星公关的员工们已经一早就知道，最近项目组连丢了两个大单，且都是被对手特灵公关抢走的。

而作为这两个单子策划的直接负责人程诺，正在办公室里痛苦思考。

难道真的是自己的能力不够吗？立体城网络电视台的周年庆典和慈善拍卖会的单子都铩羽而归。其实还有一个单子也是特灵拿不下来的，那就是顶尚俱乐部的周年庆典。特灵的虞嘉就是顶尚俱乐部的创始人之一，没有理由将周年庆给别的公司运作。

这样算来，他负责的小组就只剩下国际钓鱼巡回赛启动仪式的案子可以争取了。如果再丢单，别说为了保卫婚姻去争取创意总监的位置了，恐怕他程诺都得如杜力所愿走人了。他自己走倒无所谓，可是手下的弟兄们怎么办，就这样成为办公室政治的牺牲品吗？

这时传来敲门声，程诺的助理西蒙探头进来："聚会去啊。"

程诺起身走出来，其实所谓的聚会，就是跑到吸烟室抽烟去，憋了一个早上，真的需要发泄一下了。

吸烟室被设计成了一个植物王国，而且独特的排烟系统让这里始终保持空气清新。

一走进这里，程诺立即被窗外的景观震慑了。站在136层，如此高的楼层之上，看到暴风雨的景象自是不同，只能用壮观两字形容。

西蒙将打火机凑过来，程诺点燃了手里的烟。

“老大，别太担心，这两个单子是我们故意丢的，而且顶尚俱乐部的单子也得丢。”西蒙低声说着，“这样做，一是为了麻痹杜力他们，二是为了咱们一鸣惊人做铺垫。

“瑞娜的案子不会丢，然后是业主委员会换届选举的案子，咱们也是十拿九稳的，这要归功于老大你搜集来的资料啊。”

程诺凝视着西蒙，眸中闪过一丝感动，一切尽在不言中。

“现在已经有报名参选的人了，我认为还要尽快收集全那些参选人的资料，针对这些人以及竞选流程，我们要做好最充分的准备。”程诺的心终于放了下来，继续运筹策划案了。

“嗯，这是必需的。”

“还是我来负责找资料，你们准备与这些参选人沟通。”

“没问题。”西蒙干劲十足。

暴雨终于来临，程诺突然想到一句歌词——被风吹过的夏天。

也许这个夏天注定不会平静度过，但一定会成为记忆中一个无法抹去的夏天，对于城中的每一个人不都是如此吗？

贝宁从葡萄园里走出来，穿过空中花园的时候停了下来，在一棵木芙蓉树下的座椅上坐了下来。

尚未开花的木芙蓉毫不起眼，只是一味味浓绿。

由于天空阴沉下来，花园顶部的太阳能板收拢起来，露出了天空，如果下雨的话，这些花草可以享受一场大自然的甘露，抑或是一场暴风雨的洗礼。

思索着谈笑的话，简直太戏剧了，可信度很值得怀疑，可万一是真的呢？不过绝对不能现在就告诉安逸，必须先求证了再说。否则以安逸那样的单纯，一定立即就原谅了，像那一张白纸般的内心，什么都是可以接受的，甚至不去怀疑。可是又要怎么才能求证呢？

豆大的雨点终于落了下来，贝宁连忙跑进楼宇间迂回的回廊中避雨。窗外的风雨正烈，花园中的那些花草树木尽力抵抗着，迎接着暴风雨的考验。

贝宁叹息，心情沉重起来，也许自己的这般强硬只能在安逸面前装装样子吧。被细碎的过往割出了密集的隐伤，就算结痂也注定无法痊愈了，即使是在立体城中，就算是期盼明日更美好，如果没有彻底地放下昨天，就不行。

从毫无心机的单纯爱恋，到算计着得失，看来她的这场爱恋已经可以过去了，只是放不下自己是失败的一方而已。

但是，放不下又如何呢？

不记得是谁说过，绝对不可以和那些已婚男人搞在一起，纵容一个男人变得无耻，堕落的只有自己，这是犯了双重罪的，所以必须选择放弃。

只是在这样的暴风雨中，难免感到巨大的落寞和莫名其妙的悲伤。但是又有一种新的领悟，就连自己以前也不得而知。当初选择空姐这个职业，不过是想去习惯相遇与告别而已，可是真的告别时，竟也这般不干脆……

暴雨来得快，去得也快，艳阳重又回到清澈的蓝天之上，饱受风雨摧残的花草重新闪烁着剔透的光泽，仿佛毫发无损。

贝宁决定先不回家去，直接到曾嘉兰的病房去看看，毕竟麻烦安逸照顾自己的二姨有点儿说不过去，于是沿着楼宇中的回廊向医院走去。突然看到程诺从旁边的回廊插过来，走在自己的前面，似乎也是要去医院的方向。

贝宁减慢了速度，这个邻居挺倒霉的，可是也挺不一样的。听说他是和谢羽麟一起创建巨星的元老级人物，可是谢羽麟为了所谓的前途，摒弃了爱情；程诺是不求闻达，却还是丢了爱情。如果把他换做是谢羽麟，自己不知道要高兴多少倍了。

程诺果然是去医院的，刚才苏浅给他打了电话，语气非常低落，恰好自己也正要去看望曾嘉兰，就立即赶过来了。

刻意没有选择电梯，而是沿着玻璃回廊一路走来，竟然穿透了风雨，重见蓝天。

程诺走进医院的大堂直接上了电梯，来到普外科的医生办公室。苏浅正看着窗外的朗朗晴天，竟然没有彩虹，真是遗憾。

听到敲门的声音，他转过身，看到程诺，他凄然一笑，就算什么也不说，心里已经感到舒服了。

苏浅走过去，突然墙上的呼叫器亮了起来，他只得抱歉地对程诺说："有急救。"

"没关系，你先去，我等你。"

苏浅打开办公室的门，看到一个时尚美女正向这里张望，看到自己后，却立即扭头走开了。无须多想，他跑向刚才出状况的病房。

贝宁看到程诺走进了医生办公室，感到好奇，多看了两眼，就看到了那日在程诺家沙发上熟睡的帅哥。原来他是医生啊，那看来可以拜托程诺来咨询他一番了。有了这个想法，她愉快地走进了曾嘉兰的病房。

安逸不在，贝宁有些惊讶。

"今天的化疗已经做完了，正好我们要做一个竞选网站，我就拜托安逸去帮忙了，这姑娘真是不错啊。"

"当然了，我的朋友嘛。"

"可是这样麻烦她，很不好意思呢。"

"她现在是失恋期间，得让她有事做才行，否则胡思乱想起来麻烦。"

"这么漂亮、心地又好的女孩还能失恋？"

"总有不长眼的呗。"贝宁说得倒是没有那么理直气壮了，但就算谈笑说的是事实，他那样伤害安逸也不对，也得好好反省。

"要是她能来我们业主委员会做事就好了。"

贝宁本能地抗拒："业主委员会能干什么啊？不都是大爷大妈发挥余热的地方吗？"

"谁说我们都是老太太？年轻人多着呢，是很锻炼沟通能力的。而且连我们的换届选举也是与众不同的，要采用竞选的模式。要不是你总不在立体城中，我早让你加入了。”

“竞选？”贝宁想起了英国首相的竞选，她喜欢热闹，喜欢新奇的事，也喜欢出风头，所以问。

曾嘉兰详细地给贝宁说起来，神采奕奕。

“这么好玩？那安逸应该来试试，不过，她有人前失语症的问题。”

“那是心理暗示的结果，是可以改变的，只要冲破那道屏障。”身为心理学教授的曾嘉兰更加兴趣十足。

“真的？那我偷偷给她报个名得了。”贝宁一下就想到了安逸憋红的俏脸，忍不住笑。

“胡闹，还是得人家主动的才行。”

“二姨，要不你给她做做心理疏导得了，还有我，我觉得我们两个都挺失败的。不过，她比我幸运，至少还有希望。”贝宁甩了下长发。

曾嘉兰说：“谁没失过恋啊，但是不要失去爱的能力。”

贝宁思考了片刻，缓缓地点头，陷入了更深的沉思。

14：30PM

她：出去谈事的时候，在电梯里继续讨论。我是个完美主义者吧。

Chapter 7

相爱的人都沉默

很多人以为爱情是樱花和玫瑰缤纷的花瓣，那样的美丽却易逝。
很多人以为爱情是烟花、是流星，那么绚烂却易冷。
以为爱情没有永恒，只有曾经，以为美丽的东西都是短暂的，
而短暂却能得到永恒。

1

急救终是没能挽回肺癌晚期的病患，苏浅一脸凝重地回到办公室。

程诺已经不在，他留了字条，说自己去了曾嘉兰的病房。

苏浅走过去，看到病房内刚才的那个美女也在，而且正和程诺针锋相对着，曾嘉兰笑得开心。

看来阿诺是为了工作来找曾嘉兰，苏浅不想进去打扰，转身走回办公室。

下班时间很快到了，苏浅真的不想回家，但终究还是要面对，于是他先给经常去的“意境”餐厅打了电话订餐，然后慢慢走出医院的大门。

雨后的一切都变得清澄，可是也有无法冲刷到的地方，比如内心。苏浅叹着气，走进空中走廊。

回到家，苏漠山正站在窗前看着夕阳，如果母亲能看到这样的他，一定会感到欢喜吧？

听到响动，苏漠山回过头来：“来，我们好好谈谈。”

“如果还是参与竞选的事就算了，我没有兴趣。”

“要是真的不想考虑我的建议，你就和虞嘉赶紧结婚吧，别到时你虞叔叔埋怨我，虞嘉也29了。”

“这两件事都与我无关吧？”苏浅拼命压抑住就要爆发的怒火，上周他还说自己要是没有这个意思，就和虞嘉说清楚呢，怎么今天又变了主意？

“二选一，你自己定。”苏漠山挂着知名企业家职业的笑容，继而转了话题，“听说程诺要离婚了？”

“有的人做事业，是为了博得心爱女人的一笑，有的人做事业，是为了博得所有人的敬仰，程诺是第一种人。但是彭越并不满足他现在的成绩，执意要离开，也没有什么好挽留的。”苏浅冷淡地回答。

苏漠山就属于后一种人，他为了得到别人的敬仰，将家人丢弃一旁，与程诺真是天差地别。

苏浅的话里藏刀，苏漠山知道，他无奈地摇头了。20多年前开始着手环保事业，创业初期异常艰辛，所以忽略了家人，甚至是妻子病重的时期，也没能多加照顾。儿子对此耿耿于怀，他明白，但是很多事情已经发生了，无法弥补。如果再给他选择一次的机会，他依旧还是会选环保事业。毕竟，经过这么多年的努力，天空终于又变得湛蓝，河水又变得清澈了……

餐厅送餐的人来了，打破了房间里的沉默气氛。

苏浅将晚餐摆上餐桌，默默地站在一边，固执地不肯先说话。

苏漠山皱着眉，压制住火暴脾气，粗声说：“吃饭吧。”

一顿晚饭最后是在沉默中完成的，苏漠山临走前，坚定无比地说：“我给你一道多选题，除了这几个选择，没有其他。

A. 你留在这里当你的医生，但是要参加竞选。

B. 想留在这里不想参加竞选，就和虞嘉结婚。

C. 不竞选，不结婚，就必须离开这里，去我公司上班。

“只有这几个选择，你也知道，我真想断了你的后路，有的是方法。”

看到苏浅眼中的悲愤之情，苏漠山满意地离开了。

苏浅再清冷的脾气也忍不住这样的胁迫，手中的茶杯直接飞到了已经闭合的门上，继而再滚落到地上，没碎！他买的都是环保再生塑料的东西，耐用。可是这时真的想听一声碎裂的声音，配合自己内心的郁闷。

他烦躁到无以复加，只好给程诺打了电话：“有空儿吗？去喝一杯吧，最好是最烈的那种。”

“你不是说医生不能喝烈酒，否则几年过后，手就会抖？”程诺觉察到他的异样，连忙问，“是不是你老爸说了什么？”

看来程诺真的很了解自己，于是嗯了一声。

程诺意识到问题严重：“我正和邻居MM吃便饭呢。你来我这里吧，烈酒没有，倒是有瓶谈笑给我的超级好酒。”

听到谈笑这个名字，苏浅冷哼一声，长出了口气：“算了，我明天还有手术，且还要值夜班，今天先休息了。”

“你别闷着啊，我买两瓶啤酒得了，你等着我吧。”

程诺挂了电话，立即给便利店打了电话，让他们送一打啤酒到苏浅那里，自己从冰箱里拿了几包豆腐干、鸡爪之类的东西，最后还是把谈笑送的那支Margaux 1984带出了门。

刚才他和贝宁一起吃的晚饭，因为她拜托他帮个忙，只需向苏浅求证个病情什么的。而自己在知道了贝宁与曾嘉兰的关系后，更是需要她的帮忙，所以立即应承下来。

苏浅平日不喝酒，但他的酒量是很好的，看到便利店服务生送来的一打啤酒，有一丝满意。付了账，等待着程诺。

刚将啤酒都放入冰箱，程诺就到了。苏浅看到他手里拿了那么多东西，摇了摇头：“那里还有很多菜没怎么吃。”

程诺看到餐桌上几盘外送菜品，本来菜量就不大，竟然还剩了很多，可见这顿晚餐的气氛有多差。

“哟，还有酥鱼，这个我爱吃，正好配这瓶葡萄酒。”程诺努力调节着气氛。

“谈笑送你酒干吗？”苏浅看着他手里的酒。

“能干吗啊，不过是给老朋友瓶酒而已，他今天下午过来的。”

不过苏浅这么一问，程诺还真是想起了同学聚会那日苏浅的异样，一定是谈笑和他说了什么，难道是和安逸分手的真相？其实那天不多的对话中，也已经知道了些许，无须多言了。

“你还是拿回去吧，我对葡萄酒没什么研究，也不爱喝，凑合喝两瓶啤酒就好了。”

“这酒还是很好的，《失乐园》看过吧，两个人殉情前喝的就是这个。”

苏浅听了挑眉：“这酒你该留给他才对。”失乐园？谈笑的境界还达不到吧。

“我就知道这小子一定又是被一时激情冲昏了头，他一向如此，那时候我们看足球比赛、电影什么的，就他投入。也许他说得也对，他有婚前恐惧症。”

程诺叹气：“我结婚前也很担心无法给彭越幸福，所以她说什么，我都会尽量去满足。也许是我的能力真的不够吧，还是无法达到她的要求。”

苏浅还是找来了开葡萄酒的工具，拍了拍程诺的肩：“如果你想去挽回，我反对，因为你要活得自我一些。对于谈笑想挽回的事，我就更要反对了，因为他太不知廉耻了。”

“他到底干吗了？”

“你问他吧，我懒得说。反正和你的情况绝对不一样！”

苏浅不想说的，绝对启不开他的嘴。程诺只好接过开瓶器，利落地拔出了瓶塞。

“彭越已经给我下了最后通牒，但我还是想争取一下，如果还是不能挽回，日后也不必后悔没有去努力挽回过。”程诺倒了酒，递给苏浅。

没有合适的言语去劝慰，苏浅接过酒杯，闻了闻酒的味道，浓烈的果香。

程诺摇了摇杯，抿了口酒液，其实他稍微懂些葡萄酒的。1984年的Margaux！其实这一年是波尔多的差年。它只得到87分的评价，但已经是所有葡萄酒中最好的分数了。它富含果香，入口的感觉有如烟花般迅速闪耀整个夜空，所以《失乐园》才会用它来做两人在殉情时饮用的酒。用它瞬间绽放的瑰丽，诠释了很多人以为的爱情。

很多人以为爱情是像樱花和玫瑰缤纷的花瓣，那样的美丽却易逝。很多人以为爱情是烟花、是流星，那么绚烂却易冷。以为爱情没有永恒，只有曾经，以为美丽的东西都是短暂的，而短暂却能得到永恒。

苏浅也喝了一口，不觉得怎样，甚至有些酸涩感："名酒也不过如此。"

"其实这瓶1984年Margaux已经过了它的适饮期，它已经开始衰老。"程诺又抿了一口，如果《失乐园》中的两人在此时品尝这酒，会不会结局就会不同，因为，喝着已经衰老的这支酒，只会想去触摸此刻陪伴在身边的人脸上的皱纹，直到泪流满面，满口酸涩。终会明白那些曾经绚烂的一刻，敌不过地老天荒的相知相伴。

也许，谈笑已经领悟了，所以才送了他这支酒。

"对了，你老爸都说什么了？把你气成这样。"程诺终于不着痕迹地说到了主题上。

"还不是那几样，不过这次又加了一条，竟然让我去参加什么业主委员会会长的竞选。"苏浅对此真的很不解，但绝对不会去问个明白。

听完苏浅转述的苏漠山的选择题，程诺打了个响指："他这次为什么会这么强硬，以前虽然也强硬，但至少还是有商量的余地的。要不你就娶了虞嘉得了，让她回家做贤妻良母，别出来和我们抢单子，也算是为兄弟除害。"

"有多远滚多远去。"苏浅听得出程诺在开玩笑，结婚是一个多么严肃的问题。就如那天在墓地，在母亲面前说的那样，他的事业让他只能选择爱自己的病患，也许苏漠山也是这样别无选择。

程诺看到苏浅意兴阑珊，叹了口气："要不就参加竞选得了，反正这个的决定权又不在你，输赢无法确定的事，参与一下也无所谓。不过，以您帅哥外加白衣天使的身份，没准儿选票大大的也不一定。而且我可以为你助选啊，至少L区和H区的选票归你了。"

"我向来对其他事情都不关心的，我只希望能活得简单、坦然、心安理得。”

“要不你就去他公司接班得了，总这么耗着也不是办法，那么大的集团，他不给你也不会给别人啊，你接班是早晚的事。而且说实话，你老爸还是做了不少功在千秋的好事的，环保是个挺崇高的事业。其实就算你讨厌你爸，可你还是接受了他的那些理念，否则你不会这样自觉自愿地做低碳环保的事。”

苏浅虽然对他老爸的集团没有任何兴趣，但他不讨厌环保的理念，毕竟这理念不是苏漠山一个人的。而且就算是再讨厌，也不能否认他们的血缘，但是偏偏这种亲近却几近仇恨的血缘才让人感到悲伤。

“对了，我的邻居拜托我咨询你些问题，她的一个朋友好像得了什么病。”程诺从裤兜里拿出贝宁交给他的信封。

苏浅从信封中抽出纸条，看了看，略加思索，就走到书柜前，抽出一本厚重的书，翻看了几眼，便拿起笔回答了她的问题。

程诺问：“她问的是什么？”

“我猜，她不想让别人知道。”苏浅淡淡地说。

“这女人真是怪事多。”程诺忍不住抱怨，“第一次见她差点儿把我给废了，不过现在还得捧着她。”

“这么有趣？”

程诺把自己和贝宁的两次相遇说了出来，原本情绪低落的苏浅也笑了起来：“你这邻居不错，比我的强。”

“是比你的强些，至少是个美女，虽然有些脱线。你的邻居可是铁娘子哦，虎视眈眈的铁娘子。”

“行了，喝酒吧，虽然有些难喝。”

程诺告辞离开的时候，他们将这瓶玛歌葡萄酒喝干了。可是就算如此，躺在床上依旧无法入眠，苏浅只好借助了安眠药。

第二天早晨，苏浅一早就醒来了，头有些疼，依旧是无法逃避的现实世界，还有昨天没有想出答案的选择题。

好在还有两台手术等着他，晚上还要值夜班呢，苏浅立即满脑子手术方案了。

闹铃响了三次，遮挡阳光的电动窗帘自动开启了，安逸在床上又翻滚了几次，终于爬起来。

昨晚忙活到凌晨两点，才把竞选计票的程序设置完成。早上曾嘉兰还要继续化疗呢，该准备准备去医院了。

打开家门，正看到谷丰愁眉不展地走过去。对了，他们的巧克力店月底就要开业，也就是这两天了，而他的钱要回来了没？要不自己拿出一些积蓄帮帮他们。想到这里，安逸转身回去拿了银行卡，等从医院回来的时候，去取些好了。

到了病房，曾嘉兰的精神不错，安逸和她汇报了计票程序已经设置完成的事。

曾嘉兰很是感慨："听小宁说你有人前失语症？怎么造成的？"

"说来话长。"安逸不好意思地坐下来，"今天还是要输那些液吗？"

"是啊。"

"有没有什么想吃的，我可以去买。苏医生不是说，化疗没胃口也要多吃些吗？那就吃些想吃的吧，"

"说实话，我还真想吃点儿西红柿汤面了。"曾嘉兰向往地说，"这一化疗，就觉得口苦。"

"这个简单的，等您化疗完了，我回去做，正好昨天配菜中心送来的菜里有西红柿。"

"真是太感谢了，你和贝宁完全不一样的性子，这么温柔，可谓神奇。"曾嘉兰一直都在观察着安逸。

"我也要吃。"岳翎一边和病友在线聊天，一边说着。

“好的，我也给你做一份，不过要都吃光哦。”安逸浑然不觉曾嘉兰的观察，和岳翎说笑着。

真的看不出有什么人前失语症的迹象，就是有些腼腆而已嘛。现在这样的孩子几乎没有了，曾嘉兰想着，脸上露出了笑意。

安逸的手机突然振动了几下，是杨阳打来的。她接了起来：“我去旅行了，有带礼物回来呢。”

“这样很好，对了，我就是问问你，这期《嘉尚》上的星座真的是你预测的吗？”

“怎么了？”

“摩羯座的女生在7月将处处桃花开啊。”

安逸连忙回忆了一下，好像还真是这样的。不过，她一定是摩羯女中唯一不会撞见桃花的那个人。

“真的啊，太好了，我得好好准备一番了。”杨阳得意起来，语调都变得甜蜜了。

安逸忍不住也笑了：“那你好好努力吧。”

快到中午，输液还没有完成，岳翎催着安逸回去做饭。于是，安逸就先跑去银行取了钱，然后回家做了西红柿汤面。做好后，放入保鲜桶中，她又匆匆出门了。

一进入医院，路过门诊大厅的时候，安逸不经意地环视了一眼，就看到江琳游魂一样地从自己面前飘过，脚步异常虚浮，都没发现她。

安逸不放心地喊了她的名字：“江琳，你怎么在这里？”

江琳听到有人叫她，浑身一震，转过头来，苍白的脸上，那一对乌黑的眼眸显得非常无助又凄惶。

“我，我没事，是陪同学过来看病的。”她的眼神有些闪烁。

“很严重吗？”安逸有些惊愕，像江琳她们这么大的孩子，也将面临生死吗？她不敢想了，连忙又问：“你没有什么事吧，脸色怎么也这么差？谷丰的事解决好了吗？”

“我没事，真的。谷丰的小店可能开不了了，陈鹏投到股市里的钱基本上赔得没剩多少，只够交处罚金的，我们没有什么后续资金了。”江琳说话的声音越来越小。

“要不，我入一股吧，我很看好手工巧克力店的生意。”安逸提议。

江琳的眼中瞬间闪过一抹神采，但是紧接着又黯淡了：“谢谢安逸姐，我回去和谷丰商量一下吧。我先回去了，还有几个活儿要赶出来呢。”

“好，你也得多注意点儿身体，脸色挺差的。”

“嗯，我知道了。”江琳快步走开了。

安逸虽然很是不放心，但还是先将曾嘉兰的午餐送了过去。

“好香啊。”曾嘉兰真诚地赞美着。

“您还想吃什么尽管说，我挺喜欢做饭的。”安逸给曾嘉兰盛出一碗，也给岳翎盛了一碗，她自己则是拿出一个汉堡吃起来。

“嗯，和我妈做的一个味道呢。”岳翎吃了一口，连连称赞，可是眼泪涌了出来。

“怎么了？”安逸关心地问。

“没事儿，我妈好久没来看我了。”岳翎摇头，连忙抹去眼泪，坚强地说，“她得为我的医疗费努力挣钱，明知道治不好了，也没有放弃，所以我不该哭的。”

安逸感到难过，连忙搂住岳翎：“你是最坚强的女生，比我要强很多倍呢。”

“呵呵，可是我觉得姐姐比我坚强啊，而且比我漂亮多了。”岳翎又露出了她的无故笑脸，“姐姐，你说我写个像《一公升眼泪》那样的书好不好？我想怎样也该留下些什么。”

“啊！”安逸掩住了嘴，那可是她从看第一眼就开始哭的书，听说后来还拍了电视剧，可是她没有勇气去看。看着岳翎清澈的双眸，安逸的心被揪得很紧，只能拥住她。要是贝宁在就好了，自己嘴笨，根本不知道这时该说什么。

岳翎的话让病房内的气氛一下变得悲凉起来，曾嘉兰连忙说："写吧，你要写出你的乐观劲儿来哦。"

"对，对。"安逸只能附和，"我做你的第一个读者。"

岳翎笑着点头，摇着轮椅离开了。

曾嘉兰叹了口气："在这种时刻，总是感到最无力。"

"是啊，好希望能帮到她。"安逸亦是叹气。

"帮一时又能怎样呢？"曾嘉兰闭了眼睛，沉默了。

安逸的内心也纠结起来，是啊，帮一时又能怎样？

曾嘉兰昏昏睡去，安逸看了看输液器，还剩下一小瓶，今天的化疗就结束了。她起身走到窗前，外面是一片灿阳。斜对面的运动场上，似乎是立体城小学的学生们正在进行足球比赛。不知道这个场景让岳翎看到了，会不会又是一阵难过……

从医院里回来，安逸一直都在想，人生真的说不准，旦夕祸福逃不掉。不论是对江琳、谷丰他们，还是岳翎，自己这样的帮助有些太微不足道了。

她叹着气，走出电梯门，突然就看到江琳披头散发，拉着一只行李箱，瑟缩在墙边，吓了她一跳。

"这是怎么了？"安逸连忙走过去。

江琳扬起小脸，一个巴掌印清晰地印刻在脸上，一见是安逸，她的眼泪夺眶而出，却是无声的饮泣。

家庭暴力？安逸立即将江琳拉进自己的家，让她在沙发上坐着，自己从冰箱里取了冰块出来，放进冰袋，递给江琳敷脸。

江琳默默地接了过来，眼泪已经止住了。

"到底怎么回事？"

"安逸姐，今天我能睡你这里吗？我这样回家，我爸妈会生气的。"江琳恳切地看向安逸。

“当然可以，不过他为什么会这么做？”安逸有了怒气。男人就算是事业上再受打击，也不该对妻子发泄怨气。原本还想帮他渡过难关，可是这样的男人不值得呢。

“是我的问题，不是谷丰的错，他是太生气了。”江琳低了头。

“你能有什么错呢？”

“我和他提出离婚了。”

“什么？”安逸难以置信地看向江琳，这是什么局面？怎么会这么突然？如果真的是这样，谷丰会不会疯掉？一连串的疑问反而不知道该先问哪个了。

压下所有的疑问，安逸先给江琳倒了一杯果汁递过去。

江琳接过来才喝了一口，立即捂住嘴跑到洗手间吐了起来。

又一个新的疑问在安逸脑中盘旋，最后她决定沉默，至少要清楚地知道一切，再做判断。

江琳脸色惨白地走了出来，安逸从客房探出头来：“你先来好好地睡一觉，明天我们再做打算。”

“好。”江琳感激地看向她，脸上的红肿还是那么清晰。

安逸看着她躺好，才走回书房，却对着电脑发起呆来。最近一连串的打击，终于让她拼命思考起来。

似乎熟知的一切，突然就颠覆反转了，变得陌生不已，原来谁也无法将谁一眼看穿。可是这些陌生背后，又有若隐若现的隐情，一定是这样的，否则谁会平白无故地变得面目全非。

站在窗前，看向美丽的立体城夜景，长长的一声叹息。在人情逐渐淡漠、理解沟通逐渐被放弃的今天，全世界都在匆忙的脚步中渐渐迷失方向，何况是立体城。

等江琳彻底睡熟了，安逸看了看表，已经是12点，不知道谷丰的情况怎样，会不会出什么事。

越想就越慌张，于是，安逸走出去按响了谷丰的门铃。在持续不间断的触按下，谷丰满身酒气地打开了门，摇摇晃晃的，甚至连眼睛都快要睁不开了。

她刚想说话，谷丰突然扑过来：“就那么想要离开我吗？”

安逸差点儿被那浓烈的酒气窒息，立即跳到一旁，谷丰扑了空，直接就仆倒在地，竟然有血流了出来。

安逸吓坏了，立即按急救铃，又去看谷丰，他已经晕过去了，口鼻都流出了血。天哪，这可怎么办？

医护人员很快就到了，做了检查后，皱着眉头对安逸说：“怎么喝这么多酒？他的鼻子没什么事，门牙掉了半颗，已经止了血，做了处理。但是有些担心他酒精中毒，完全没有意识啊。”

“那，那怎么办？”

医护人员将谷丰放上急救推车，安逸立即将门关好，又打开自己的房门，拿了钱包，跟他们进了电梯。

直接到了急诊室，安逸焦急地等在外面。几分钟后，医生走了出来：“果然是中度酒精中毒，我们要给他洗胃。”

“是，是。”安逸应着，不知道是该庆幸自己及早发现了这个状况，还是该懊悔谷丰破相之过。

刚看着谷丰被推进一号手术室的门，旁边二号手术室的门就打开了，苏浅走了出来，看到安逸，不禁一愣：“你怎么在这里？”

“邻居喝醉了酒，摔倒了，我帮忙送过来。”

苏浅扫了安逸一眼，她对别人的事真是够热心的。

安逸突然想起了江琳，忍不住问：“能请你帮个忙吗？”

“什么事？”

“能查个病历吗？今天的。”

“电脑系统里应该可以查得到，干什么？”

“我觉得一定是出了什么事，所以邻居两个小孩才闹离婚的。”安逸忐忑着，不知道苏浅会不会拒绝。

苏浅像看外星人一样重新审视了一下安逸，良久才问："要查谁的病历，名字给我。"

"江琳，江河的江，琳琅满目的琳。"

"你在这里等吗？"

"是。男孩还在里面。"

"那就等我十分钟。"说完苏浅转身走了。

安逸长出了口气，这个冷面苏浅竟然肯帮忙，不过又有些不好意思，和他也不熟，就这么麻烦他，着实有些说不过去。

不到五分钟，苏浅就走了过来，并且递给她一罐拿铁咖啡。

道了谢，安逸等待着他给出答案。

"她今天在妇科做了检查，应该是子宫肌瘤，但是有恶变倾向。"

"什么意思？"安逸完全不懂这些医学术语。

"按病历上看，应该是需要切除子宫，而且有安排她住院治疗。"

安逸惊得半天说不出话来，对于一个女生来说，这意味着什么不言而喻。而且在刚才，她还以为是江琳怀孕了，自己还想着，以他们现在的情况，生活一定是比较拮据，所以才讨论拿掉孩子，最终吵架升级为离婚的。

没想到竟然会是这么严重的病，江琳还很小啊。但是可以肯定的是，谷丰不知道真正的原因。

她的心猛烈地一疼，她想她能理解江琳为什么这么选择。可是为什么这些痛苦的事情，集中在一起降临在这两个涉世未深的孩子身上呢？屋漏偏逢连夜雨这样的词语都不足以形容他们的状况。

"除了切除子宫，没有更好的办法吗？"

"应该是在住院检查后，做最后的判断，不论什么时候，生命都是最重要的。"

"可是……"其实也没有什么可是的，苏浅说得对，生命最重要。可是，安逸还是想说，对于那么年轻的江琳来说，切除子宫与失去生命是一样痛苦的。

光有生命却要凄惨地承受所有痛楚，硬生生将爱人推开，躲在角落保守着秘密，是不是太惨了?

安逸难过地闭了眼，突然闪过一个念头，难道谈笑也是如此吗?被诊断出了绝症，三天后又解除了?要是那样，一定要原谅他。

看到安逸难过的神情，苏浅的心里有声轻叹。安逸自己的人生也是乱七八糟的时候，竟然还可以去关心他人，而自己绝对不会分出半分心思放在这些事情上的。

手术室的门再次开启，谷丰被推了出来。苏浅将安逸拦了下来："他会被送到观察室一晚的，应该没有什么大事，你还是回去照顾那个女孩吧。"

对，江琳不知道被吵醒了没?应该回去看看。于是她点头："那我回去了，你能帮我照看一下他吗?"

"放心，我会和观察室的护士说的。"

"那麻烦你了。"

刚走了几步，安逸又走回来："我来帮他付费，把单据给我。"

从护士手里接过单子，看到苏浅匪夷所思、难以置信的目光，她也不便解释，径直去交费了。

交了治疗费用后，安逸立即赶回自己的家。

一进门，本来放在门口的行李箱不见了。她立即来到客房，床铺已经收拾好了，就像没有人来过一样，江琳走了……

这么晚，她能去哪里?安逸快要急死了，这要是又出什么事可该怎么办?她抓了车钥匙跑出去，应该在附近找找才是。

来到电梯间，下意识地看了看隔壁的门，略一思考，安逸走过去，刚要按门铃，门就打开了。

江琳站在那里，神情凄楚："谷丰没事吧?"

安逸走过去，抱住江琳："他怎么会没事?你呢?你……"她说不下去了，眼泪忍不住就流了下来。

“他怎么了？”江琳焦急地问，“我看到门前有血，他怎么了？”

“他鼻子破了，门牙掉了半颗，这点儿小伤很快就会好的。可是，你不说明原因非要离婚，尤其是在他现在这种失落的时候，这个伤才是致命的。他今天是喝得中度酒精中毒，明天不知道又会怎样。”安逸抹去了眼泪，把江琳又带回自己的家中，义正词严。

“你不怕他因此一蹶不振，彻底堕落吗？”

“我在他身边，才会让他更痛苦。”江琳摇头，“我一毕业就自己做事了，想着年轻，身体好得很，就没有上任何保险，社保也没上。没想到我得了子宫肌瘤，还很严重，严重到可能要切除子宫。现在我们这个情况，我们没有钱，他知道了会更难过。如果再接受我父母的钱，他更抬不起头来，他是个好强的人，会更受不了。原本他就总说自己是凤凰男，我是富家女，不适合。其实我爸也是通过努力才挣来一切的，我家以前也挺一般的，所以我并不介意，而且还很看中他的这身骨气。但是现在这个时候，就显出有钱还是挺重要的，骨气却没有任何底气。”

江琳忍住眼泪，坚定地说：“不如我回家去，我爸妈不会不管我。而且，万一我最后只能切除子宫，可以想见的，我们不会幸福了。就算谷丰现在知道了真相，他陪我熬过了这一关，等到有一天，他还是要离我而去的，到那一关时，我不知道自己有没有勇气熬过来。”

听着江琳过于现实的分析，安逸的手颤抖着，连忙将茶杯放在茶几上，攥紧了拳。她真恨自己嘴巴笨，找不到合适的话来宽慰江琳。如果是贝宁在，一定就会不同了。不过，对于将来的事谁能掌握得了呢?

也许此刻江琳选择残忍地离开未必不是一件好事，可是这种残忍真的让人很心痛。

江琳握住安逸的手：“我明天一早就回家去，谷丰能拜托给你吗？至少让他快点儿振作起来。”

安逸反握过江琳的手，心底纠结。有时，以为可以对自己残忍一些，也要撒出善意的谎言让爱人快乐、幸福，可是这种残忍对爱人一样也是残忍的。不知道谷丰是否能挺过来，更不知道江琳会怎样。

“我认为你还是不要这么悲观，至少要等诊断出来再做决定，万一没有那么严重呢？如果是钱的问题，我可以帮你。再说了，谷丰现在刚被朋友背叛，如果现在你什么都不说明白就要离婚，他再坚强也受不了啊。”安逸苍白地辩白着，随即发现自己一点儿都不实际，也认不清现实。谷丰连老丈人家的钱都不愿意接受，何况仅是邻居的自己呢？而且万一他接受了，这不是让江琳更不舒服。

“他现在需要面对的确是很难，但我知道他是个上进的人，这样对他有好处。就是因为知道，才更不能拖他的后腿。”

安逸凝视着江琳，心底有了一丝敬佩。

“先睡吧，已经太晚了，明天我送你回去。”安逸掩饰着内心的难过，和江琳一起躺在床上，却怎么也睡不着。

闹铃终于响了起来，安逸立即按下按钮，窗帘缓缓地打开，一片浅白，亦如她阴郁的心情。

江琳也起来了，匆匆洗漱过后，安逸陪她去取行李。站在小巧温馨的客厅里，她忍不住泪流，安逸感同身受一般，与诀别无二。

开着车送江琳回位于海淀的家，安逸是有私心的，第一是一定要确保安全地把她送回家，第二是认认门，万一有了转机，也好过来找她。

挺远的一段路程，终究还是很快抵达了。江琳拉着行李箱，摆手和安逸告别。

安逸很想给她一个笑容，可是再努力也没有达成心愿，看着她转身走了几步，又回过头来：“姐，一定帮我照顾谷丰。”

“一定。”这时安逸才发现，江琳穿着一袭白衣，圣洁得像天使，可是却又那么苍白凄凉。终是没有忍住眼泪，低头掩饰过后，江琳已经走进楼门，身影不再，只能听到脚步声渐行渐远……

调整了半天情绪，依旧低落，安逸只好打开CD，《假如爱有天意》的旋律哀婉而出，天空更阴沉了。

回到立体城才8点多，一夜不眠竟然不觉得困倦，安逸将车停好，直接去了医院的观察室。

谷丰已经醒过来了，一度有些茫然地看着安逸。

“我，我刚送了江琳回去。”话一出口，安逸恨不得抽自己，说点儿别的多好，可是说什么呢？

谷丰沉默了半晌才说：“谢谢安逸姐。我没事了，一会儿就可以回家了，你去忙你的吧。”

“那个，你的手工巧克力店还要不要做？我想入一股。”安逸终于想起来最该说的话。

谷丰扭过头，不肯做回答。

“已经交了的房租应该是不退的，至少应该运作起来试试。”安逸明白，他不回答，其实是拒绝，但是如果放任他什么都不做，封闭在自我的空间里，那就会辜负了江琳的嘱托，“还是那话，苦涩浓香的可可要添加很多东西才能变得甜美。”

“可是……”

“没什么可是，只有做还是不做。”安逸直视谷丰的眼底。

谷丰闭了眼睛，再睁开时，满是倔强、悲伤、不甘。

“至少你该给自己一个证明的机会，别让江琳彻底失望。”说完，安逸站了起来。

“我会证明给她看，让她后悔。”谷丰坐了起来。

“她是有苦衷的，等你有足够的力量时，你才能更好地照顾她。”安逸从手袋里拿出信封递给他，“我入一股，你还是大股东。”

要帮谷丰重新站起来似乎比想象中的容易，可以用最简单的激将法达到目的，江琳那里又会怎样呢？希望一切都变得顺利起来吧。

安逸从观察室走出来，走到了普外住院处，贝宁正迈着轻快的脚步走过来，看到安逸委顿的神情，立即走过来问："怎么了你？"

"我很难过。"

"因为什么？"贝宁以为谈笑已经找过安逸了，正在心里暗骂他的背信弃义。

安逸却说："我的邻居要离婚了。"

"那对小夫妻？怎么可能？不过，又关你什么事？"

"江琳得了子宫肌瘤，有可能切除子宫。"安逸哭了，"她还不肯说出实情，宁可让谷丰恨她。他们两个好可怜，明明相爱的。"

"看来这些事真的不是只会在戏剧中出现的了。"贝宁感叹，"谈笑也是因为一些身体上的问题，才提出和你分手的。"

"真的吗？我昨天还在想，如果谈笑是这样，我一定会原谅他，不管他得了什么病，我都愿意守在他的身旁。"安逸哭着哭着，突然又笑了。

贝宁将谈笑的解释说给安逸听："昨晚你也没休息好，你去睡吧，我今天是飞巴黎，晚上的航班，我来照顾我二姨就好了。"

安逸还是有些不敢相信事实，又和贝宁确认了好几次，终于露出了绝美的笑容。

苏浅从办公室走出来，准备去查房时，就看到了那抹笑容，与外面的阳光一样美好……

安逸并没有回去休息，还是和贝宁来到了曾嘉兰的病房，岳翎今天要做常规检查，所以没过来。

病房里已经有了另一个女人，竟然是虞嘉。

贝宁一愣，随即明白了，虞嘉是为了这次业主委员会换届选举的事来的，她想拿下公关代理。她最好能够从谢羽麟手里抢到这单，让他失去这个大好机会。不过不知道怎么就想到了程诺，他正在努力争取这个案子，为了挽救他濒临崩溃的婚姻。唉，真是难办了，一想到程诺的衰样，就不忍去诅咒谢羽麟了。虽然谢羽麟可以轻易地放弃自己的幸福，但程诺是为了自己的幸福而努力着，自己没有任何权利去阻止。

安逸则以为虞嘉就是单纯地来探视曾嘉兰的，于是走过去给她倒了杯水。

虞嘉打量了一下她们，立即想起了单身俱乐部活动的事。那天之所以会去，主要是想看看巨星公关在最后时刻拿出的什么撒手锏赢得了这个案子，其实不过是布景新颖一些罢了。

曾嘉兰主动介绍："这是我的外甥女和她最好的朋友，都住在立体城的。"

"她们可真漂亮啊。"虞嘉立即顺口赞叹。

贝宁撇了撇嘴，看来她真的是有所求，那就听听她的计划好了。

虞嘉不以为意，继续说道："这次从8月起到年底，咱们立体城的换届选举活动，已经成为社区化管理的一个试点，也是从来没有过的新鲜事，必将成为众多市民关注的焦点。那么公关宣传就显得尤为重要，先期造势，中期宣传，还有完美收官，哪一个步骤都不能出现问题。我们特灵公关有过政府形象公关的经验，对这次的活动非常有信心承担。

"这次的换届选举确实与众不同，而且意义深远，我们也有打算做公关宣传的。只是我的身体出了状况，一下耽误了进度。

"您要好好休养身体，不能太操劳，这项工作交给我们，您就可以放心了。"

"还是要听听你们的方案，虽然我们也没有这方面的经验，而且又是一群老古董，但洗洗脑也有好处。"曾嘉兰笑着说。

"这是当然，我们已经做了一个初步的方案，和副会长已经沟通过了，现在想和您沟通一下，毕竟先期造势的事该着手了。”

贝宁觉得她们说得很无聊，起身走了出去。

刚来到露台上，手机就响了，竟然是谢羽麟。贝宁犹豫着，最终还是接了起来。

“你的旅行还愉快吗？”

“很愉快。”

“可以见你一面吗？”

“我很忙。”

“你真的不打算听我亲口和你说出答案吗？”

“你不是已经选择了吗？何必还要说得那么清楚？伤我一次还不够？”

“那是我最后悔的一次。”谢羽麟的声音低沉，一如既往地敲进了贝宁的心底。

“你的答案是什么？如果还是让我等一年的话就算了，我放弃。我天天在机场见证离别，早已麻木，所以我现在可以做到，一分钟也不要再等。”

良久的沉默过后，一句“我想你”将贝宁还不够坚强的心击碎，仰天长叹：“去观景台吧，给你10分钟，唉，真够戗！”

挂了电话，贝宁又觉得自己没骨气，只是她真的想听那个答案，哪怕是最后的审判。

走回曾嘉兰的病房，她和安逸小声说：“我出去一下，马上回来。”

安逸点头，她摆弄着那个远程问诊的机器，似乎自动退出的程序还没有设置呢。

虞嘉还在和曾嘉兰说着话，但已经不是工作的内容了：“您是说苏医生吗？是啊，我也觉得他应该参加竞选，他不仅对病人非常好，还是个环保主义者。”

“你对他很了解？”

“我们是邻居。”虞嘉在说这句话的时候脸红了，而且语调有些扭捏。

贝宁正走到门口，也忍不住回头看了她一眼。

从铁娘子嘴里说出这样的话，原来每个恋爱中的女人都一样，贝宁宽心了。

安逸也不由得抬眼看了一眼虞嘉，凭直觉对她有了一丝好感。

曾嘉兰笑了笑，谁都年轻过。

正说着，苏浅推门走了进来。这是最后一间病房了，查完后，冗长又劳累的夜班终于可以结束了。

刚推开门，就看到了虞嘉，苏浅竟然有退出去的冲动，不过他很快又看见了安逸恬静的身影，似乎给了他力量，让他坚定地走了进来。

“今天是第一个化疗周期的最后一天。”苏浅没有去看虞嘉，凝视着曾嘉兰说，“明天要验血常规，白细胞也许会很低。”

“这个我知道。”曾嘉兰点头。

安逸抬起头问：“牛蹄汤可以提升白细胞吗？我看这里论坛上都这么说。”

“是的。”苏浅点头，看到安逸这几天都过来，也许真的和曾嘉兰是亲戚。

“谢谢。”安逸又低了头。

“要注意休息，你现在的抵抗力很弱。”苏浅叮嘱着，始终背对着虞嘉。

虞嘉看着工作中的苏浅，心底很是满足，听了安逸的话，心下有了主意。

等苏浅走出去后，她也立即告辞，然后很快追上苏浅：“苏伯伯前天找过我了。”

苏浅皱眉，难道苏漠山已经和虞嘉说了什么？

“他说你有意参与竞选，我很高兴你能这么选择，我会不遗余力来帮你。”

“我还没有决定。”苏浅加快了脚步，心底的怒火无处燃烧。

“对了，牛蹄是不是去牛街买最好？”

“是的，收拾得比较干净，你问这个干吗？”

“要想帮到你，首先要过曾嘉兰这关啊。”虞嘉笑着摆手，走了。

苏浅觉得很烦闷，苏漠山其实是给了他一道没有选择的选择题。

这时，安逸也走了过来：“我看那个系统还是没有设置自动退出的程序呢，要不我来设置，很容易的。”

苏浅摇头："这不是你的工作，我已经和电脑房的人说过了，他们会做的。"

安逸低了头，觉得有些尴尬："可这是举手之劳。"

完全无法理解，却又有些感动，这是苏浅此刻的真实感受。安逸到底是个怎样的女生？

"我刚才去观察室，谷丰已经出院了。"

"谢谢你昨晚的照顾。"

"我并没有做什么。"

"哦。"安逸不知道该说什么了，却看见贝宁气急败坏地走了回来，她忘记和苏浅告别，立即走过去："怎么了？"

贝宁深吸了几口气，才喘匀了呼吸："我去上班了，我二姨交给你了，我三天后才能回来。"

安逸打量着她，缓缓地点头："好。"一夜未睡，终于有了些困意，所以反应又变得迟钝了。

贝宁旋风般离开医院，想借疾走来发泄心中的不满。

刚才在观景台上，谢羽麟说："我已经和她提出分手了，孩子我来抚养。"

听到这样的话，竟然不是喜悦，而是悲伤。贝宁转头看向窗外，自己终究是变成了恶人，让一个才一岁的孩子失去母亲，可是那女人幸福的笑容分明盘旋于脑海，挥之不去。

"可是她不同意，她要我把公司给她。"

这才是重点，贝宁惊醒，固执地不回头，继续听。

"你知道，这个公司是我白手起家的，和那几个兄弟打拼到现在。我甩手给她无所谓，只是怕误了我那几个兄弟。"谢羽麟再次沉默。

贝宁的沉默让谢羽麟成了独角戏的演员，他不知道该如何演下去。

良久，他才走近了一步，继续说："帮我一个忙好吗？"

"什么？"

"曾嘉兰是你的二姨，帮我拿下这次的换届选举公关代理，算是我给那些兄弟的最后礼物。”

原来如此，贝宁的心彻底凉了。一个男人想骗你，可以编出很多感人至深的谎言来，让你不得不承担。而女人想骗男人，用得都是搭上自己的绝招，全然没有退路，比如安逸的邻居——江琳。

人家虞嘉至少还努力去争取呢，他谢羽麟倒好，直接感情攻势了，十足的小人。

“最后的礼物完成之后呢？”贝宁转过身，盯着谢羽麟。

“一起离开这里。”

“那要是我二姨不肯呢？今天虞嘉也来病房探视了。”

“你一定可以的。”

真是会激励人啊，贝宁惨淡地一笑：“滚。我绝对不会帮你。”

“为什么？”谢羽麟难以置信地抓住她的胳膊。

“因为你早已没有了诚意，也早已没有了爱。你利用惯了你老婆，现在也想来利用我吗？对不起，我不会那么傻了。”贝宁甩开他的手，“我会戒掉你，再过三天我就26了，该长大了。”

“我没有骗你，更没有利用你。”谢羽麟挡在她的面前，急于表白。

贝宁叹气，此刻，她无比羡慕安逸。谈笑真的和江琳是一样的，宁可委屈自己，也不想让爱的人痛苦后来的一生。而眼前这个自己爱过的男人，却是可以拿两个女人的未来开玩笑，简直无耻至极。

“我要去上班了，也不想再看到你。”奋力推开谢羽麟，贝宁走得坚定无比。

这一次，是彻底离开。

15：30PM

他：终于可以休息下看看窗外的生活，看到一只心形的气球。谁放的呢？

Chapter 8

命运真是太幽默

一个不成熟的男人的标志是他愿意为某个人、某种事业英勇地死去，

一个成熟男人的标志却是他愿意为某个人、某种事业卑贱地活着。

1

苏浅听到了贝宁和安逸的对话，才了解，原来曾嘉兰是贝宁的二姨，而安逸只是来帮朋友的忙，却能这样尽心尽力，真是奇异的女生。

苏浅带着这种想法回到了家，站在窗前，已是中午了，阳光明晃晃的，但是房间里还算凉快。

突然想起那日苏漠山站的就是这里，他看到的也是和自己一样的世界吗？还是无法理解他出的选择题，那就干脆直接忽视吧。

又想起了虞嘉，有些担忧程诺的处境，于是给程诺打了电话。

“今天虞嘉去探视曾嘉兰了。”

“知道了，刚才老板已经说了，还下了最后通牒。”程诺很是无奈，明明是周六加班，还这般摆臭脸。

今天一早，谢羽麟就面沉似水地来到策划部，冰冷地下了命令：“如果这次业主委员会换届选举的公关代理权拿不到，你们都走人。”

“那要是拿到了呢？”杜力挑眉。

“谁的案子通过了，谁就享有公司的股份。”谢羽麟真是下了狠心。

程诺当时就有一个念头，如果拿下这个案子，有了公司股份，彭越一定会回家了吧？

“对了，你的邻居是曾嘉兰的外甥女。”苏浅突然觉得自己很八卦，也很像间谍。

“我已经知道了，但是我想凭自己的努力去争取，不想欠她人情。”程诺的心里也在纠结，不是不想求贝宁帮忙，只是觉得她凭什么会帮自己呢？

“安逸这两天在帮忙照顾曾嘉兰。”苏浅继续透露着情报，觉得这些对程诺都应该有帮助。

“谢谢哥们儿。”程诺终于露出了笑容，也许苏浅说得对，自从遇见这两个美女以后，他的生活确实变得精彩了。

放下电话，程诺有些坐不住了，召集了组员——开会。

“我们在短期内已经收集了不少资料，现在要拿出一个初步的方案了。”程诺主持着会议，“但是我们首先要先吃透这套竞选方案，然后再提出一个响亮的口号。”

“我觉得，这个竞选方案有些复杂。”梅恩说。

“都快成美国总统大选了，确实有些复杂。看看这些流程，从8月开始到年底结束，五个月的时间，几乎每周都要有活动。这还不算，先期的造势基本上要占满7月了。”克里斯拿着流程，兴奋万分地说，“不过，这样正好能让咱们好好筹划一下。”

“美国的总统大选？太夸张了，我觉得还好，不过克里斯倒是说出了重点，咱们把它炒作成总统竞选也不是不行！”

瑞娜点头：“美国总统的选举要经过候选人提名、候选人竞选、选举‘选举人’和选举人选总统四个阶段。这套业主委员会会长的选举也差不多，但是也有所不同。首先是业主委员会委员候选人，采取的是自愿报名和他人推荐两种形式，这部分的公关造势很重要，需要更多的人来参与。”

“对，我觉得这个阶段，公关的重点在于造势，在于吸引所有居民前来参与，而吸引力方面，完全可以调动我们的客户，提供一些奖品什么的，这是双赢的一着。”西蒙说。

“候选人提名是8月底结束，9月开始候选人的竞选，也就是说参选人的个人宣传。这个我们要根据每个候选人的特点来制订不同的宣传方案，是比较繁复的，要选出43个人呢。”瑞娜说。

“我觉得这块儿，咱们可以调动那些候选人后援团的力量，而且借助咱们城里的网络电台、电视台等媒体，创建一个竞选栏目，让他们尽情发挥去。”杰西说。

“确定业主委员会的委员后，就是委员会内最终确定出两个会长候选人的名单了。真正的会长竞选是在11月开始。”瑞娜继续解释着竞选流程。

“嗯，PK大战。”梅恩手中转动着签字笔，摇头晃脑地说，“这时候得来些演说等活动配合了。”

“最后是全民选举、计票，今年的最后一天颁布结果。”瑞娜合上竞选流程，“漫长的半年。”

“其实就是选举这点儿事，可是怎么找个好的噱头好好宣传很重要。”克里斯皱着眉，“你看旁边的那些农村改造，人家叫建设新农村。这个竞选也得有个好的理念，得让人们觉得这事儿是有意义的。”

“不仅理念要好，重要的是能贯彻竞选的始终。”西蒙说。

“那好吧，说说竞选是为了什么。”程诺提出问题。

“当然是让立体城的业主们更幸福地生活在立体城了。”梅恩每次都能抢到第一个发言权。

“那大家要怎样才能感到幸福呢？”程诺继续提问，也问着自己。是啊，刚大学毕业那会儿，非常明确自己幸福的方向，就是找个好工作，挣钱，学习生存本领。

可是后来，渐渐没有了那种特有奔头的生活，四平八稳地工作、生活、恋爱、结婚。难道自己真的是把平庸当中庸了？怪不得彭越会烦，现在想来，自己都烦。

“幸福是个挺虚的词，要想真的描述出来，挺不容易。”西蒙也摇头晃脑起来。

“我觉得这样，咱们去采访一些业主，问问他们在立体城中最想得到什么不就得了。”瑞娜才思敏捷。

“我看行，这就去，周一总结。”程诺连连点头，散会。

安逸疲惫地回到家中，第一件事是给谈笑打电话。竟然关机，心情一阵紧张，打电话去他的公司，原来是去上海参加展会了，应该在飞机上。

思忖片刻，给谈笑发了条短信，很简单却很真诚——等你回来。

后来抵不住困意昏睡过去，不知睡了多久，被门铃吵醒。安逸连忙起来，跑到门口，是谷丰。

谷丰从医院里走出来，踌躇了很久，一直游走在立体城中，似乎每个角落都有江琳的身影一般。

他真的没有想到江琳会在这个时候和他提出离婚，其实没有什么不可理解的，这是现实的问题。

现在的自己穷光蛋一个，还得靠江琳每天赶制婚纱挣钱糊口，哪个女孩忍得了这个，离开真的是再正常不过了。可是谷丰又总觉得江琳不是这样的女孩，她提出离婚，却将她父母买的房子留给自己……唉，该怎么办呢？也许安逸姐说得对，至少他应该先把小店开起来，虽然不敢说开了店会马上挣钱，至少有事情在做，在努力。

可是开店需要钱，以前总觉得一提钱是特俗的一件事，但是没钱真的不行，什么都不行。还有一句话，现在也有了深刻的体会，就是越是自卑，越要遮掩。他不就是怕别人说他没钱，才硬撑着不接受江琳父母的资助吗？其实人家肯把女儿嫁给他，已经是把他当家人了。如今呢？江琳走了，他要放弃吗？不行，绝对不行，明天一定会美好起来。

于是，谷丰来找安逸，向她求助。

“安逸姐，我决定将小店开起来了。”

“很好，除了钱，还有什么需要帮忙的吗？”安逸问。

“明天请您来店铺看看吧，给我出出主意。”谷丰低着头，没太大的自信。

安逸对开店也没有经验，贝宁去过很多地方，应该可以给些建议的，可是她还去巴黎了，得三天后回来。谈笑也帮得上忙，但要一周后回来。怎么办呢？只得先答应下来：“好。”

送走了谷丰，安逸突然想到了程诺，他是巨星公关的策划副总监哦，一定有非常好的点子。想到这点，她轻松了不少。

手机也响了，拿起来，是谈笑发来的短信，安逸的唇角微微上扬起来。

“今天才知道Cabernet Sauvignon原来是红葡萄Cabernet Franc和白葡萄Sauvignon Blanc嫁接的后代，怪不得会拥有Cabernet Franc丹宁高、结构性强以及Sauvignon Blanc芬芳的香气和活泼酸度的特点，使我突然想到了一句话——我的名字，你的姓氏，所以我一举拿下了纳帕谷的一个品牌代理权。”

以前不觉得谈笑浪漫，更不觉得自己浪漫，没想到今天看到这个，会感动得想哭。人都说不经事不成长，非常有道理，她是不经事不懂浪漫。

周日一早，安逸依旧先是来到医院，虞嘉竟然又在，她不禁惊讶。

“我买了牛蹄过来，本来以为昨天能买到，没想到去得完了，已经没有了，今天我是一大早去的牛街。”虞嘉将一个袋子交给安逸。

曾嘉兰非常感动：“真是麻烦你了，这让我怎么好意思呢？”

“这点儿小事算什么呢？做小辈的理应如此。”虞嘉说完就告辞了。

曾嘉兰叹了口气，心里明白，她这是有所求，可是能细心到这份儿上也不易了。但是换届选举不是小事，还是要看到非常好的提案才行。

今天没有化疗，只是要做一些常规检查。安逸就先拿着牛蹄回家了，上网查炖牛蹄汤的步骤，突然想起谷丰的邀请，于是给程诺打了电话。

程诺接到安逸的电话，感到喜悦万分，大有神灵相助的感觉。

“我是安逸，想麻烦你件事。”

“你说，我一定尽力相帮。”

“和我去看一个店好吗？朋友想做手工巧克力的生意，但是没有什么经验。我也给不了什么建议，就想到了你，就在B区。”安逸语无伦次地说着。

“没问题，现在吗？”

“嗯。”

“那B区商业街入口见吧。”

程诺很爽快地答应了，安逸颇感欣慰，将两个牛蹄先泡在清水中，径直去了B区。

安逸和程诺来到谷丰盘下的小门脸房时，谷丰和一个大男孩正在打扫，似乎好几天没有来的样子。

那个男孩应该就是陈鹏了，安逸想。

程诺环视了一下店铺内部结构，除了窗明几净，毫无特色可言。

“你们想过自己的客户群吗？”

“就是爱吃巧克力的人呗。”陈鹏回答。

“那人家不吃那些品牌巧克力，非要吃你们的巧克力的理由是什么？”程诺提问，就好像是在做一个提案一般。

“为什么要想这些？”安逸问。

“想好了这些，才能将VI系统搞定。”程诺有些崩溃，如果这些都不弄好，全凭一腔热情是不行的。他只好耐心地讲解起来，“定下客户群，就要去想小店的名字、店铺的装修、包装设计，等等，都是要统一风格的。”

“明白了。”谷丰抬起头，“这个我想过的，店名是‘蜜谋’，注册的公司、产品商标也是这个。”

“这个不错，甜蜜谋略。”程诺挑眉，来了兴趣。

“针对的人群吧，首先是女生，女生对巧克力没有什么抗拒的能力。”谷丰说着，不自觉地又想起了江琳，表情复杂起来。

陈鹏点头："是呢。"

"这个还不够精准。"程诺摇头。

"恋爱中的女生。"安逸说完，立即低头，不会触动了谷丰和程诺的痛处吧。

"嗯，可以。"程诺点头。

"对啊，应该是这样。"陈鹏说。

谷丰从对江琳的思念中抽离："我们不仅可以推出恋爱系列，还可以推出婚庆系列。"

"网店有想过吗？"程诺又问，"同时开的话，不仅有实体客户，网络客户也是不容小觑的。"

"这个有想过，在淘宝网上开个店，不过淘宝上的手工巧克力店蛮多的。"谷丰说。

"但是没有'蜜谋'啊。"程诺笑了笑，有些感慨。现在刚毕业的孩子敢想敢干，比他们当初强多了。

又讨论了将近半个小时，程诺做了总结性发言："首先店招的设计、包装设计，等等，这个我来就好，还有店铺的装修，我可以给你们打造出一个梦幻的场景来，这些都不需要花什么钱，我友情赞助。"

"真的？那太好了。"谷丰的眼睛亮了。

安逸感激地看向程诺："你真是好人。"

从谷丰的店铺出来，安逸执意要请程诺喝咖啡，程诺摇头："得回公司了，还有很多事情要做。"

"耽误你这么长时间，真的很感谢。"

"对了，听说你帮贝宁照顾她二姨呢！"

"也帮不上什么忙，就是陪她说说话，免得她孤单。"

"听说，昨天特灵的虞总去看过她了？"

"你也认识虞嘉？"

"是。她们都聊什么了。"

安逸想了想，把能记得的大致说了一遍，末了才想起来问：“你问这个干什么？”

“没什么，我先回去了，你也要注意身体，别累到。”

“谢谢你。”

“别客气，我和谈笑还是高中同学呢，原本是要参加你们婚礼的，不过他临阵脱逃，是他不对。”

“那是误会，我们已经和好了。”安逸的脸红了。

已经和好了？程诺一愣，按说谈笑干的那事儿绝不是什么好事，安逸这么宽宏大量，太令人吃惊了。

安逸腼腆地笑了笑，并未说出原因。

周一中午，程诺利用午休时间，跑到谷丰的小店，将设备调试好，请安逸验收。

谷丰和陈鹏看到傻眼：“这也太神奇了，咱们店肯定会火到爆棚。”

程诺得意地点头：“当然，我坚信会这样，要不也算我入一股得了。”

“好啊。”谷丰兴奋地只顾点头。

“这些是店招设计。”程诺又拿出设计样稿，再次征服了众人。

安逸找不到合适的话语赞叹，手机却响了，是贝宁。

“我回来了，你在哪里？”

安逸报了地点，继续看着程诺的设计稿。

很快贝宁就找了来，一踏进门，就又跳了出去：“天，这布景也太NB了吧。”

等看到程诺，贝宁才了解：“哟，你的手笔啊，那就难怪了。”

“怎么听着不像好话？”

“真的是好话。”贝宁又凑过来看设计稿，然后非常郑重地说，“程诺，我觉得你还是干这些比较有灵气，别做什么活动策划了。”

深深的认同感让程诺差点儿热泪盈眶，但仍旧调侃道：“没办法，为五斗米折腰。”

“你还真是成熟啊。”贝宁叹气。

“这话听着更不像好话了。”

“你难道不知道吗？一个不成熟的男人的标志是他愿意为某个人、某种事业英勇地死去，一个成熟男人的标志却是他愿意为某个人、某种事业卑贱地活着。”

“我还真是够卑贱的。”程诺感到失落，转念突然又高兴起来。前几天还因为没有为了彭越去奋斗一次、博弈一回感到羞愧，今日听到贝宁犹如神祇的言语，果然智慧，醍醐灌顶。

本来就是如此，两个人营造一个家庭，凭什么只去指责对方不够努力呢？她彭越不也就是个行政经理吗？行了，这次彻底想明白了，爱谁谁！

“走，喝一杯去，体现我入股的诚意。”程诺提议。

“那我没入股啊，要不我也入一股，怎么个入法？”贝宁显得很亢奋，明明飞了10多个小时，一眼没合，却一点儿都不疲惫。

“你做代言人得了。”程诺回答，“这往宣传册上一印，提气。”

“那安逸也合适啊。”

“她没有你狂野。”程诺凭直觉说了出来，立即遭到贝宁的白眼，安逸这次反应一点儿也不慢，笑得开心。

谷丰说：“有你们的帮忙，我真是太感激了。”说到这里，他的眼圈泛红。

贝宁搂着他的肩，很兄弟地说：“一个月内上正轨，咱们就陪你把江琳接回来。”

谷丰摇了摇头，心底只是寒凉。

“她这是给你断奶，你成功了得感激她。”贝宁说完，率先走到门口，“走吧，‘意境’餐厅吃饭去，饿死了。”

“对了，你怎么今天没有一句一个‘真够戗’？”程诺问。

“看来你还真是心细，我打算把以前不好的习惯都戒了。”贝宁认真地说。

程诺看了她几眼，耸了耸肩，口头禅有那么容易戒掉吗？

一行人从天街向D区的空中花园走去，终于到了D区25层平台处，餐饮聚集的空中花园。

“意境”餐厅安逸去过几次，感觉很是不错，在贝宁回来后，第一次带她去的就是这里，贝宁也一下就爱上了这里。

走进“意境”，立即感到别有洞天，它的意境不在于奢华，而是朴实。这朴实又不是那种纯农村味道的朴实，而是与自然融为一体的感觉。如果一定要形容出来，应该是像《天龙八部》中的无量山洞吧。

服务生正将他们引领去一个安静的位置，突然旁边的包房门一开，程诺不经意地一瞥，立即感到热血逆流。

包房中，竟然是彭越和杜力在一起用餐，而刚才的场景就是杜力正把手搭在彭越的手上……

彭越和程诺都是巨星元老级的员工，彭越一开始在策划部，程诺是设计部的老大。当年程诺经常设计个卡通造型的玩偶送她，要么就是把她的房间布置得像爱丽丝的梦境，终于把彭越骗到了手。

但是彭越也因此离开了巨星公司，去了一家外企做上了行政。彭越还是喜欢做公关策划，于是让程诺放弃设计部老大的职位，去了策划部，继续完成她的心愿。

其实认识杜力也有个五六年了，身在十强公关公司的他在一次活动后，一直猛追彭越，这程诺知道。但最终自己是胜利者，无须给失败者伤口上撒盐。只是不知道这次自己的伤口是他杜力一手造成的，程诺的心情糟透了。

走进里面的包间，大家都坐了下来。安逸看到情绪低落的程诺，有些不解，刚才还兴奋着呢，怎么瞬间就这样了？

贝宁撇嘴：“是你主动说要请客的，我们又不会吃死你，瞧你这个德行，真是够饿！得嘞，我请。”说着，贝宁也不看菜单了，直接报出一串菜名给服务生：“下单吧，快点儿。”

程诺醒过神来：“还是我请，说好了的。”

“你晚上请我喝酒好了，这顿我请。”贝宁不容置疑，扭脸和谷丰说起了别的，“后天给我做一盒样品出来呗，我带机组去，好好推广一下，不能白当形象代言人啊。”

“好，好，我后天一早做好。”谷丰连连点头，正好原料今天就到了，一会儿就去提回来。

程诺继续沉默，想着自己的心事。

贝宁问安逸：“你和谈笑怎么样了？”

“他在上海参加展会呢，这周末回来。”安逸笑得婉约。

“安逸姐和谈哥和好了？”谷丰惊讶，看来他和江琳也有希望，而且贝宁刚才说的话挺触动他的。没错，他是需要断奶，就算他再争强好胜，其实骨子里还是很依赖江琳的，总觉得，退一万步，至少还有她。就拿这次小店的事，陈鹏确实做了错事，但是他也没有积极应对，更没有在事情发生后，去考虑应对的方法，只是在等，一直在等……

吃完饭，程诺回公司，安逸和贝宁去了医院，曾嘉兰第二次化疗还要等几天，贝宁就随安逸回家了。

“你不困吗？”安逸有些担心地看着贝宁，她的脸色有些苍白。

“不困。”

“你晚上干吗还要约程诺喝酒？”

“你又不能喝，我只能和他喝了。”

“我陪你过生日好了，别喝酒了。”安逸想起今天是贝宁的生日，手机早上就提示过了。

“还是你最好，记得今天是我的生日。可我就是想喝酒，喝醉了，就好了。”

“又发生什么事了？”

“没事儿。”贝宁躺在沙发上，“你明天也要上班了吧？”

“是。”

“你整天对着那堆机器不烦吗？”

“不烦啊。”

“行了，我先睡会儿好了。”贝宁闭了眼，内心却暗流汹涌。

刚一落地，打开手机，就收到了谢羽麟的生日祝福，他是没放弃吗？走进职员休息室，一束漂亮的玫瑰花娇艳欲滴，27支，其中还有8枝是“蓝色妖姬”。他们在一起一晃都八年了，只是他已成人夫，而她还是这般不清不楚地点缀着他的人生。

贝宁捧起花束，将每朵花的花瓣一一撕下，摧残到粉碎，就像她的心一般。

还有一张邀请卡，谢羽麟邀请她晚上共进烛光晚餐。贝宁将卡片也撕得粉碎，甚至已经YY了好几个赴约的场景：泼他一身红酒，扬长而去；扇他一个耳光，扬长而去，等等。

回到立体城，看到程诺，她突然又有了一个想法，闭紧眼睛，深吸了口气，只是不知道他能否配合。

许是太累了，意识终于涣散起来。

程诺回到办公室，脑海中一直是杜力搭在彭越手上的手，直到西蒙走进来：“老大，我们调查统计做好了，开会讨论吧。”

“好。”程诺喝了口水，站起来。杜力！为了彭越，也一定要再赢你一次。

会议室里，小组成员都到齐了。

“我们在周日做了调查问卷，采访了大约1000人，占咱们立体城总人口的1%。受访人群也比较分散，基本上涵盖了所有，所以从收入上做了个区分，分为四档，高、中、低及无收入的。”瑞娜做着汇报。

“从问卷的数据统计上来看，大多数人认为在立体城中居住，还算是幸福，但是如果更幸福，他们则觉得不太容易实现，而制约这些不好实现的问题，归根结底就是沟通。”

程诺仔细地听着，沟通！

“沟通，这跟没说一样啊。”杰西说，“这竞选的目的不就是要和大家沟通吗？然后在沟通的基础上，为大家做点儿实事。”

“沟通不论什么时候都是大事，从竞选到家庭琐事，同事之间，哪个不需要啊？”西蒙点头，“但是要给竞选弄这么个理念出来，确实跟没说差不多。”

“我突然想到一句歌词‘擦掉一切陪你睡’。”梅恩激动地咳了两声，“别想歪了，我的意思是说，咱们回到家中最想干的是什么？摘掉面具做自己，擦掉一切干干净净，开开心心，问心无愧。而立体城里的生活就应该是这种没有心机的、最原始、最纯粹的生活。”

“太理想化了吧，你再说下去，都快实现共产主义了。”克里斯摇头。

“我倒是觉得‘擦掉一切陪你睡’有点儿意思。”程诺灵光一现，“我们照着这个思路继续想。”

“我倒！”西蒙匍匐在桌子上，“老大，竞选不就是忽悠嘛？忽悠大家投他票，擦掉一切，还竞个屁啊？”

“唉，你还别说，我也觉得这个‘擦掉一切’的点子挺好。”瑞娜捋了捋长发，“这才体现了咱们立体城竞选的特点。”

“对啊，宣传片的点子我都想好了。”杰西说，“就找一个模特儿从外面归来，一走进立体城就开始脱，伪善，脱！谎言，脱！……”

“停，你打算让她全裸宣誓就职吗？”梅恩咯咯笑起来。

其实策划部的会议就是这样的，先是贫，然后就有火花四溅了。

一场讨论争得面红耳赤，到了6点，终于有了一个大致的眉目。走出会议室的门，瑞娜瞪了一眼西蒙：“看你平日里道貌岸然的，还如此闷骚加色情啊？”

“这是为了艺术献身。”西蒙嘻嘻哈哈地回着。

杜力从会议室前经过，看到他们散会，微微一笑，对程诺说："竞选的案子你们怎么样了？周三我们内部PK，下周一就要去业主委员会提案了。"

"我会赢。"程诺无比坚定地说完，走进了办公室。

将刚才开会时想到的东西整理成文案，这一切都变得很有意义。

快7点的时候，手机响个不停，程诺接了起来。

"你答应晚上请我喝酒的，怎么还不回来？"贝宁恼怒地问。

"马上。"程诺将提案打印出来，也该是和贝宁谈谈的时候了。

火速赶到家门口，贝宁立即拉开了位于隔壁的自家房门，"进来。"

程诺迟疑了一下，她的打扮太火辣了，有点儿紧张。

贝宁不耐烦了："赶紧的。"

程诺只好依言进入："哎哟喂，你的房间怎么这么男人化？"

"我乐意。"贝宁白了他一眼，"去喝酒之前，我有个请求。"

"什么？"程诺有点儿惊讶。

"你，陪我去赴个约会，然后再去喝酒。"

"男人的约？"

"正确。"

"为什么？"

"跟他说再见，上次我可是帮你和你前妻说了的哦。"

"我还没签离婚协议呢，她还不是前妻。"

"怎么着？你还惦记她呢？"

"不是惦记，是坚持。不过，我觉得奇怪，为什么要我去假扮你的男朋友？"

"我乐意。"

"你就不能拍我几句马屁，我也好屁颠屁颠地从一下啊。"

"德行！告诉你，让你假扮就是因为你能把他气死，别人达不到这效果。"

"行。不过，你也得答应我一个请求。"

"什么？"

“帮我在你二姨面前说好话。”

“你是为了业主委员会换届选举的案子？”

“是，也不全是。”

贝宁凄然一笑：“我早就想好了，你要是帮我这一回，我就帮你拿下这个案子。”

“那你等着，我去换身行头。”

转眼，程诺就换了套雅痞风格的装束，配上他那张挺帅气的脸，很好。

贝宁将手伸入程诺的臂弯：“走，天竺。”

点对点的电梯确实太快，直接就到了旋转餐厅。

走进去，贝宁报了餐台号，在引位小姐的引领下，向里面走去。

贝宁有些紧张，也担心程诺看到是谢羽麟，会转身就走，于是捏得他更紧了。

程诺疼得直皱眉，但是为了那个案子，豁出去了。

一个男人的背影在那张餐台前，一直看着窗外，可是总觉得有些眼熟，程诺不禁皱了眉。

听到脚步声，那人回过头来。

程诺一个趔趄，差点儿摔倒——竟然是谢羽麟，这玩笑开大了吧……

贝宁立即扶好程诺，又状似关心地连声问：“没事吧？”

能没事吗？帮她这一回，不仅案子不用拿了，工作干脆直接废了，就算是和谢羽麟白手起家的元老也不行啊。

谢羽麟的脸色也很难看，但是转瞬他就露了笑脸：“生日快乐。”

“我快乐着呢。”贝宁拉着程诺坐在了谢羽麟对面，“介绍一下，程诺，我的邻居，以及，现任男朋友。”

“嗯，我认识你之前就认识他了。”谢羽麟微笑着，大有一种识破别人奸计的坐怀不乱感。

“哦，这点我倒是忘了，你也是巨星公关的。”贝宁始终看着程诺，不去看谢羽麟。

心思还是一片混乱的程诺，只有一个直觉，就是拍屁股走人。但是看到谢羽麟似笑非笑的脸，突然觉得很像杜力的皮笑肉不笑，心一横，坐着。

看着淡定的程诺，贝宁的心也渐渐安静下来，她转过头与谢羽麟对视，毫无退缩，心安理得。

对于程诺，谢羽麟无所谓喜恶。虽然是一起打拼过来的兄弟，但是如果他坚持在设计部，倒是一个不可或缺的人才。只是他为了曾经在策划部挑大梁的彭越而选择了放弃，这点谢羽麟不赞同，但是因为他没有为贝宁放弃成功的机会，所以他没有反对程诺的选择。

有人肯为爱情放弃自己的前途，他本人做不到，至少应该敬重可以做到的人。只不过，此人去了策划部后，毫无作为。

这次彭越要和程诺离婚的事，他有所耳闻，程诺也因此振奋起来，未尝不是一件好事。只是程诺竟然和贝宁配合上演那么一出戏码，真是让他谢羽麟感到气愤。

谢羽麟及时调整了心情，面不改色地说："那你们共进晚餐吧，我还有事，先走了，再见。"说着，他站了起来。

"谢谢，永不再见。"贝宁扬起脸看着谢羽麟。

谢羽麟面无表情，转身离开。

贝宁拿起菜单："点餐。"

"走吧，直接喝酒吧，其他的我可吃不下了。"程诺站了起来，有些戏谑。

"那就走吧，别指望我说对不起。"贝宁也站了起来，手依旧是自然地插入程诺的臂弯中。

"我不需要道歉。"程诺反而有了种解脱的感觉，虽然说不清楚，但是很喜感。

来到安静的"切"酒吧，坐在吧台前，贝宁点了一支黑方："听说俄罗斯人就靠它活过寒冷的冬天了。"

“那我告诉你一个新喝法吧。”程诺对酒保说，“再来一品脱脱脂鲜奶。”

“这是什么喝法？”贝宁扬眉。

“专门为你设计的。”程诺在高脚凳上转了一圈，“早上你说谷丰说得对，现在看来，原来是你今天想断奶，也很对。你该戒掉他，既然可以表现得这般决绝，怎么也得意思意思。我这可是舍命陪你了！”

“我和你打个赌。”

“什么？”

“谢羽麟绝对不会开除你。”

“为什么？”

“他想拿下这次的换届选举公关宣传。”贝宁低了头，“虽然我不知道这次的选举会有多大的影响力，但是我知道这可能对他很重要。他之前找过我，甚至说了会和他老婆离婚的话。”

程诺斜睨了一眼贝宁：“怎么着？怎么听着，我就是一个傻逼，你利用我变相地气他一下，但是又帮他，然后看看他是不是真的会离婚？别傻了，丫头，我被利用一下无所谓，但你心存幻想地活着没意义。我赌谢羽麟不会离婚，他老丈人蛰伏了两年，今年怕是要东山再起。他想拿下这个案子，不过是做做样子，打打名气，为的是能在后面帮上老丈人。”

被程诺一语中的，贝宁低了头：“不是说你为人很厚道吗？怎么说话也这么刻薄。”

“这才是厚道的表现。”

贝宁眼圈红了，不过这本是事实，不能哭，她揉了揉眼睛，随即笑着说：“不管如何，把他气了就好。”

程诺也想笑，可是很勉强。

酒保将黑方和鲜奶拿了过来，先往酒桶里倒上冰块，又将酒和奶一同倒了进去。奶香与酒香一下蒸腾开来，惹得旁人都侧目。

“哥们儿，这种喝法在国外很流行吗？”酒保也忍不住发问。

“这是最新喝法，且是首演。你也试试，要是好的话，你可以好好推广了，绝对比芝华士加绿茶强。”程诺呵呵一笑，内心荒芜的很。

酒保将融合好的奶酒倒入阔口杯，推给贝宁和程诺，给自己也倒了一小杯。

贝宁将酒杯放在鼻下闻了闻：“真香。”

“干了。”程诺举起杯子，先和酒保碰了下，然后等着贝宁来碰杯。

伸了酒杯过去，发出一声脆响，贝宁仰头一饮而尽，那感觉前所未有。黑方的辛辣刺激着口腔中各个感官，而润滑的牛奶又瞬间抚平了那种灼痛感。很纠结，很美好，就像在沙滩上写满悲伤，然而海浪过后，一切平顺。

“爽！”酒保先发出感慨，“真不是一般的好喝。”

贝宁长长地吐出一口气后说：“疗伤的好酒，你给起个名字呗。”

“‘重生的眼泪’！”程诺放下酒杯，“这是告别过去的眼泪，亦是重生的眼泪，有痛彻，有包容，有放下。”

“我现在觉得你还是适合做策划。”贝宁体会着这话，良久方说。

在旁边独坐的一人对酒保说：“给我也来一份这个‘重生的眼泪’好吗？”

程诺对他笑了笑，给贝宁和自己都倒了酒，继续干了。

连干五杯，贝宁哭了，程诺亦是泪流满面。

酒桶里空了。

“再来一份。”贝宁感到头有一点点晕，但还不是她想要的效果，她要的是醉，醉过了才有一切从头的希望。

旁边那人也加入进来，三人不发一言，只喝酒，只流泪。

在要第三份时，酒保说：“先给我留下可以来接你们的朋友的电话。”

“聪明。”贝宁嫣然一笑，立即报出安逸的名字和电话，程诺则是报出了苏浅的名字。

旁边坐的那人一愣：“你也认识安逸？”

“我最好的朋友。”

“安逸是我的初中同学，只是她不记得我了。”

"这很正常。"贝宁呵呵笑着。

"是很正常，我叫李戈，我们也算是认识了。"李戈笑了。

程诺将倒满酒的杯子拿起来："这世界真小，兜兜转转，原来我们都互有牵连。"

"一种幸福，也是一种不幸。"李戈和程诺碰了杯，"干杯。"

提起了安逸，贝宁叹气："她是幸福的，为她的幸福干杯。"

"因为她宽仁吗？"程诺举着杯问。

"她是傻人有傻福。"贝宁喝了口酒，"以前我没觉得谈笑有多好，没想到他也有痴情的一面，对安逸会这么用心，不舍得她受一点点的伤害。我羡慕啊！"

"怎么会？"程诺觉得脑子转得有些慢，不够使了。

"什么怎么会？"贝宁看着程诺，眼神迷离。

"谈笑对安逸做了那些，你还羡慕她？"

"你不知道吧，事情的缘由是这样的。"贝宁絮絮叨叨地说了起来，说着说着就哭了，"你说，谢羽麟为什么就不这样，当初他选择和别人结婚时，干吗不狠狠地断了我的念想？"

"他不是个男人。"程诺的眼睛有些红了，谈笑太不要脸了，编出这样的谎言。

"没错，谢羽麟确实不是个男人。"贝宁又将酒杯中的酒一饮而尽。

李戈笑了笑，每个人都有自己的不幸。

不记得喝了多少，直到眼前眩晕一片。贝宁肆意地笑了："我重生了吗？"然后趴在吧台上沉睡。

安逸接到酒保的电话，连忙跑了过来，在酒吧门口遇见了苏浅。

"我是来接程诺的。"苏浅在看到安逸的时候，并没有什么惊讶。

"我来接贝宁。"安逸不知道该说什么，急切地走进去，就看到穿着火辣的贝宁枕着程诺的手臂熟睡。

“我先帮你把她送过去吧。”苏浅斟酌了一下说。

“谢谢。”安逸在尝试了几次扶起贝宁，均告失败后，欣然接受苏浅的提议，“我住在L区的149F。”

苏浅挑眉，也在L区？却从没见过。

两个人合力才把贝宁放在安逸的客房里，苏浅告辞说是要去接程诺。

“我帮你吧，弄贝宁就很费劲了，何况是程诺。”安逸说。

“不用了，你照顾好她就可以了。”

安逸有些担忧地看了苏浅一眼：“你一个人真的可以吗？”

“没问题，不用担心。”说完，苏浅走进客厅，突然看到客厅的墙壁上，有一张安逸与谈笑的婚纱照。他不禁皱眉，难道还没有取下来吗？他看向安逸，看不出有任何悲伤的样子。可是为何……算了，这不是他力所能及的事。

走出安逸的家，又去了酒吧，接上程诺，刚才与程诺他们一起喝酒的男人已不在了。

程诺要比贝宁沉多了，也更醉一些。苏浅只好背着他回到了自己的家，将他放在沙发上，大口地喘着气，不禁摇头，情果然伤人。

周二早晨的阳光如约而至，程诺在苏浅的叫唤下，费力地睁开了眼睛。

“我要去准备手术了，你醒一醒也该准备上班了。”

一阵电光火石，今天也许就是在巨星的最后一天了吧。程诺立即坐了起来：“我回去洗个澡。”

“以后不要这么喝酒了。”苏浅看到程诺通红的眼睛，皱了皱眉。

“好。”程诺和苏浅一起出了门，突然想起谈笑的事，于是说，“谈笑那天是不是和你酒后吐真言了？”

“他的烂事我懒得提。”

“他好像编了另一套谎话来骗安逸。”程诺很是不忿。

苏浅不由得停了脚步：“他说什么？”

“晚上有空儿吗？把贝宁那傻丫头约出来，让她和你说。”程诺的头还是有点儿晕的，而且，也确实记不得全部内容。

“好。”苏浅应着，突然又觉得奇怪，这似乎不关自己什么事。但是一想到安逸客厅墙壁上的那张婚纱照，就觉得还是很有必要拯救单纯如白纸的安逸。

程诺回到家，一头扎进盥洗间，扭开花洒，温热的水包容了他。

收拾妥当，他带着一颗壮士诀别的心，卡着点走进了巨星公关的大门，推开自己办公室的门。

不出所料，谢羽麟端坐在自己的位置上，程诺露出一抹阳光般的笑容。

“我刚才和杜力谈过了，这次业主委员会换届选举的案子由你来全权策划，希望你做好充分的准备，去应对下周一的提案。”

程诺的心底一惊，原来贝宁对谢羽麟如此了解，继而又为贝宁感到悲哀，聪明如她，何必陷在这般的纠结中。

谢羽麟看着程诺悲天悯人的表情，有些尴尬地咳了一声：“听说你最近在闹离婚？那就用工作掩饰伤悲吧，很好的疗伤药。另外昨天的事，我并不会介意，只是不希望有什么风声走漏。”

“好的，我明白。”程诺侧过身，等着谢羽麟站起来离开。

凝视着程诺血红的双眼，谢羽麟缓缓地从他身前离去。

程诺刚坐下来，杜力就走了进来：“听老板说你有十拿九稳的方案，我很想听听看，可以吗？”

“当然可以，你是总监，20分钟后，会议室。”程诺耸了耸肩，看到这张很欠抽的脸，他竟然可以心情如此平静了。

杜力走了出去，西蒙立即走进来：“什么状况？”

“不战而胜。”程诺波澜不惊地说。

“老大，你越来越有风范了。”

“叫他们都进来，20分钟后，杜力要听我们的策划案。”

“行。”

很快大家都坐了进来，首先听到不用和杜力他们组PK，先是一阵喜悦，紧接着备感压力。

“我觉得就算是和特灵公关去争，也是咱们的提案更新颖，更有冲击力。”西蒙信心满满。

“我也觉得是，不过还是有些担心，万一咱们没拿下，岂不是等于把罪状直接交到了他们手里？”瑞娜有些担忧。

“拼了，必须拿下，没有退路。”克里斯咬着签字笔，恶狠狠地说。

“对，我们拼了。”梅恩和杰西异口同声。

“加油，背水一战亦是咱们的成名之战。”程诺伸出拳头，与众人的拳对在一起，温暖无比。

17：30PM

她：图与数字与文字都是每天的工作内容。希望自己能成为很厉害的人。

Chapter 9

是可忍孰不可忍

你需要正视一切，而不是逃避，当然忘记这件事是对的，可是这个时代，不是忍让的年代了。如果我们不去努力争取幸福，幸福是不会垂青我们的。也许你觉得自己心态比较好，从来不去争什么，也就不会有难过和失望。但你这是一种病态，所以你会一直没有成就感。

1

"你今天有飞行任务吗？"安逸拍打着贝宁的脸。

贝宁翻了个身，嘟嘟囔囔地说："没有。"

"那你睡吧，我去上班了，早餐放在桌子上了。"安逸为她掖好被子走了出去。

客厅里重新挂上去的结婚照沐浴在阳光下，一片迷离，很美丽，每一天都变得美好起来。

安逸将准备好的小礼物装进手提袋，走向电梯间，轻快地哼着歌。

来到公司，杨阳正从茶水间里出来："心情不错啊？"

"嗯。"安逸甜甜一笑，杨阳都酥了，"你不是有旅途艳遇了吧？还没到7月呢？"

"瞎说，进来挑礼物吧。"安逸笑着打开自己办公室的门，"天，怎么这么多玫瑰！"

杨阳也很吃惊，探出脖子喊前台MM的名字："露茜！这花什么时候到的？"

"今天一大早，是夜班的同人签收的。"正派发快件的露茜从大开间的隔断里探出身子，"安姐好幸福！"

安逸脸一红，走过去，伸手触碰的瞬间，一阵尖锐的疼痛从指尖传来。玫瑰有刺！收回手指，指尖一点儿黑色的刺，竟刺出了鲜血。

杨阳走过来，帮她把刺挤了出来："去洗洗手。"

"好。"安逸突然觉得心情有些不明所以的沉重。

手机响了，谈笑的短信："玫瑰收到了吗？展会很顺利，周五晚上就会归来。"

唇角上扬，忘记了疼痛。

安逸家里，贝宁还在熟睡，手机铃声突然响个不停，贝宁闭着眼摸索着放到了耳边："喂！"

"你还没起吗？已经中午了。"竟然是程诺。

"有话快说。"

"别忘了你答应过我的事，我下午想和曾嘉兰沟通一下想法，可以吗？"

"好。"

"还有，晚上来我家吃饭，有要紧事情商量，关于安逸的。"

"啊？安逸？"

"对！我想，她是被谈笑的谎言骗了，你不能坐视不管。"

贝宁一下子就醒了，把手机放在眼前看了两眼，确实是在通话中："你说什么？"

"晚上，我叫知道真相的人给你说，先别告诉安逸，我怕她受不了。"

"你在哪里呢？我现在就得知道，等不到晚上。"

"可我也不是很清楚真相，就得等晚上。"

"靠！"贝宁忍不住爆粗口。

"下午几点去探视你二姨合适？"

"3点半吧。"贝宁挂了电话，再无睡意。

回到自己的家，贝宁洗完澡，一边吹着头发，一边琢磨程诺的话，也回忆着谈笑的说辞。

如果谈笑真的说了谎，她岂不是成了帮凶，可是明明求证过了啊？费解。

胃里空得难受，贝宁只好去了“意境”。

其实并不是“意境”的菜好吃到她只选择这里，而是因为这里的意境真的很吸引她。无崖子和小师妹哦，谁是她的无崖子呢？

因为是一个人来，又是中午用餐高峰期，贝宁被安排在大厅的一个角落。

落座前，不经意地瞥了一眼身后的那桌，是虞嘉和一个男人在谈事。好像没有看到她，贝宁也懒得理，点了餐。

可是，身后虞嘉她们的对话很清晰地飘过来，想不听都难。

“他们这次的提案很好，我想你们的胜算不大。”那个男人说。

“是吗？他能做出比你还好的策划？”虞嘉笑了，“公关界的才子为了一个女人可以这样，真是奇迹。”

“不要取笑我了。你怎样？”

“我？老样子，依旧不咸不淡，没有什么接近的机会。”

“你说，是不是咱们K大尽出痴男怨女啊？”

“我看也像，你看李戈，爱上一个寡妇，却连表达都不敢。”

“别说人家学法律的了，就连咱们学公关的，不还是这样？”

“也是。”

男人叹了口气说：“你打算怎样才肯放弃？”

“他又不是看上了别人，我还有的是机会。”

“这话听着刺耳，你故意说我呢吧？”

“你还是来我们特灵得了，何必呢？”

“善始善终。”

“那祝你好运。不过，你把他的策划案透露给我了，他能承受得了这样的打击吗？”

“这才能激发他更多的斗志。”

“用心良苦。”

“撕心裂肺还差不多。”

“吃饭吧，熘肝尖，吃哪儿补哪儿。”

贝宁听了想笑，没想到铁娘子也有幽默的一面。

吃了饭直接去了医院，曾嘉兰正在看文件。

贝宁走上前：“这次换届选举的事，您有什么打算？”

“你都上心了？”曾嘉兰抬眼看了看贝宁。

“是啊，周围的人都在为这个事情奔忙，包括我的邻居。”

“你和邻居相处融洽？你才住了不到10天吧？”

“这不在于时间长短，在于感觉。在立体城，我有一种回到小时候在家属大院里生活的感觉。大家相互熟悉，相互扶持。兜兜转转，互有牵连。”

“说得很有意思，我也有这种感觉。”

“那你是不是觉得跟个厂长、院长似的？又管生产，又管生活。”

“还真差不多，不过这个产业可不小，10万人啊。”

“这才有成就感，不过现在干部都年轻化了，您也该好好休息休息了，去美国和小岳团聚一下，挺好。”

“完成这个事，我就歇了。”

“不过，我觉得现在和以前还是不一样了，这次选举也不会一样，您对公关宣传怎么看？”

“当然是很看重的了，不过不能太浮夸、太功利了。我看了虞嘉拿来的提案，就觉得有些功利了，弄得跟总统竞选似的，热闹是热闹，却又没有实际意义。我想所有的业主都希望在这里生活得更幸福，而不是那么累，家还是要舒适温馨的感觉。”

“总统竞选挺好的啊，我邻居的想法，也觉得很像总统竞选，但是他想得很务实，我猜你一定会喜欢。”

“哦？”

“你想不想看看？”

“他也是公关公司的人吗？”

“他是巨星的。”

曾嘉兰打量了一下贝宁：“那我应该是见过他的了，他的想法还不错。不过，他请你来当说客？”

“才不是。”贝宁连忙辩解。

“他虽然还没有把提案给我看，但我能感觉到那份真诚，不论做事还是做人，真诚是最重要的。”

贝宁点了点头，谢羽麟怕是最不真诚的人了。

“他下午想过来和您聊聊，听听您的见解。”

“还说不是来当说客的？”

“至少他的态度是认真的。”

“好吧，不过真正的提案PK，是在下周一，我并不出席。”

“那又怎样？他是为整个立体城做的案子，又不是为您一人做的。”

3点半，程诺按时前来。

一个半小时后，曾嘉兰的脸上露出了笑容：“和你今天的沟通很愉快。”

“我亦是受益匪浅。”程诺笑着站起身，“您一定要养好身体啊。”

“一定。”

走出病房，程诺的信心更足了。

贝宁追了出来：“现在就去你家？”

“应该差不多了，我去看看他完事儿没，你在病房等我吧，一会儿过来叫你。”说着走向医生办公室。

苏浅正在查看手术记录，看到程诺进来，微微点了下头：“你先坐一下，我弄完这个就可以下班了。”

程诺坐了下来，拿出笔记本将刚才和曾嘉兰谈话时突发的想法一一列出。

病房中，曾嘉兰有些累了，躺了下来。

贝宁为安逸担心着，有些坐立不安。

“怎么了？有什么烦心事吗？”曾嘉兰看着贝宁问。

“没什么。”贝宁连忙说。

曾嘉兰并不多问，虽然是心理师，但是她更知道，每个人都想拥有只属于自己的秘密。

又忙碌了半个小时，苏浅脱了白大褂，和程诺走出了医生办公室。贝宁已经收到程诺的短信走了出来，一看是苏浅，有点儿惊讶，不过她更关心安逸的问题。

“是你知道谈笑到底发生了什么事吗？”

“是。”苏浅的描述很简练，等走到程诺家的时候，已经讲完了。

贝宁柳眉倒竖，气得发抖：“他是我见过最寡廉鲜耻的人了，我这是做了什么啊？被那个人渣利用，那个病就是他说的，我才写来求证的，安逸怎么办？”

“必须给谈笑一个教训才是，得让他无地自容，永远离开安逸才行。”程诺义愤填膺。

苏浅本来是抽离事外的态度，可是在听了贝宁的话后，不仅同情安逸，更有一些自责，于是说：“我觉得必须把真相告诉安逸，而且也必须惩戒谈笑。”

“我把安逸叫来。”贝宁立即给安逸打了电话。

“她受得了吗？”苏浅有些担心。

“她神经比较大条，应该还好。”贝宁思索了一下，就连这次谈笑取消婚约，安逸也只是喝醉酒一次，去看恐怖电影一次，旅途中已经好了很多。

门铃响了，安逸已经到了。

看到屋中他们三人聚集在一起，且脸色凝重，安逸有些迟疑地问：“发生什么事情了？”

“你坐下来。”贝宁拉着安逸坐下，迫不及待地说起来。

安逸听得惊讶万分：“那个女人怎么可以这样对谈笑？”

贝宁差点儿疯掉："拜托，你被谈笑骗了两次，结果你还可怜他，你是不是傻啊！还是你的情商为负数？"

程诺也崩溃了，这个安逸是善良还是傻，还真有点儿说不清楚了。

苏浅不由得皱眉，凝视着安逸。

安逸低了头，抽抽搭搭地哭了，她当然委屈，当然难过，也非常生气，但是她有些理解谈笑为什么会这么做。但理解归理解，不能原谅是不能原谅，两码事。

没想到安逸这一哭起来，竟能哭这么久，由抽泣变成号啕大哭，凄楚得让贝宁陪着落泪，程诺也有点儿受不住，眼圈都红了。

苏浅的心底也感到悲愤，也有一丝想要保护的意念。

一个小时后，安逸终于止住了哭："我想回去了。"

"一起吃饭再回去吧。"程诺说。

"吃不下。"

"我送你回去。"苏浅站了起来，看了一眼程诺，眼神中传达了一个意思，"你们策划一下对策。"

程诺了然，贝宁也明白。

回去的路上，安逸不说话，仰头看着星空。

"在想什么？"

"在想那个女人一定很爱谈笑，而谈笑一定是狠狠伤害过她，而现在，这个女人一定也还爱着谈笑，没有爱之深，就没有恨之切。如果换做我，我想我没有勇气恨一个人这么长时间。"

苏浅皱眉："你不生气吗？"

"我生气，但是我在想，如果我是那个女人，我做不出来这样的事，也许我不如她爱谈笑。"安逸的眼泪又涌了出来，她迅速地又扬起头。

"这样为他流泪不值得，你不是不爱谈笑，而是你爱得宽容。"苏浅很自然地伸出手，却停在半空，又收了回来，三步外，虞嘉正惊讶地看着他们，安逸摇头：“我突然发现，其实是我做得不够好，让他没有真正地感受到我的重要，所以他这样做也很正常。如果我做得足够好，我应该支持他的事业，至少会去了解他喜欢的葡萄酒，在每次酒会上，为他增加光彩，可是我没有。我虽然了解了一点儿葡萄酒的知识，却只是皮毛而已，对他没有任何帮助，等于什么也没做，只是一味地接受而已。”安逸说完，又有些自责地哭了。

苏浅沉默了，心底有些隐隐的痛楚，还有一种难以言说的愤怒，而看到虞嘉瞪视的目光，更有一种冲动。他将哭泣着的安逸揽入怀中，任她的泪水打透自己的衬衫。

良久，安逸站直了身体：“谢谢你。”

“心里舒服些了吗？”

“没有。”安逸对苏浅有了些亲近感，实话实说，“这些日子过得像过山车一样，大起大落，怎么会舒服呢？”

苏浅能够理解她说的这种感觉，亦如母亲离开时，他跌入谷底一般。想到这里，他闭了下眼，长出口气，再睁眼时，看到虞嘉疾步离开的背影，淡然一笑，甚至有些希望借此让她失望。

苏浅默默地将安逸送到家，又折回程诺这里。

“我觉得必须给谈笑教训，他太自私了，只想到自己的感受。”程诺正气愤地说着，同时脑海中是彭越与杜力。

“没错，他以为可以瞒一辈子吗？这才是天网恢恢。”

一说起天网恢恢，程诺就想起了在超市中与贝宁的第一次相遇，突然有了对策。

“他什么时候回来？”

“周末。”

“我想到了一个教训他的方法。”

“说来听听。”

“可行。”苏浅做了总结发言。

贝宁不放心安逸，讨论一结束立即跑去了安逸的家。她正蜷缩在沙发里，看着墙上的婚纱照发呆。贝宁不由得叹气，可这种事不是急于劝慰就可以的，自己不也是用了很长时间才想明白的吗？

第二天一早，谷丰将做好的巧克力精心地包装好，敲响了安逸的房门。

“安逸姐，这是我和陈鹏用了将近一个晚上才做成功的巧克力，非常好吃。我装了两盒，一盒是给贝宁姐拿去推广的，这一盒是特意送给你和谈哥的。”

安逸接过巧克力的手一抖，贝宁跑了过来：“放心吧，我一定好好推广。”

安逸沉默地走回客厅中，扑在沙发中，将自己埋在靠垫里。

贝宁走过来：“起来。”

“不要。”

“你不该当鸵鸟的，他这样伤害你，你至少应该给他一记耳光，让他知道自己做错了。否则人家还觉得自己是天才呢。我终于明白了一点，那些大奸大恶之人一开始也没有那么丧心病狂，就是被你这种不追究、一味忍让的人惯坏了，惯得他们以为原本就该如此。”贝宁虽然是对安逸说教，其实更是在说自己。

“我能怎么办？难道我去打他，就能解决这个问题了吗？我一样还是要难过好久，我一样还是会感到自卑。”

“你自卑什么啊？”贝宁真的要无语了。

“我说了你也不会知道。”

“不行，你必须说。”

“我觉得自己特别失败。”安逸叹气了，“而且，如果让我那样去勾引谈笑，他一定不会上钩，因为我没有那个魅力。也许我长得还算好看，但仅此而已。时间久了，谈笑就会嫌闷，而且细细想来，他早就嫌弃我了，只是我自己不知道而已。还在一直等他来向我求婚，然后结婚。可是当他真的和我求婚时，我当时都没觉得特别激动，只是觉得他做了一件很正常的事。”安逸完全没有逻辑地说着。

贝宁渐渐明白了，安逸在否定自己，全面地否定自己。看来谈笑给安逸带来的伤害不仅仅是失恋，她已经濒临崩溃了，却又拼命压抑着。

整治谈笑的手段必须升级，昨天商量的都不够狠。而且，也需要曾嘉兰的帮助，必须给安逸做心理疏导。

这几天，贝宁的飞行任务都不远，只要一回立体城，立即跑来陪安逸。

周五，贝宁拿了安逸的手机，给谈笑发了一条短信，约他周六到立体城的农场见，然后对安逸说："明天早上去农场看看？"

"我没有气力。"

"真的不想看我们怎么教训谈笑？"

"你们要教训他？"安逸有些迟疑。

"至少应该让他知道自己的行为多么恶劣。"

"那我更不想去看了，我怕见到他，我去钓鱼好了。"

"行。"贝宁尊重安逸的选择。最近曾嘉兰的身体因化疗比较虚弱，而且还要准备第二次化疗，所以还不能给安逸做疏导。那么能给安逸帮助的人就只有自己了，但必须是先绝了谈笑的念想。

安逸起身从冰箱里取了一瓶冰水，才突然惊讶地问："你们要教训他，为什么选在农场？"

"你怎么才反应过来。"贝宁无力地翻下白眼，"除了那里，你还有更好的选择吗？"

"没有，但还是奇怪为什么要在那里？"

"好奇就明天去看。"

"不去。"

"不后悔吗？"

"不会。"

贝宁想着想着就笑翻在沙发里，安逸依旧无动于衷，是的，就算去看又能怎样，伤害就不曾有了吗？

周六一早，贝宁就换上运动装束，向F区走去，安逸则是去了龙河钓鱼。

立体城的农场位于F区的地下3层至20层的空间中，地下部分基本上都是堆肥、沼气处理中心，并不对外开放。地上这20层每层放养的动物各不一样，今天贝宁故意选择了位于15层的养猪区域。

来到15层，并没有闻到任何难闻的气味的贝宁松了口气，打量起这里。俗语说，没吃过猪肉还没见过猪跑。这句话用在现在可是完全要颠倒了，贝宁可是只吃过猪肉没见过猪跑，没想到小猪粉嘟嘟的会那么可爱，不由得紧走了几步上前。

这时，广播里传来农场管理员的声音："这位小姐，请先经过消毒池。"

贝宁依言来到消毒池旁，套上长鞋套，蹚过消毒池，终于可以近距离地摸到小猪了。她想抓住一只揉捏，没想到小猪很是灵活，左躲右闪就是不让她抓到。

好久不运动，刚跑了几下还真有些喘。贝宁站定，不耐烦地看了眼表，突然很想笑。和谈笑说的是9点见，和程诺他们约的是8点来做准备，而现在竟然才7点多一点儿，她刚才是怎么看的表？

难道是自己太急切了？唉，何尝不想报复一下谢羽麟哦，一想到这里，不由得叹息：人就是这样，看别人的问题时，总能一眼看穿，而轮到自己同样的问题，就变得混沌一片了。

这时，虞嘉和一个技术人员走进旁边的围圈里，看到贝宁，有些讶然，而看到入口处苏浅的身影后，她立即露出笑容地打招呼。

苏浅一怔，没想到会在这里遇见虞嘉，更没想到，她会如此笑脸和自己打招呼，只好点了点头。

程诺跟在后面走了进来，贝宁连忙招呼他："看来咱们都沉不住气啊，这么早就来了。”

“当然得早点儿了，这样才能把机关做好，而且也能体现出偶遇的效果。”程诺点头，并努嘴说，“看他们两个就是偶遇哦，虞嘉还能笑得这么没有心机，真是难得。”

“切！那笑容我可不觉得没有心机，而是心机重重。哎呀，别管她了，你先给我抓只小猪过来，让我玩会儿。”

“想玩自己抓去，这样才珍惜。”程诺故意说。

贝宁刚要发飙，虞嘉随苏浅走了过来：“贝小姐，你好，我们见过，在这里又见，真是巧啊。”又看了眼程诺，好像在苏浅的家里见过，于是也是礼貌地笑了笑。

“你们这么早怎么会来这里？”虞嘉问道。

贝宁和程诺对视了一眼，这等秘密可是不能说，于是都看向苏浅。

苏浅淡淡地回答：“我是来看看这里‘小型猪’培育计划中的小猪。小型猪被认为是人类器官移植理想的‘捐献者’，不知道千里迢迢被转运到这里，有没有什么问题，也想看看移植试验的时间是否成熟。”

“那可是太巧了，我也正是因为这个来的，正好约了郑博士。”虞嘉的脸上神采飞扬。

苏浅挑眉，虞嘉笑语：“这个项目在国内开展都30年了，而立体城把这些‘小型猪’引进来继续培育，目的就是大力推广异体移植计划，特灵当然要出一份力。”

程诺不由得点头，虞嘉的信息不仅灵通，而且下手极快。昨天才听项目组和杜力探讨，今日已见虞嘉亲历亲为了。

苏浅随虞嘉去郑博士的办公室了，程诺虽然也很想知道这个项目，可是他的目标是业委会的换届选举，其他都可放置一旁。

贝宁则是若有所思，这时脚下跑过来一只背部有线条的小猪，甚是可爱，她顾不得其他，一把将它抱了起来。小猪拼命挣扎的样子，将贝宁和程诺都逗笑了。

“它身上为什么还有线条？”贝宁一边安抚着怀里的小猪，一边问。

程诺将小猪从她怀里抢了过来，放在地上，然后指了指腕表：“已经半点了，该做的准备都没做呢，你打算拿什么整治那厮？”

对啊，贝宁拍了拍手上的草屑：“只有咱俩来干了，得抓紧时间了。”

要将设想全部实现，并不容易，才设置了一个机关，就让贝宁叫苦不迭：“我们是不是应该多叫几个人来啊，这样干不完了。”

“就前两个机关麻烦一些，后面的都是我的全息投影，会简单得多。你做得很不错了，再加把劲。”

“看不出，你还会鼓励人。”

“当然了，一起共事，何必横挑鼻子竖挑眼？该肯定鼓励的时候一定要说出来。”

“你很不符合谢羽麟的管理方针啊！他可是信奉如果员工能得到他的一句表扬足够美上一年的，他觉得这样会让员工比受到没完没了的夸奖更懂得受到赞扬的可贵。”

“你对他真是了解。”程诺说完马上意识到说错了，立即说，“他这理论不能说是错，但总让人不舒服。”

贝宁被程诺抢白得失了神，对谢羽麟就算是这样了解又如何呢？

程诺不想气氛变尴尬，抓起一只小猪送到贝宁手上：“你玩会儿吧，这个我自己来，然后我们设置第二个机关。”

接过小猪，贝宁依旧不说话。

“这种后背上有条纹的猪应该是家猪和野猪杂交的，肉质非常鲜嫩，新年的时候请你尝尝。”程诺没话找话地说，看贝宁仍是嘟着嘴，提议道：“要不哪天帮你整治一下谢羽麟得了。”

“他才不配我这么上心呢，我是在想，也许把谈笑约到这里并不是很合适。这里的猪不仅可爱，还是人类疾病的救星，已不是想象中的那样愚蠢、肮脏，再用它来类比谈笑、谢羽麟之流，简直是对猪的侮辱。”

“原来你是在琢磨这个。”程诺大笑起来。

贝宁将小野猪放跑，又过来帮忙设置第二个机关。

程诺从裤兜里把钻石拿了出来：“你装到这里。”

贝宁厌恶地撇嘴，不屑地说：“恶心死了，我才不拿。”

“我清洗过了。”

“还他，你还洗什么啊？这里也没有猪粪，真是可惜。”

“我怎么觉得你这话不对劲啊。”

贝宁抿着嘴乐了：“拿他们比猪不合适，你还行。”

程诺也乐了，很快将第二个机关完成了，继续忙碌剩下的算计。

苏浅和虞嘉也走了回来，虞嘉看苏浅没有要走的意思，忍不住问：“你还有事？”

“是，在这里约了老同学。”

“约在这里？”

“嗯。”

虞嘉干笑了几声，欲走还留，内心纠结，不经意地脚下踩到了一块绵软，连忙抬起，猛然从旁边闪出一个人体骨架，骷髅头上还披散着黑发。她下意识地跳进苏浅的怀里，撕心裂肺地喊起来。

苏浅僵直了后背，眼神看向正悠闲踱步的一众小猪被吓得嗷嗷叫着四散奔逃，无可奈何。

苏浅终于受不住虞嘉的尖叫，艰难地伸出手拍了拍她后背：“没关系吧？是我们想整治一下老同学的。”

虞嘉安静下来，有些不高兴，在苏浅面前丢面子很不爽。她沉着脸，苏浅扫了她一眼，淡淡地说：“别生气了。”

这句话听在虞嘉耳中，非常的中听，简直是天籁，看来他是在意她的情绪的。也许那天看到苏浅和安逸在一起，不过是个偶然而已。虞嘉释怀了，微微一笑：“搞什么嘛？太小儿科了。”

不过，她的心底又有些疑问，苏浅也喜欢参与这样的事？

贝宁哭丧着脸看向程诺：“怎么办？还来得及重弄吗？”

程诺没有回答，朝门口努了努嘴，谈笑已经来了。

谈笑微皱着眉走进这里，真是诧异安逸会选择在猪圈里约会，她不够浪漫是一贯如此的，看来真的不必奢求。

好在这猪圈没有什么异味，可是，刚走到门口就听到里面女鬼一般凄厉的叫声，以及围栏里疯跑的小猪，再看过去，是贝宁、程诺，还有苏浅。他僵在门口，内心也一下慌张起来。

一切都明白了，今日并不是与安逸的约会，而是与她的诀别。这感觉太糟糕了，不知道这是不是命中注定，抑或是惩罚。胸口传来的隐痛，让他蹲了下来。

“你对安逸编出那些谎言太不要脸了，人渣。”贝宁懊恼于机关无法实现的同时，将怨气都发泄出来，将裸钻扔了过去，恶狠狠地说，“亏得我还以为你是情种，为你做了说客。”

“安逸已经知道你的卑鄙行径了，你要是还有廉耻心，就别再找她了。”程诺也走过来俯视着谈笑，蔑视无比。

苏浅淡淡地说：“你这样做，真的足够让她对你死心了。”

谈笑跳了起来：“很多时候，在我们痛苦的时候，都会撒些善意的谎言，而这些谎言是会让彼此都感到欣慰的话，为什么不可以说呢？再说了，我的事，你们这么关心干什么？这是我和安逸之间的私人问题，与你们无关。”

“善意的谎言？你这叫骗婚。与我们无关？”贝宁气得七窍生烟，“安逸是我最好的朋友，我怎么可以看着她受这样的欺负？”

“而且，我们见不得美女被骗，还是被你这等人渣骗。”程诺附和。

“无关吗？”苏浅淡淡地说着，却是分量最重的。

虞嘉的笑脸变得有些僵硬，苏浅什么时候这么关心周围发生的事情了？竟然会因为安逸——那个非常漂亮的女人，来教训这个男人，这问题绝对不简单。

谈笑的疼痛减轻了不少，他为自己辩解着：“我也承认我的做法有些卑鄙，但是我没有别的办法，我需要她。”

“需要？”程诺不屑地鄙夷着，“看来你真的不爱安逸。如果你够爱一个女人，你会希望她幸福，而你呢？伤害了她，又回来骗她，你认为谎言可以掩饰一辈子吗？难道你不知道这第二次的伤害比你不告而别还让她难过吗？”

“你不配需要安逸。”苏浅摇了摇头。

“你没有责任感，没有诚意，明知道安逸那么美好又脆弱，你还这么伤害她？”贝宁气愤地指责着。

虞嘉突然插嘴：“你最有尊严活着的方式，就是永远不要再出现在安逸的面前，也永远不要进入立体城，这里不欢迎你。”

贝宁惊讶地看向虞嘉，不知道她为什么会如此同仇敌忾。

无言以对，这个世界真的很小，尤其是在立体城中，谈笑踉跄着离开了，再没有任何可以弥补的方式了。怨不得别人，一切都是自己造成的。尊严和体面在这个时候都不重要，重要的是，他已经知道，这个世界抛弃他了。

谈笑灰溜溜地走了，可是安逸会怎样呢？苏浅看向贝宁：“安逸呢？”

“她去钓鱼了。”贝宁回答，“我过去找她好了，你们继续。”说完，和他们道谢离开了。

“我还有些事要做，也先回去了。”程诺识趣地走了。

苏浅心底有些遗憾，他多希望程诺能发出邀请，但是他看懂了程诺临走前的眼神，也想起了苏漠山的警告。

躲终究不是办法，于是苏浅对虞嘉说：“天气很好，我打算去钓鱼，你要来吗？”

“好。”虞嘉开心地点头，心底漾起的一丝温柔，硬生生地把怀疑和莫名感到的危险压了下去。

先回家取了钓袋，开车前往龙河。苏浅一路上都很沉默，思考着应该怎样和虞嘉说出拒绝的话。

“上次听伯父说，你想参与业主委员会的竞选，我还有些不相信，因为你一向活得很自我。不过，今天看到你对朋友这样关心，我觉得你很适合参与这样的活动，而且你又是医生，对那些病患是那么的尽心尽力，会更有优势。”

“那是苏漠山想参与的，并不是我。”苏浅听出虞嘉的上心，有些反感。

“那也没有什么不好，这对你爸的集团宣传环保理念很有帮助，至少，我们一个立体城就有10万人，而这10万人能影响更多更广泛的人。”

苏浅沉默了，他的心从来就没有那么大，也许她说得对，他活得很自我，如今这个年代，谁活得不自我呢？只要不是像谈笑那样自私地去伤害别人就好了。

很快就到了河边，苏浅将车停好，河边的芦苇在前不久被清理了一下，没有那么高了，可以对周遭一目了然。

安逸和贝宁就在不远处，恬静地坐在垂柳边垂钓，像一幅美丽的画卷。

从后备箱取了钓袋，苏浅和虞嘉走到50米开外的另一株垂柳下，支起钓竿，默默地望着表面平缓的河水。

钓鱼能让心情平静下来，安逸可以，但是贝宁受不了这样的沉闷。

“我们回去吧？你已经钓了两条鱼，够炖锅鱼汤了。”贝宁提议。

“今天我想钓一只甲鱼，给曾姨炖汤，听说这个对化疗期间的病人也是很好的。”安逸不为所动。

“那东西能钓上来吗？”

“我上次就钓到了。”安逸浅笑，“而且它的谐音也是忘吧，没有什么不好。”

“安逸，我还是觉得你需要正视一切，而不是逃避，当然忘记这件事是对的，可是这个时代，不是忍让的年代了。如果我们不去努力争取幸福，幸福是不会垂青我们的。也许你觉得自己心态比较好，从来不去争什么，也就不会有难过和失望。但你这是一种病态，所以你会一直没有成就感。”

安逸低了头：“我觉得自己和程诺有些像，他也一直没有去争什么，所以他也会觉得自己很失败，或是注定我们这种人就会失败。”

“你错了。”贝宁瞪大眼睛，“他已经清醒了，他在为自己正名呢。他已经在争取有意义的事了，让自己的人生得到一次快乐的记忆。你呢？你是不是也该振作一次？”

“想和做是两码事，我可以想，却做不到。”安逸叹气，“我不知道自己能做好什么。”

“拜托，谁没失过恋啊！我觉得我比你还惨呢，眼睁睁看着心爱的男人要娶别人，毫无尊严地留在他身边。现在我的梦醒了，我知道我该放弃了，如果再不放弃，就是与自己为难。我们可以失恋，但是不能失去爱的能力，勇敢才是尊严。”

安逸愣愣地看着波澜不惊的河水，不是听不进贝宁的话，而是听进去了才觉得害怕。

看着她不发一言，贝宁有些着急，给程诺发了短信：“过来劝人！”

鱼漂突然沉了下去，安逸下意识地提竿，又是一尾大鱼。将鱼放入鱼篓，安逸重新上钩，上饵，慢条斯理，看不出悲喜。

远远地甩了线出去，安逸坐下来，继续四平八稳。

20分钟后，程诺匆匆停了车，跑过来：“怎么了？那人渣已经走了，绝对不会再来烦你了。”

“现在就是那人渣死了也没用，真正出问题的是安逸。”贝宁摇头，“她这次比那厮不告而别可严重多了，她把自己全都否定了，没有了一点儿信心。她刚才还说觉得和你很像，都比较失败，可是我觉得你已经走出阴影了，你来劝劝她。”

“你比我能言善辩的，怎么要我来？”程诺无奈，再说了，自己哪里走出阴影了，还是会因为看到彭越与杜力在一起而难过，也还是会时不时想起彭越而感到郁闷。失恋、失婚这点儿事，如果自己迈不过这道坎，谁也帮不上忙。

“至少你现在有奋斗目标啊，她没有，完全没有了。”

奋斗目标？他算有吗？也许算，也许不算，程诺也有些茫然。

“靠，你们这种人真是磨叽。”贝宁生气了，“我怎么这么倒霉，我还难过得要死呢。”

“咱们都是衰人。”程诺一屁股坐在旁边的草地上，全然没有了刚才惩戒谈笑的快感。是的，没有，一点儿也没有。扭头看向别处，却看到了苏浅和虞嘉，真有些羡慕这个场景。可是他知道，苏浅对虞嘉没有半点儿感觉，许是就在今日，虞嘉就将遭受打击。

鄙视了一下自己的幸灾乐祸，转回头，看到寂寥的安逸，更严重鄙视了自己的无能为力。当时和安逸一起喝变质葡萄酒时，胸中郁结的勇气都没有了，只剩下包袱一样的责任。其实想想，谈笑那样自私一点儿没什么不好，只是一般人经受不了良心的谴责而会选择放弃。

贝宁气鼓鼓地走到河边，问安逸：“安逸，我们做个假设，如果让时间倒流一次，你会选择回到哪里，你又会怎么做？”问完，她转过头对程诺说，“还有你。”

程诺觉得这道题目还有些意思，想了想说：“如果可以，我希望回到三年前。我会对彭越说，我绝对不去策划部，那不是我的菜，要不我离开巨星，去别的公司继续做设计总监。如果可以这样，我想我就不会过成现在这个样子。答应了彭越去做策划，却做得乱七八糟，还把一切不成功归结于我本来就不想去做策划。

“你呢？你会回到什么时候？怎么做？”

“我想应该是四年前吧。谢羽麟决定和那个女人结婚时，我就该一刀两断，不该去幻想，也不该去逃避，把谢羽麟骂个狗血淋头后扬长而去，大家都痛快了。”

安逸抬起头：“那我宁愿回到七年前，不认识谈笑就没有这些事了。”

“你看，我说她是什么都否定了吧，就是如此。连曾经的快乐也否定，那是不对的，安逸。”贝宁叹气，其实她明白，自己和程诺也没好到哪里去。

气氛沉默了下来。

沉默了片刻，安逸突然问：“如果我真的原谅了谈笑，他会对我死心塌地吗？也许我就是这样了，没有别人会喜欢了。”

贝宁都要急死了：“你精神错乱了吧？安逸，现在不是好马不吃回头草的问题，而是人渣不能要的问题。还有一个比喻，是我刚刚想到的。我们去果园摘苹果，你都摘什么样的？红艳好看，没有一点儿瑕疵的对不对？回答我！”

“是。”

“好，那么拿回家了，放了两天，等你去吃的时候，你却发现其中有一个苹果已经坏了一小块，于是你就会先挑这个吃，对吗？”

“是。”

“以此类推，每天你都会捡坏了的吃。吃到最后一天，你突然发现你就从来没有吃到过一个好苹果，虽然那些苹果的味道也都过得去，你会很遗憾，对吗？”

安逸想了想，点头。

“同理，不管是你挑了谈笑，还是谈笑挑了你，也不管是我挑了谢羽麟，还是谢羽麟挑了我，总之不计前嫌地带回家。可是他们烂了，我们还舍不得丢，执意地先吃他，以为只要把烂的地方挖掉就会好了，最后却把其他的苹果都放烂。难道我们就不能勇敢一点儿吗？一个男人无耻地伤害了我们，就让他滚。然后，把机会留给值得我们爱的人，或是爱我们的人，不好吗？”

虽然贝宁的话难听，但是程诺觉得很有道理，宛如醍醐灌顶。节约粮食是传统美德，但是用在爱情里就是自寻死路。于是他击掌：“没错，严重同意。贝宁，你该去当心理医生，至少可以当知心姐姐。”

“死去，什么时候了，还没正形。”贝宁有点儿急赤白脸，因为安逸听了，似乎依旧是无动于衷。

这时，苏浅钓了一尾大鱼上来，虞嘉欢快地鼓着掌，声音传到了这边。

贝宁瞥了一眼，问程诺："虞嘉喜欢苏浅啊？"同时也在思考，是不是可以借用什么来劝安逸。

"嗯，地球人都知道。"

"可是好像苏浅不喜欢她啊？"贝宁又开始发挥八卦的天分。

"谁爱得多一点儿，就注定是输家。"程诺不置可否，"她今天就会知道了。"

贝宁虽然不喜欢虞嘉，从第一次见面就不喜欢，但是听了这话，还是不免心生同情。

安逸陷在自己的思维里，什么也听不进去了。苹果、烂苹果、谈笑、人渣。

突然，贝宁尖叫起来："我的天哪，你们看那边。"

顺着她的手指，安逸和程诺看过去，不远处，一片建筑群拔地而起，几乎可以用悄无声息来形容。

"这是什么？"贝宁问。

程诺想了想说："应该是为下周国际钓鱼巡回赛准备的选手山庄。"

说话间，一栋别墅的房顶已安装完毕。

"修建得好快。"安逸羡慕地说，如果内心的伤痛可以如此快速地被忘记就好了。

"看来'罗马不是一天建成的'的观点也要被改写了，这是什么技术？"

"快速建筑，就是把一个建筑拆分成小的单元分别制造完成，然后再组装起来。这样不仅盖得快，用完了也可以很快拆走，听说也可以做永久建筑。"程诺回答。

"好神奇。"

那边的景象也已起了变化，虞嘉和苏浅也看到了那片建筑，虞嘉说："现在真是快节奏的年代了。"

苏浅突然问："我们认识多少年了？"

“一直就认识的样子。”虞嘉看向苏浅，想知道他为什么这么问，难道是一句快节奏的年代让他突然就开窍了？

苏浅挪开了目光：“原来这么久了。”

虞嘉敏感地觉察到一丝危险，她淡淡地笑：“可能是已经习惯了彼此的缘故，所以意识不到。”

“嗯，也许。”苏浅将鱼线抛了出去，很远，继续说，“那你应该知道，我不会爱上任何人了，我没有这个能力。”

“怎么会？”虞嘉捂住嘴，虽然在她的心里早有准备，苏浅对她，要么接受，要么拒绝，只有这两种可能，不会有暧昧等情感发生，因为他清冷，自己骄傲。但真的等到这一天的时候，很难接受这样的拒绝。

“虽然我讨厌苏漠山，但是我发现自己和他真的很像，那就是只能对一件事专心。他爱他的事业，不爱我妈。我也爱我的事业，但我不想让谁成为第二个我妈，那么可怜，那么无助，所以我不会爱上谁。”

原来症结所在是这里，虞嘉又感到了一丝希望：“你真的认为你爸不爱你妈？可是我爸说过，苏伯伯之所以做这份环保事业，就是受了你妈的影响，他才承担下来的。你和你爸缺乏的是沟通，而你更缺乏爱的勇气。”

苏浅沉默了，有可能吗？自己都不知道的事情，虞嘉却都清楚。不论怎样，他都能确定自己的心——这里没有虞嘉的位置。于是，他抬眼看向虞嘉：“也许你说得对，我缺乏爱的勇气，所以别在我身上浪费时间和精力了，你理应得到更好的。”

虞嘉并不气馁：“这不是浪费时间和精力，而是一种挑战，因为我觉得自己不仅缺乏爱的勇气，还缺乏为他人甘心付出的那份平常心。这种甘心付出，不仅是对爱人，也可以是对朋友。我想成为你的朋友、伙伴，默默支持你的人，所以请不要拒绝我的友情。”

苏浅不想虞嘉陷得更深，他承担不起，但又实在无法拒绝她这份友谊的建议，他沉默了。

虞嘉浅笑，就知道这样的提议苏浅不会拒绝，接着说："我会支持你参与竞选的。"

一听到竞选的事，苏浅第一想到的是程诺，他一直想争取到竞选的公关代理权，而虞嘉的特灵公关正是他的劲敌。他看向不远处的程诺他们，程诺来的时候，他已经看到了，而此时看到他正与贝宁说笑，他的心情也平复下来。

虞嘉顺着他的目光看过去，貌似不经意地问："你的那个朋友是做什么的？"

"和你一样，他在巨星公司，是策划部副总监。"苏浅如实回答，反正她们明天也会在提案现场碰面。

真没想到，程诺竟然是巨星公关的人，虞嘉一下愣在原地。片刻，一抹红云飘过脸颊，真是天助，一切都会尽在掌握了。

苏浅不经意地瞟了虞嘉一眼，她脸上的兴奋与十拿九稳的得意让他不由得皱眉。

安逸那里的鱼漂又沉了下去，她却叹息，苍白的一个早晨，虽然收获了不少鱼，但心里收获的是悲伤和更深的无力感。

7：00PM

他：多发了一张电影票，难道，只能退掉吗？

Chapter 10

心底寄生的疼痛

时间不过是一种人为的测量方式，并非真实存在。

日出月落，季节迁移，人的衰老，是物质生长的必然过程，

时间和空间一样，只是见证这一切。

作者巴布雅还认为，天下万物，包括宇宙和人类，也无所谓过去与将来，只有现在。

每一个“现在”都包含了从前与将来！

1

周一凌晨3点半，安逸醒了，再也睡不着。

贝宁昨天飞新加坡，要两天以后才回来，就她一个人孤单地在和黑夜作斗争。

开启了电动的窗帘，看着窗外的微光，一片迷蒙。

突然手机闪烁了几下，迟疑了一下，点开，竟然是江琳发来的：“安逸姐，听说巧克力店今天就要开业了，我很高兴。今天我也要做手术了，在这个时候，我最想念的人是谷丰，想念到无法入睡。”

安逸的心一紧，因为一系列变故，她都忘记要去关心江琳了，连忙回短信：“我过去陪你。”

“吵到你睡觉了吗？不用你来看我。听说你和谈哥和好了，我祝贺你。我也有好消息告诉你，就是我不用切除子宫了，只需做腹腔镜手术就可以切除子宫肌瘤。我希望等我养好了身体，开开心心地去看你和谷丰。我对未来又充满了希望！”

安逸一下就坐了起来，心也猛烈地跳了几下。她为江琳感到高兴，这是江琳应得的，是她努力生活而得到的好结果。

她高兴得想哭，眼泪确实也忍不住掉了下来。这是这段时间里得到的最好的一个消息了。原本以为自己都被痛苦折磨得麻木了，还好，至少还有这个好消息。

走到落地窗前，看着天尽头，由黑到灰，然后渐渐变淡，变淡，最后是一抹红色。黑暗不再，天空变得清澈。

这是一个美丽的周一，对于谷丰和江琳能拥有这样的结局，安逸也会感到高兴。只要一进公司，她就只能立即进机房，面对着一大堆机器开始操作。在这里，她也快和这些机器一般无二了。

杨阳敲门进来："你怎么在这里？去开会吧，一会儿要去业主委员会参与提案直播的。"

随着杨阳走了出来，会议室里，主编莎瑞纳雷厉风行地布置完任务，便对安逸说："接下来的直播，我希望能够顺利。"

安逸点头："这个你放心。"是啊，唯一还算有自信的事情，不会弄砸的。

散会后，与一众同人来到位于N区的业主委员会办公大厅。这里是玻璃构建的大厅，外形很像一颗璀璨的钻石，是业主委员会的理事、建筑设计师刘宇的杰作。

设备在周日的时候已经调试过了，流程也已经预演过，安逸坐在监控设备前，全神贯注起来。

提案将在10点正式开始，但直播将是9点30分开始，已经进入了倒计时读秒。

先是一段立体城的外景VCR，紧接着是外景主持人采访业主们的VCR集锦，一切都有条不紊地进行着。

程诺一行人进入了会场，不由得感慨，这颗璀璨的大钻石是那么的有创意，又那么的有幸福感。

10点半是巨星公关的提案时间，他们是第二个提案的公司，却是第一个到达的。第一个提案的是特灵公关；没想到的是，竟然还有一家公关公司也参与了提案，听说是昨天才递交的申请，以前并没有听说过这个公司——越尚公关，看来挑战又增加难度了。

坐在会议室外，程诺和西蒙开着玩笑，想缓解心中的压力。说来惭愧，进入策划部后，这竟然是他负责的第一次提案。虽然以前也有自己的策划被采纳，但都是别人去提案的，这次谢羽麟和杜力都坚持让他亲自提案。如此重大的事件，他内心的慌乱可想而知。

虞嘉一众人等也步入了会场，她的气场是强大的，绝对不容忽视，就连坐在玻璃房中的安逸也从沉思中醒过神来。

看到虞嘉进来，程诺一点儿都不意外，转头看了眼坐在一旁的谢羽麟，他依旧是标准证件照的笑容。

程诺忍不住想，贝宁哪里是他的对手呢？那么火暴的脾气，又没有什么心机。

周权副会长走了过来："非常感谢你们的积极参与，提案马上就要开始了。虽然曾会长没在现场，但是她能看到直播。请你们做好准备吧，我们都很期待精彩的提案。"

虞嘉她们率先进入了会议室，安逸从监控器里看到了，于是打了一个OK的手势示意直播导演，可以开始了。

等特灵公司的人一进去，谢羽麟的笑容终于不再，他扫了一眼程诺："尽力而为吧，至少这份提案，我认可。"

程诺深吸了口气，这就是传说中的谢羽麟的表扬吧，还是有统帅气质的，唉……

会议室内，负责特灵公关提案的策划总监高良在虞嘉的注视下，自信满满地走上了提案台，点开制作精良的PPT，开始讲解：

"大家都知道，业主委员会代表所有业主的利益，它拥有所有业主的信任，它同时也拥有对立体城的管理权、对管委会的监督权。对于一个拥有10万人口、4万个家庭、1万个商户的超大社区，业主委员的竞选与其他社区截然不同，公关宣传就显得尤为重要。特灵公关将从以下几点着手打造不同凡响的竞选。首先是换届选举的理念——民主、务实……接下来，是针对选举的流程所制订的分阶段公关策略……”

25分钟后，虞嘉一众人等走了出来，一副志在必得的样子。

谢羽麟带着程诺走进了会议室，看到众委员正在交头接耳，似乎对刚才的提案很有兴趣的样子。

西蒙首先去前面调试好提案需要的设备，然后和程诺又沟通了一下，程诺郑重地整理了一下衬衫，准备上台提案了。

直播导演对安逸打了手势，安逸走了过去。

“收视率有多少？”

“6%左右。”

“怎么会这么低？”

“收视率很差，可能是周一的缘故。”

“这次的直播不是仅限于立体城内部吗？不应该啊？”

天，安逸惊醒，慌慌张张地走进监控室。

她的脸色更加苍白了，竟然后台端口设置有误，并不是仅限立体城中的业主观看，而是整个网络皆可观看。

做技术管理这么久，竟然还能出现这样的纰漏，自己是怎么检查的？安逸懊恼不已。这时想改过来已经不可能了，只能将错就错。

安逸将监控室留给杨阳，走到大厅外面的喷泉前，感到挫败又失望，她真的是什么都做不好了。

会场内，程诺走上提案台，将全息投影的设备打开，一众委员立即发出惊叹。他微微一笑，深吸了口气，开始讲解：

“我们给这次换届选举的理念定位于——‘透明的黑板’！作为立体城业主的一员，我希望代表我利益的组织是真诚地为我们服务的，所以我们在选举这个代表时，自然希望整个过程也是真诚的。而‘透明的黑板’可以做这样的解释：竞选如同透明的水晶，将所有一切都暴露在大家的面前；又如同一块黑板，每个人都可以在上面写下自己的期望；这是表面的意思。还有更深一层的意思：就是没有虚假和伪善！”

全息投影将这个理念立体地呈现出来，使委员们一目了然。

“接下来的竞选流程，我们也是紧扣这个主题、环环相接的。从公关造势开始，我们将从以下几点入手……”

一开始还有些紧张的程诺，越说越顺畅了。

终于，在讲解了28分钟之后，完美收官。

台下就座的谢羽麟感到万分满意，因为在等待进入会场的时候，他已经用手机上网，看了特灵公关的提案，绝对不是一个档次的。不过想想也怪，以特灵的实力不该弄出这么一套垃圾方案来。

谢羽麟在掌声中走出会议室，拍了拍程诺的肩膀：“这才是你的实力。”

程诺淡淡地一笑，突然也不是那么兴奋了，毕竟曾经想看到的人没有看到，而且她的眼中也已没有了他的位置，他只是承担他的弟兄们的希望罢了。

这时越尚公关的人到了，一群比较眼生的人。程诺不在意地走了出去，想去喷泉边透透气。远远地看见了安逸的身影，那么的孤单落寞，却也无能为力。

是的，突然觉得真的不是失恋、失婚的问题，而是失去了爱的能力的问题。

刚走到安逸身边，还没有说话，西蒙就跑了过来：“老大，不好了，越尚的提案与咱们的如出一辙，有内奸！”

程诺一惊，转身就走，而他们的举动都没有惊醒近在咫尺的安逸。

太震惊了，怎么会有这样的事情发生？程诺的脑中一片空白。

赶回业主委员会的大厅，谢羽麟还在看网络直播，可是脸色越来越难看。

因为没有巨星公关华丽的全息投影，所以越尚公关的提案很快，只用了20分钟就讲解完了，而且比程诺的提案还多了几个细节的考虑。

监控室里的杨阳有点儿坐不住了，论坛上的评论激增，变得有些卡。她示意别人先盯着，跑了出去找安逸。

“安逸！”杨阳的一声大喊，吓了安逸一跳，她回转身，羞愧地看着杨阳。

“快去监控室，流量太大了。”杨阳焦急地说完，拉着安逸就跑了回来。

收视率竟然上扬到40.3%，太夸张了。安逸看着数据有些惊愕，这不是立体城内部的局域网络，而是全网络直播啊。

“巨星和越尚的提案几乎一样哦。”杨阳指着一些评论说，“你看看，本来大家就对这次换届竞选很关注，没想到连公关提案也有这样戏剧化的战争。”

安逸一时想不明白这样的类似提案会有什么问题，可是，看着数以万计的评论蜂拥而至，她更担心的是自己的失误愈发变得不可弥补。

连日来的心力交瘁，安逸只感到眼前有很多黑点闪烁，她扶着桌子坐了下来。

会议室外，虞嘉的特灵公司团队事不关己地看着巨星这边的慌乱；越尚公关的人也在旁边置身度外；谢羽麟凝视着程诺一言不发，他的眼神里多了些怀疑。

程诺感到愤慨，可是内奸又会是谁呢，证据又在哪里呢?

10分钟后，会议室的门打开了，周权走了出来：“经过我们的商量，以及曾会长的意见，我们决定二次比稿，时间就在周五，比稿的公司是巨星和越尚。”

虞嘉站了起来，扬长而去；越尚那边欢欣鼓舞；谢羽麟越过程诺，一言不发地走了。

程诺的头痛得就要炸裂了般，突然看到负责直播的网络电视台那边一阵慌乱，紧接着医院的救护人员到了。

多希望自己也能晕倒，程诺闭了下眼，再睁开，看到推入点对点电梯的病床上，竟然是安逸。

苏浅还说自己遇见安逸和贝宁以后，人生就变得惊艳了。其实呢？确实惊艳，却是恶作剧的那种。

想着贝宁临去执行飞行任务前，让自己帮忙照顾安逸的拜托，可此刻自己绝对走不开，只好给苏浅发了短信，然后和西蒙他们走进了电梯回公司。

电梯里，瑞娜环视了一下所有的组员：“我不相信我们之间会出这样的人。”

“靠，这次可是咱们最后一搏，结果竟然有人玩无间道，良心何在？”克里斯气愤难平。

年纪最小的梅恩眼圈都红了，杰西拍了拍她的肩膀：“没事的，这不是还有一次机会。二次比稿，咱们拿下就是了。”

“说得轻松，万一又被泄露了呢？”瑞娜立即反驳。

程诺望着电梯的顶部，自己的那双茫然大眼，仔细地回想着这一段时间的每一个细节。

公司到了，大家鱼贯而出。西蒙拉住程诺，去了吸烟区。

“你怎么看？”

“我怀疑一个人。”程诺点燃了烟，猛吸一口，呛得直咳。这人要是倒霉，烟鬼也能被烟呛死。

“我也怀疑一个人。”

“光怀疑没有用，得有证据。”程诺一边咳着，一边说。

“怎么应对？”

“让我好好想想。”程诺真的头很疼，突然想起贝宁说过的话，灵光乍现，于是和西蒙耳语了几句。

回到办公室，程诺铁青着脸，西蒙亦是。

“怎么着，锁定目标了？”克里斯问西蒙。

西蒙不发一言地收拾着东西。

“西蒙！你干的？”瑞娜难以置信。

“谁干谁是王八蛋。”西蒙没好气地说，“他现在就是曹操，竟然怀疑到我头上。我窝在他手底下这么多年，到头来竟是这个下场。”

程诺走到办公室门前又折回来：“你早就觊觎策划部总监的位置了，别以为我不知道，但实在没想到，你能干出出卖我们的事来。”

“没准儿还是你自己透露的，你已经找好越尚这个下家了吧？”

两人就要打起来了，杜力打开了办公室的门：“难道你们要放弃周五二次提案的机会吗？”

谢羽麟正好走进来："程诺，你来一下。"

策划部里片刻的安静后炸了锅，瑞娜死盯着西蒙："老大不是那种人，你小子倒是有点儿像。"

"西蒙，要真是你，我问候你祖宗八代。"克里斯也火了。

"我比窦娥还冤，有证据吗？你们都有证据吗？没证据这叫诽谤。"

杜力拍了拍西蒙的肩膀："到我办公室来。"

在众人鄙视的目光下，西蒙进了杜力的办公室。

程诺也走进了谢羽麟的办公室。

"坐吧。"

反正事情已经这样了，程诺反而坦然了，坐下来后，静静地等着谢羽麟发话。

"我知道这个策划一定是你的。"谢羽麟表了态，"但是你的员工谁是泄密者，现在就下定论还太早。如果不提防，周五的二次比稿难免会出问题。所以，我建议，二次比稿的提案，你一人完成。"

这也太难了，程诺皱了眉，思忖片刻，点了点头："好，我回家办公去。这里的电脑也有可能不安全。"说完，他叹气了："巨星有十年了吧？从来没有发生过这样的事情，看来还是我有问题。"

"别自责了，只要拿下这个案子，你就是英雄。"谢羽麟双手交握着，看向他，"贝宁还好吗？"

程诺一愣，观察着谢羽麟，没有回答。

"你的生活和工作已经是一团糟了，不要再牵扯上她。"

程诺原本觉得有必要说一句——"我们只是邻居而已"。但是转念一想，有的话越描越黑。而且，本就是他谢羽麟心里有鬼，自己坦荡荡的，何惧？再说了，确实已经够糟的了，难道没有最糟，只有更糟不成？

从谢羽麟的办公室走回自己的办公室，程诺抱着与提案相关的所有资料，在所有兄弟的注视下，沉默地离开了巨星。

从电梯间里出来，没想到虞嘉正在他家门口等候。程诺惊讶万分，瞬间又似乎明白了什么。

“你有把握赢越尚吗？”虞嘉关心地问。

程诺皱眉，虞嘉耸了耸肩：“苏浅说，你是他最好的朋友，而我知道这次竞选的提案对你意义非凡，所以我并没有与你为难，只是没有想到半路会杀出个越尚。”

“正如你所说，这次的提案对我意义非凡，所以就算是有越尚出现，我依旧会努力拿下。”

“孺子可教。”虞嘉露出微笑，“不过，你也不要把问题看得过于简单，毕竟有很多事情，不是努力就会有好结果。”

“但我也知道，很容易得来的东西往往是陷阱，或者是被要挟的砝码。”程诺绕过虞嘉，打开了自己的房间门，进去前说：“如果你真的喜欢苏浅，你最需要的是用真诚去打动他，但我想也许这恰恰是你最缺的，否则怎么会这么长时间都没让他对你有所感动。”

虞嘉没想到程诺会这么说，拉下脸来：“别以为你这么冷言冷语就能怎样，这只能说明你无能，不知道该用什么最省力的方法去达到目的。或许也是你自卑的一种表现，却拼命装出强大的样子。如果你真的强大，就不会让关心你的人担忧，亦不会让爱你的人失望了。”

程诺推开门走了进去，并狠狠地甩上了门。是的，他自卑！但他不傻。虞嘉这么目的明显的事，他还分辨不出吗？太小看人了吧。而且，这不仅是尊严的问题，还有道义的问题。

接到程诺短信的苏浅并不在医院，他正在前往协和医院的路上。今天一早，刚到医院，就接到苏漠山秘书的电话，说他晕倒了……

苏浅有些难以相信，有如磐石一样的苏漠山会突然晕倒，而且秘书还说，他在年初体检的时候已经诊断出了胃癌……

这个世界没有其他病症了吗？为什么全是癌？在普外科这么多年了，只是能偶尔遇见几个阑尾炎、胃出血、结石的，其他都是癌症，全是癌症，就连苏漠山也是癌症了！

苏浅泄气地握着方向盘，周一京城的路况，与停车场没什么区别，还是立体城中更快捷、更方便。

茫然地看向前面一动不动的车流，不禁想起周六时，虞嘉说的话。苏浅摇头，他不能相信，也不敢相信，否则自从懂事以来的时光都因错误的恨意而虚度了。人生就会变得毫无意义，他亦会成为最傻的傻瓜。

一阵喇叭声，苏浅惊醒，前面的车动了，可是他离协和医院还很远……

走走停停中，收到了程诺的短信，对不起，没有任何心情回复，他也需要安慰。

终于在10点半的时候，抵达协和医院。

苏漠山的秘书在住院大厅里接到了苏浅："苏总已经醒过来了，住进了病房。"

"病历在哪里？他的主治医生是谁？"苏浅一连串地问着。

秘书直接将他带进了医生办公室，苏浅急切地说："我是苏漠山的儿子，他的病情是怎样的？"

主治医生打开病历，苏浅一下拿了过来，胃癌二期，病灶在幽门处……

"怎么会晕倒呢？"看完病历，他抬起头，从病历上看，不应该有那么严重。

"他晕倒是因为脑梗，而且根据CT来看，已经有不少旧的病灶，却没有坚持吃药疏通。"

苏浅这才注意到，这不是普外科的住院处，而是神经内科的住院处。

苏浅逐渐平静下来，专心听了医生的讲解，走出办公室，靠在冰冷的墙上冷静了片刻，才迈着略显沉重的步子，走进苏漠山的病房。

病房里，苏漠山的律师也在，看到苏浅进来，连忙站起来：“苏总，这个是您刚才电话里表述的内容，我已经打印出来了，您审核一遍，确认无误后请在最下面签字。”

苏漠山对苏浅微微点了点头：“先等我一下。”然后看向律师递过去的文件。

苏浅走到窗前，心底有些疼痛，难道是遗嘱吗？这个念头闪过的时候，他感到特别无力，特别难过，苏漠山才62岁啊。

律师将苏漠山签字确认好的文件收拾妥当，便告辞走了出去。

苏浅走到病床前，问：“为什么不告诉我？难道你也想像母亲那样，突然地丢下我？”

“没想到会这么严重。”苏漠山有些歉意。

“没想到？”苏浅无奈地叹气了，把所有关注都放在事业上的苏漠山啊，对其他就是这样，绝对不会去过脑子。

“现在已经没事了。”苏漠山的语气就像做错了事被发现的孩子，真是不易。

“病灶已经形成那么久了，不仅应该在春秋换季的时候输液预防，还要坚持吃药去疏通已经堵塞的地方。”对待生病了的苏漠山，苏浅的态度缓和了下来。

“好，我知道了。”苏漠山点头。

“胃部的手术也要尽早安排，去我的医院吧，我照顾你。”

苏漠山迅速地扫了苏浅一眼：“我上次给你的选择题，你做出选择了吗？”

“你现在是个病人，要听医生的安排。”就知道不能幻想，苏浅皱眉，反驳着苏漠山。

“我必须知道你的选择，才能安心住院治疗。”

“非让我选择也不是不可以，但你要先给我解释几个问题。”

“好。”

“当初为什么辞去国企的工作，去做环保事业？”

苏漠山的眼中闪过一丝黯然，沉默了片刻才说：“在你之前，原本是有个姐姐的。”

没听说过，苏浅挑眉。

“你妈怀孕之初，并不知道，去了发电厂污染事故现场做报道，看到当地的情况，非常痛心。原本是想留在那里监督报道的，后来发现怀孕了，就回到了北京。可是，孩子受到了影响，七个月的时候，查出有问题，不得不做引产。是个小女孩，很漂亮，出来的时候还活着……”苏漠山有些说不下去了。

苏浅回忆起母亲的遗物中有一套银质的长命锁，不是他小时候带过的那套。

“从那以后，你母亲就对环保非常重视，四处采访，撰写文章，但是那时的国情是促进生产建设、经济发展，根本没有人重视环保的问题。

“她辛苦采写的稿子发表不了，对那些亲眼看到的触目惊心的问题无能为力，她病倒了。等病好了，我不让她再去采访这些，安心养身体。到怀你的时候，她紧张得要命，直到你平安落地，她才松了口气。

“可是她第一次去报道的地方，来了个女人。她告诉我们，那三年里，那个地方没有出生过一个健康的孩子……

“你母亲哭得很伤心，也很自责。我理解她的心情，所以我辞了国企的工作，去她采访过的地方，治理已经造成的污染。

“但是创业太难了，何况是环保事业。”

苏漠山不再讲述，眼睛看向窗外，他是想起了亡妻吗？

母亲时常流泪，他一直误以为是因为苏漠山的忽视，苏浅的心痛得就要窒息。母亲从来没有说过这些，一定是因为自己的姐姐，也一定是因为那里所有不健康的孩子。

而苏漠山确实没有时间和自己解释，只能任自己就这样误解下去……

苏浅感到眼中涌出了灼热的眼泪，划过脸颊，变得清冷。

“立体城的环保设计也是集团的手笔？”苏浅想起立体城中的污水处理、垃圾处理、立体农场等等设施设备，突然有了新的领悟。

“是的，这种模式已在大力推广中，但是还需要得到开发商的认同才行，毕竟这些投入并不低。”

苏浅沉默了片刻，郑重地说：“我会选择你的集团，但要到今年年底，我要对我的那些病人善始善终。”

“我倒是希望你先参加立体城业主委员会的竞选，我也希望你成立自己的家庭。”苏漠山叹了口气，“参加竞选是希望你锻炼与人沟通的能力，因为你长久以来一直置身事外地活着。希望你成家，是希望你懂得责任，也学会爱人。有了这些，你在做这份事业的时候才会充满力量。”

苏漠山伸出手，拉住苏浅的手，一样的炽热：“我的身体没问题，还撑得住，会听你安排，进行手术、化疗。”

苏浅点头，反握住苏漠山粗糙的大手，指尖可以感受得到他的脉动。

回去的路上，苏浅一直在想苏漠山的话，学会沟通，学会爱人，懂得承担。如果是以前听他说这些，一定会不屑，今天听了，却是一种奇特的感觉，亦让他感到悔愧不已。

曾经以为自己早已长大，原来竟如此的不成熟。曾经以为自己的生活方式是最明智的选择，绝对不会出现程诺那样的状况，亦不会成为谈笑那样的人，却原来是自己心底寄生了太多的疼痛，已经丧失了爱的能力。

正好赶上前面的立体巴士进站，苏浅驾车从巴士下面的通道中穿了过去，这种短暂的隧道就像他之前的人生，黑暗还不自知，然而穿过了，就是一瞬的黑暗而已。苏浅露出浅浅的笑容，立体城的宏伟建筑群已经映入眼帘了。

程诺走进客厅，躺在沙发中，看着客厅中美丽的海滩礁石布景，不由得感叹：真是怪事年年有，今年特别多。

没时间去自怨自艾了，程诺将自己锁进书房，第一次的比稿本来是为了彭越，最后变成了是为兄弟们，这次呢？是为了自己？还有其他吗？

先去网上又看了一遍越尚的提案录像，确实将自己方案中的不足都做了弥补，将原先不够亮点的地方也提炼了出来。不可否认，这套案子是一个比自己小组策划出来的提案更完善、更完美的一套方案。

程诺暗下决心，一定要做出一套超越这个案子的策划来。

整理好思路，程诺开始迅速地敲打键盘，不知过了多久，外面突然传来一些声响，他连忙打开书房门，愣在那里，一时不知道是该喜悦还是悲伤。

彭越站在客厅的中央，带着一丝微笑："难道不希望我出现？"

"你来干吗？难道是决定回来了？"

"还没有最后下定决心，毕竟你还没有成功。但是今天你的提案很精彩，我想为你庆祝一次。"

程诺的心底纠结着，这女人到底都在想些什么？可是她的笑容又让他释怀，至少他的努力她看到了。

"庆祝过后呢？如果二次比稿，我没有成功拿下，你会选择离我而去，还是……？"

"我说话也是算数的，如果你没有成功，我就离开，所以，你没有退路。你以前就是这样，还没去做事，却总想着退路。"彭越无奈地说着。

程诺在心里叹气了，曾有的那片刻的兴奋荡然无存："我还要整理思路，去做二次比稿的方案，你回去吧，否则我会分心。"

彭越瞪大了眼睛，没想到程诺会说出这样的话，随即笑出声来："也好，等你成功拿下代理权，我们好好庆祝。"

这时门铃响了起来，彭越去开门，看见是虞嘉，惊讶，随即便是愤怒，回过头对程诺说："怪不得你会做出那么好的案子，原来如此。"

程诺气得要死，完全没有想到虞嘉会去而复返，还来不及辩解和指责，虞嘉先开口了："你知道苏浅去哪里了吗？"

什么跟什么啊？程诺疑惑地回答着她提出的问题："医院呗，要是手机没开机，就是手术中，有什么可大惊小怪的。"

"我去过医院了，他没在。"

"啊？那你来找我也没用啊。"程诺突然想起来安逸，哎哟喂，这要是贝宁回来了，知道安逸被扔在医院里，没人照顾，那个不锈钢的煎锅又有用场了。

彭越蹊跷地看着他们，有些诧异。

程诺连忙解释："她是苏浅的邻居。"

"哦。"彭越迟疑地点了点头，然后问："你的方案不是她帮你做的吗？"

"她怎么会帮我？"程诺说完觉得特别提气，好在刚才断然拒绝了虞嘉提出的要帮他二次比稿的提议，此时才能这么硬气。

"我来找你还有其他的事情。"虞嘉却嫌不够乱地说，"我还想问你一句，有兴趣来特灵吗？"

程诺打量了一下虞嘉，这又是什么状况？

他只能淡淡地说："我现在要忙的只有二次比稿，其他的暂时不考虑。"

虞嘉一笑："好，那就等你二次比稿归来。不过，不知道是会提高身价还是贬值？"

这女人怎么这么欠抽？程诺冷了脸，彭越的脸上却泛起了光彩。

"我还要去医院看个朋友。"程诺只想逃离，于是越过这两个女人跑进逃生通道里。爬楼既是锻炼身体，也是躲避女人的最好方法，就不信她们能穿着八厘米的高跟鞋追过来。

虞嘉看了看彭越，又看了看程诺的背影，眼神中渐渐出现羡慕，至少他有人爱，自己呢？

彭越对虞嘉说："进来坐坐吗？"

虞嘉踌躇了一下，便走了进去，一看到客厅的装饰，大为惊叹。

"这些都是程诺弄的。"彭越略带自豪。

"这是怎么弄的？"虞嘉伸出手去触摸，才发现是幻象。

"程诺学的是动漫设计，这个是一种全息投影。"彭越不以为然地说。

虞嘉由衷地赞叹道："竟然还可以这样，真是不错，看来他更适合做设计部的创意总监。"

"我觉得他更适合做策划总监。"彭越连忙纠正着。

虞嘉转过头，认真地看向彭越："我认识杜力，你的事我也听说了，而且还帮着杜力做了越尚的事。不过，你觉得这样可以逼他成功，对吗？"

彭越愣了一下，立即信誓旦旦地说："当然是对的，否则后面的光阴，他会任它们虚度的。"

"可是，你真的不觉得他更适合做创意设计吗？"

"他确实可以把广告设计得很完美，但是我觉得，他可以做得更出色，尤其是还有创意设计的基础，他能把很多方案完美地设计、执行出来。其实男人就是这样，不能惯着，一定要用心鞭策。"

彭越的话让虞嘉感到新鲜，她忍不住问："可是，如果他逃离了呢？"

"如果他逃离，那么他就不是真的爱你，如果他爱你，他会努力完成你的梦想。"

"你就那么有把握吗？"

"对程诺，我有把握。"

虞嘉沉默了，是啊，彭越对程诺是有把握的，所以才敢如此相逼。可她对苏浅可是没有半分把握，甚至连接近都是那么小心翼翼，也许豁出去，奋力一搏也不是不可，可是又放不下身段。

看来程诺说得不无道理，她确实还不够真诚，不论是对苏浅还是自己。

程诺跑了20层就感到气喘吁吁了，最终还是改坐了电梯。

刚走进医院，就看到苏浅也从外面走了进来。

“你干什么去了？你邻居找你来着。”

“虞嘉？”

“是。”

就算是苏漠山让他学着去爱，但虞嘉也不是自己的人选。于是转了话题：“你怎么跑医院来了？”

“安逸晕倒了啊，让你帮忙去照看下，你还没在医院，也没告诉我一声。这要是我那野蛮邻居回来了，还不得把我拍扁了。”

苏浅这才想起来程诺的短信，也有些担忧了：“她怎么会晕倒？”

“就是不知道，才让你来照顾的嘛。”

“那我去调一下病历，你等我一下。”

“好。”看着苏浅跑开的样子，程诺觉得有些异样，却又说不出是哪里不一样。

两分钟后，苏浅就回来了：“她在观察室呢，估计是这几天都失眠了，所以身体抗议了。”说着，带着程诺来到了观察室。

安逸躺在那里熟睡，似乎又睡得并不安稳，微皱着眉，还咬着唇。

是的，安逸在做着噩梦，梦里有谈笑，狠狠地伤害着她，她却执意不肯醒来，怕一睁眼，他就再也不会出现了。

程诺看到安逸在这里只是睡觉，好像也没有什么大事，于是说：“我回去赶方案了。你帮贝宁照顾她吧，拜托了。”

“好吧，你去忙吧，晚上我们喝一杯，我心里有些纠结。”

“好，我也纠结着呢，估计她醒了，也纠结，没回来的贝宁也纠结。对了，还有谷丰那小两口。什么世道，全是纠结的人。”程诺看向安逸，然后摆摆手离开了。

是啊，谁不纠结，在这个爱无能的年代。想爱又怕爱，怕爱又相爱，只能纠结，只能任由疼痛寄生，却无法根除。

安逸醒来的时候，已经是傍晚了，寂静的观察室里只有旁边床位上仪器的声音。她又来医院了，一直身体很好的自己，在一个月内两次住进医院，不知道是不是一种征兆。

“你醒了？”苏浅拿了本书走进来，原本以为她还要睡很久。

“嗯。”原本就不善言辞的安逸，更是惜字如金了。

苏浅坐了下来：“觉得好些了吗？”

“嗯。我怎么了？”

“你只是有些太疲惫，所以昏睡过去了。”苏浅将书放在旁边的桌子上，接着说，“你的同事说，今天的工作很成功，本来今天要摆庆功宴，但是因为你，她们决定改在明天。”

想起自己晕倒前的场景，明明是自己做了错事，难道真的有因祸得福这样的事情发生？安逸淡淡一笑：“可以回家去了吗？”

“可以的。”

安逸坐了起来，在医院里总有不舒服的感觉。

找出手机打开，黑的屏幕，看来是关机了，下意识地开机，短信的声音不断。一一点开，有莎瑞纳的问候以及大大的表扬，安逸的心底稍安，真是侥幸。

还有贝宁的询问，不下十条：“怎么关机了？”

“听程诺说你晕倒了，还好吗？”

“你请假算了。”等等。

她只回了一句：“我还好。”

然后是谷丰的短信，对了，今天巧克力店开业，她好歹也是个股东，该去看看的。

没有谈笑的短信，哪怕是一句道歉、祈求原谅的话都没有。

苏浅一直在旁边观察着安逸，没有出声。

沉默了片刻，安逸低头寻找自己的鞋，苏浅将它们放在她面前。她道了谢，穿上坡跟的凉鞋，站了起来，头还是有一丝昏沉。

“要回去了吗？”

“要先去一个地方再回去。”

“我陪你。”

安逸看了苏浅一眼，眼神里有谢意，但她摇了摇头：“我知道是贝宁拜托你们的，但这么麻烦你们不好。”

“我们也算是邻居、朋友吧，没有什么。你要去哪里？”

“巧克力店。”安逸没有坚持拒绝。

看到苏浅的疑惑，她觉得有必要解释：“邻居的小店，今天开张。”

“那个女孩的身体如何了？”苏浅想起来了。

“她今天做手术，不用切除子宫。”

“那是很好的消息，他们会幸福的。”

“我还没有告诉谷丰缘由。”安逸突然想起来，加快了脚步。

苏浅惊讶：“怎么会还不知道？那手术怎么进行？”

“她回家去了，谷丰还不知道她离开的真正原因。”

“哦。”苏浅了然了。

走出医院，夏日的暖风吹了过来，闷闷的。整个立体城又是万家灯火，安逸不禁又有些悲凉。

沉默地走到B区的商业街，远远地看到“蜜谋”里人头攒动，看来生意不错，安逸感到一点点欣慰。

一走进去，就知道里面的布景是程诺的手笔，非常梦幻。苏浅深吸了口气，满室都是巧克力的浓香，甜甜的，苦苦的。

很多女生都在展柜前挑选着，甚至有个女生比画着：“我要这个样子的，能做吗？”

谷丰有些郁闷地回答：“这个很难啊？没有这种模具，怕做不好啊。”

“试试看嘛？不试怎么知道做不好呢？”女生不放弃地哀求着。

“要不，你来亲手做吧。我们可以让顾客亲手制作的，这样更有意义，不是吗？你什么时候要？明天来做行吗？”谷丰的脑子转得快。

“真的？那太好了。”女生兴奋地都要哭了，“我明天下午来。”

谷丰一副谢天谢地的表情，突然看到了安逸，立即招手：“安逸姐，你来了？太好了，都要忙死了，帮下忙吧。我去后面再做一些。程哥怎么没来，要是他在，就更好了。”

“陈鹏没有来吗？”安逸没有发现陈鹏的身影。

“他失恋了，难过得什么也做不了。”谷丰叹了口气。其实他自己也很难过，但是要坚持着不让自己倒下去，不能让江琳彻底失望啊。

“那我来吧，你去后面。”

确实很忙碌的样子，苏浅看了眼有些苍白的安逸：“还是我来帮忙吧，你去后面看看吧。”

“谢谢。”安逸感激地看了眼苏浅，今天的苏浅没有那么冷漠，脸上散发着一种神采。

苏浅走进台子里，戴了帽子，看着这些专心挑选的女孩子。

“这个是黑巧克力吗？可可是多少含量的。”有个女生问。

苏浅看了一眼标签，上面写的是70%，可是那个女生似乎很怀疑的样子。

他从旁边的试吃盒里，取了一小块递给她。

女孩接了过来，放入口中，闭了眼，细细品尝起来，良久才说：“比想象中的要好。给我来半斤。”

苏浅用他做手术的灵巧的双手，迅速装好了盒子，递给那女孩。

“谢谢你。”女孩看了一眼他放下的书，说道：“《时间的终结》，你也在看吗？”

“是。”

“现在就是永远，这是科学家说的。你怎么看？”

“没有什么永垂不朽。”

“很对。”女孩走了。

苏浅轻松了不少，之所以看这本书，是因为今天苏漠山的一席话，让他的领悟与以往有所不同了。看了这书更是这种感觉，没有任何固执的回忆比未来重要，而未来是今日、现在的积累。

又有很多人要称重装盒了，苏浅忙得没有时间再去思考什么。

安逸和谷丰走进后面的制作间，谷丰说：“原本准备了不少成品，没想到还是严重不够，一切都比预想的要好很多。”

“好像是黑巧克力和牛奶巧克力比较受欢迎，要多做些。”

“那些花式的巧克力怎么没什么人要呢？”谷丰有些沮丧，那些造型都是他独创的。

“想知道手工巧克力是不是好吃，当然是先品尝这两种最基础的口味才是。”安逸安慰着谷丰，想起江琳的事，觉得应该和谷丰说明了，于是娓娓道来。

谷丰张大了嘴，听到最后，突然双手捂住脸哭了起来：“我以为她也变得势利了，总在心里骂她，又想她。没想到是这样，真的没有想到，都是我不好，让她这么委屈。我……”

这就是江琳爱的方式吧，安逸其实很羡慕江琳可以那样果断地选择分开，让她与谷丰都有机会面对现实。

苏浅有些应付不过来，探进头来说：“出来一下吧，我有好多东西解释不来。”

谷丰抹去眼泪：“马上就来。”说着跑了出去。

安逸戴上了塑料手套，将谷丰已经做好的巧克力一一脱模，这些好看的心形巧克力散发着甜美的香气。放一块在口中，细细融化的感觉，有如冰激凌般的细致。

上次谷丰拿来的巧克力，安逸没有吃，而是送给了帮忙打扫房间的小时工秦婉。她当时真的没有心情去品尝，只觉得人生一片混沌，比任何一出戏剧都跌宕起伏。

突然想起，冲进人群打搅了人家剧组拍摄，只不过是几周前的事。如果是此刻的自己，绝对不会说出那样劝解的话了，因为内心已经虚无。

安逸叹了口气，但是一想到贝宁和江琳，她又觉得自己实在太软弱，不够勇敢，也不够智慧。

贝宁已经看清了现实，所以她救赎了自己，可以从痛苦中跳脱出来。江琳更是看清了现实，所以她救赎了谷丰，亦是救赎了自己，老天没有再对她们残忍。

她自己什么时候可以看清现实，可以救赎自己呢？不知道，完全不知道。

谷丰又跑进来："安逸姐，你去帮帮忙吧，我再做一些。"

安逸点头，默默地走了出去。看得出，谷丰脸上散发的光彩是那么的闪耀，他的内心也一定在欢唱。

一走到前面，安逸险些吓到，比刚才的人还多，货柜里很多产品都没有了，心里很为谷丰高兴。

忙碌的苏浅熟练多了，但是对很多顾客提出的问题，有些应付不来。安逸感到不好意思，苏浅是不放心自己，才送自己过来的，却让他这样的忙碌，有些说不过去。

她走过去："你休息一下吧，我来。"

苏浅看了她一眼，点头，退到了旁边。因为他想，让安逸有些事情做也是好的。

果然，安逸一忙碌起来，苍白的脸上就渐渐有了些红晕。

终于，人潮渐渐退去，该是回家吃饭的时候了。

"这个巧克力的名字很特别。"一个女人指着剩下不多的几个品种中的一种说。

安逸看了一眼，哦，名字是"错误"。是很特别，但是很悲伤。

那女人抬眼问安逸："它为什么叫错误？"

从试吃盒里取了两块出来，一块递给那女人，一块放进了安逸自己的口中。

错误！原来是这款巧克力里加了红酒，不仅有微甜微苦的口感，还有一丝微酸微涩的口感。但绝对不是错误，应该是奇迹。但是安逸又有些明白，为什么谷丰会将这款巧克力命名为错误，于是她说："其实应该是错与悟。领悟的悟，而不是误会的误。"

"错悟？"那女人点了点头，"有点儿道理。但更多时候，还是因为误会而犯错。"

她买了一些回去。

店里变得清静下来，安逸品尝了所有试吃盒里的巧克力，找来程诺设计的卡片，准备将感受写出来。因为，对于品尝味道，安逸还是在行的，但是对于内心的感受，只能通过笔尖来表达，说是说不出的。

这时，虞嘉从外面走了进来，苏浅一下就看到了，他下意识地躲进后面的制作间。

虞嘉认出了安逸，有些惊讶："你还在做这个？"

安逸没有辩驳，只是点点头。

看了看仅剩下的三四种巧克力，虞嘉说："我都要了。"

"为什么？"安逸问。

"啊？"虞嘉诧异她会有此问。都要了的原因很多，也很简单，明天有员工过生日，听说今天这里开了一家手工巧克力店，没有哪个女人会抗拒巧克力。她应该有所表示，这剩下的巧克力估计也就够每人分两块的。

难道还会有别的理由吗？她可是虞嘉，没有必要为了谁而给谁面子，虞嘉脸上不自觉地浮起冷笑。

安逸就说了："这四种巧克力的味道截然不同，应该不会同时喜欢的。"

原来是这样，不过虞嘉还是惊讶于安逸的诚恳，哪个卖家不希望自己的东西都卖出去呢？她摇了摇头："没关系的，明天有员工过生日，我买来请她们吃的，本就是众口难调，这样也好。"

安逸点头，将剩下的所有巧克力细心地包好，递给虞嘉。

虞嘉打量了一下整间店铺的环境，不由得问了一句：“程诺帮忙设计的吧？”

“是。”安逸点头，看来虞嘉也认识程诺，她这样想着。那天钓鱼的时候，她并没有听到程诺和贝宁后面的对话。

虞嘉变得若有所思，制作室的门开了，谷丰将新做好的巧克力端了出来。但是制作室的门在关闭的刹那，虞嘉看见了苏浅，她的心一下子就乱了，夺路逃出巧克力店，心跳得慌乱异常。

谷丰放好了巧克力，对安逸说：“安逸姐，你快回去吧，刚才苏哥说你今天有晕倒呢。”

“好。”安逸也觉得累了，她拿起小卡片说，“等我写完这些巧克力口味的表述就回去，这样可以节省你不少解释的时间。不过，陈鹏什么时候可以来呢？你这样太忙了。”

“他刚才给我打电话了，说明天就会过来。”

“他没事了吗？”看来男人的痊愈速度是很快的。

“他其实早有准备了，只是难免会难过，那个‘错误’的巧克力就是他设计的，我觉得他是想明白了。”

“我正打算把那个‘错误’的误字改成领悟的悟字。”安逸说。

“这样贴切。”谷丰点头，“安逸姐，江琳在哪个医院？我想明天一早去看她，给她一个惊喜。”

安逸找出短信：“在阜外医院，这是她的病房号码。”

“谢谢安逸姐。”

“我以为，你会埋怨我这么晚才告诉你真相。”

“没有，怎么会？”谷丰挑眉，“江琳太了解我了，她知道我在那个时候听到这些一定会垮掉，所以她选择骗我。而且，她以要离婚的方式将我逼到悬崖边，我只能振作。可是我又有点儿担心，她是怎么和她父母说的？在她最需要我的时候，我却没有在她身边，他们一定不会原谅我的。”

这点是安逸没有想到的，是啊，江琳的父母一定会埋怨谷丰的吧。

“要不，我明天陪你过去看江琳吧，我帮你们解释。”安逸想了想，觉得只有这个办法比较可行。

“不用了，安逸姐，我一定会处理好的，再这么麻烦你，我就太不好意思了。”

“那好吧。”安逸低头继续写品尝感受了。

苏浅在制作室里看着书，《时间的终结》里说，时间不过是一种人为的测量方式，并非真实存在。日出月落，季节迁移，人的衰老，是物质生长的必然过程，时间和空间一样，只是见证这一切。作者巴布雅还认为，天下万物，包括宇宙和人类，也无所谓过去与将来，只有现在。每一个“现在”都包含了从前与将来！

合上书，苏浅开始思考，他的崭新的“现在”应该开启了吧。

走出制作室，安逸正好将最后一张卡片写好：“谷丰，这些给你，希望帮得上忙。如果明天早上要去看望江琳，你会不会晚上做到很晚？”

“我只做到10点，明天要用最好的状态去面对江琳，而且陈鹏一早就会来的。”谷丰接过卡片，一张张地翻看，“安逸姐，你太厉害了，我想那些顾客只要看了这些，就会迫不及待地购买了。”

“你太夸张了，我和苏浅先回去了，你忙吧。”安逸脸红了，跳下高脚凳，正看见苏浅走出来。

一起走出“蜜谋”，苏浅将手中的《时间的终结》递给安逸：“你看看会有帮助。”

“谢谢。”安逸知道大家都在为自己担忧，所以不能表露出难过。

一个轮滑少年从他们面前经过，却不小心滑倒了，直跌过来。苏浅将安逸拦在身后，然后扶起了那个男孩，并检视了一下他的伤口：“还好，你戴了护具，只是有一点点淤青。”

“谢谢你，我没关系的。为了练好这个，我不知道摔了多少次。”轮滑少年摆摆手走了。

苏浅站直了身子，转头看向安逸："他真坚强。"

"嗯。"安逸低了头。

一直站在对面看着"蜜谋"里的一切的虞嘉，真的有些无法忍受这个打击。她可以不被接受，但是绝对不能忍受竞争者的存在。她侧过身，等苏浅和安逸走到前面，她便跟在后面，傻傻的，而心底的怒火在燃烧，愤怒、嫉恨的枝丫迅速蔓延，将她缠得很紧，渐渐窒息……

7：30PM

她：独自看一场电影会不会很奇怪呢?

Chapter 11

狂欢其实是孤独

幸福就是在一起，另外幸福不是我会给，而是拿去吧，我都给你。

并不只是爱情才能让你有幸福感。幸福感是能让你去感知爱，当真正的爱情降临时，你才会珍惜。很多时候，很多人不是没有爱过或是被爱过，而是被他们自己挥霍掉了。

1

程诺晚上没有和苏浅喝酒，因为要挑灯鏖战，可是连续做了几个方案都不能让自己满意。他懊恼地站起来，抓了抓头发。没有灵感！本来策划就是群策群力的事嘛，想来越尚也一定是一群人在讨论着。这次，他要以一敌百了。

去水龙头前冲了冲了头，程诺重新坐在电脑桌前。唉，还是毫无想法。没有案子可以借鉴，好不容易大家想出来的东西又太深入脑海了，完全被禁锢住了。

手机突然响了，是贝宁那个丫头："几点了？你还打电话？"

"你不是还没睡吗？叫什么啊？"贝宁一点儿都没有被他的坏语气吓到，"我本来想关心你一下，今天的提案怎么样，看来不用了，你失败了吧？"

"现在才想起来关心？"程诺嘟囔着，下午她都打过电话来问安逸的事。

"想起来就不错了。"

"也是。不过，我没有失败，是不是让你失望了？"

"那怎么还这个死相？"

"因为要二次比稿。"程诺站起来，躺倒在沙发上。

"为什么？"

"出了内奸，有家公司的方案和我们的方案如出一辙，甚至还要更完善一些。"

"这算什么事啊？"贝宁有些惊讶，"那你一定要顶住。"

"是，不顶也不行啊。为了防止再次泄露，现在是我一个人在做方案了。"程诺叹气。

"不会是谢羽麟设的局报复你吧？"

"他不会拿公司开玩笑。再说，你哪儿有那么大魅力？还是认清现实，把他忘了吧，你的人生还美好着呢，没准儿回来的时候就能有艳遇。"程诺故意调侃。

"你死定了！我马上就到新加坡的机场了，三个小时后就起飞，你给我等着。"贝宁暴怒。

"唉，真是用得着人朝前，用不着人朝后哦。"

"哦，安逸怎么样了？"

"都已经12点了，她现在应该睡了。你对她那么关心，也该关心一下自己。对了，你不在的时候都是好消息：谷丰的店开业了，生意火得不得了，而且听说江琳也已经手术了，能保住子宫。看看人家小两口，风雨之后见彩虹了。"

"你是不是也想见一下啊？那就继续努力吧。"贝宁冷笑。

"嘲笑我是不是？我就见个给你看。"程诺不满，可是心底又莫名，今天见到了彭越，却怎么也无法找到曾经相爱的那种感觉了。

贝宁突然什么都不想说了，挂了电话。

程诺将手机扔在了一旁，见个屁彩虹，如果搞不定二次比稿，一样还是暴风雨。

大巴到了机场，贝宁与机组的同人走进机场大厅。就算是深夜，机场里也还是人流不断。在出发大厅里，处处有离别。

一对男女吸引了贝宁的注意，那两个人始终拥抱在一起，仿佛唯恐分离一般。可是从年龄上看，那个男人应该已经过了毛头小伙子的年龄，那女人始终是背影，但看上去算是年轻。很难不去YY这是不是又是已婚男与情妇偷来的一场旅行，只是他们能偷一时，却偷不了一世。

贝宁突然觉得自己是幸运的，再不用去担心有这样的眼光去打量自己，她露出了笑容。那个男人正好看过来，与她目光相对的刹那，有一丝闪躲。是的，就是这种闪躲，永远见不得光，也永远见不得别人的目光的闪躲，她贝宁再不会有了。

贝宁轻哼着歌曲，有一种幸福感。

乘务长忍不住问："你吃了蜜蜂屎？从来没见你这样笑过。"

"也许。"贝宁的笑容依旧，从来没见过她这样笑吗？到底这是怎样的笑容呢？她走进盥洗间，镜子中的她，一副没心没肺的样子，不过，真的很漂亮。

愉快地做好了所有的准备，乘客就登机了。贝宁来到机舱口迎接，她今天的笑容真的很美，引来很多乘客的会心一笑，即便是凌晨2点半。

突然，一张熟悉的面孔出现在眼前，谢羽麟的老婆——卫宁！贝宁有些不敢相信自己的眼睛，闭了下眼再睁开，真的是。而且这身衣服……就是刚才与那个男人拥抱的身影！

贝宁只感到一阵晕眩，不知道是内心的狂喜还是剧痛。她站立不住，身子剧烈地摇晃起来，她连忙转身走进服务区。

人生真是奇妙，贝宁想笑，可是眼泪在往外狂泻。乘务长走了过来："怎么了，贝宁？"

"没事，我真的是吃了蜜蜂屎，喜极而泣。"

乘务长打量了一下贝宁："别疯了，快去补妆。"

"好。"贝宁拿出湿纸巾擦去被眼泪弄花了的妆容，重新画好，仿佛又新生了一般，亦如《画皮》里的小唯那般，心底有一分希冀。

从新加坡到北京的飞行时间并不漫长，11点的时候，贝宁已经回到了立体城。她仰望着最高的那栋写字楼，有一种前所未有的悲天悯人感。

疾步跑回家，路过程诺的家门口，贝宁迟疑了一下，按响了门铃。

程诺迷迷糊糊地打开门，一看到贝宁，连忙护住头："连家都不回，就要来打我？"

贝宁径直走进程诺的家，将行李箱扔在一旁，疯狂地笑起来，笑得幸灾乐祸，又笑得悲天悯人。

“你没事吧？”

“我有事。”

“啊？”

“谢羽麟的老婆！他的老婆竟然也劈腿。”贝宁笑得眼泪涌了出来。

程诺的眉头皱了起来：“你很有迫不及待地跑去告诉谢羽麟的想法吧。”

“你怎么知道？”

“疯子都这么干。”

“你才是疯子。”

“你这么做就和那个毁了谈笑的石孜没有任何区别。”程诺的觉还没有醒，今早7点多了才睡下，才三个多小时而已，就被这个倒霉孩子贝宁吵醒，真是悲哀。但是对贝宁又不能不理睬，她真的是到崩溃的边缘了，至少在他看来是这样的。

“我真的想看到谢羽麟知道这个会是什么表情。”贝宁没有理会程诺的说教，虽然她可以去骂，去劝说安逸，但是劝人容易度己难。

“他能有什么表情？你以为，你说了他就能后悔致死吗？别傻了，没准儿他早就知道呢，反正唯一的事实就是他不会离婚，然后来找你。”

贝宁瞪着程诺：“狗嘴里果然吐不出象牙，而且你还没刷牙，口臭死了。”

“这叫忠言逆耳，你已经不清醒了，我得给你当头棒喝。一个女人一辈子，难免会傻一回的，但你已经傻过了，该学聪明了，没想到还这么傻！就算他谢羽麟离婚了，也一样会再找一个能帮上他事业的女人的，你永远是备胎，还是永远用不上的那个。你的型号不对，你帮不上他任何忙。”程诺说完，转身走向洗手间，准备刷牙。当然，他也觉得这话有些说重了，可是谁让她在自己还不太清醒的时候跑来呢？

突然，贝宁从身后一把抱住了他，哇的一声哭了起来。

程诺一下挺直了后背，撕心裂肺的哭声，以及颤抖的抽泣，弄得他也有些伤感。但是贝宁紧贴着他的后背，那玲珑的曲线，唉，程诺立即鄙视自己。

分开贝宁的手，转过身来，让她靠在自己的怀里哭。

看到她凌乱的秀发，程诺帮她捋了捋，真心地说："你今天有这种想法，其实是挺正常的，不是只有疯子才会有。但是，你应该知道，不该让同一个人，带给你相同的痛苦，你应该免疫了，除非是你不长记性。别以为他重复伤害你，你的伤口就会习惯到麻木，其实那只是害怕去适应没有他的生活而已，不是你还爱他，只是你还没有放下他先放弃你的事实而已。"

没想到程诺把她看透了，贝宁哭得更伤心了。

过了很久，贝宁竟然靠在程诺的怀里睡着了。他无奈地将她放在沙发上，又去拿了枕头和毛毯。

真是个傻女人！程诺很无语，也很无奈，更有气愤，那些不懂得珍惜的人根本不值得爱。可是有时爱着爱着就开始犯贱，自己也一样。

洗脸刷牙完毕，程诺想了想，给安逸打了个电话："你好些了吗？"

"还好。"

"已经上班了？"

"没有，今天请了假。"

"那来我家好不好，贝宁在我这里，她非常难过。"

"好。"

很快安逸就来了，不过在门口时有点儿迟疑。上次在这里听到的事情，让她痛苦到无力自拔。但是贝宁又怎么会难过呢？她按响了门铃。

程诺立即打开了门："她现在睡着了。"

"怎么会这样？"

"她在回来的时候，看见谢羽麟的老婆了。"

"他老婆应该不认识她啊。"安逸紧张得要死，难道她为难贝宁了？

"不是，是他老婆好像在劈腿。"程诺挠头。

“那她是不是觉得自己又有希望了？”安逸一下就感受到了。

“是，所以很傻。”

安逸走到沙发旁边，贝宁脸上的泪痕很清晰，即便是睡熟了，也还有眼泪涌出来。她心疼了，伸出手，抹去她的泪滴，自己的眼泪却一下就涌了出来。

程诺有些手足无措了，他这是干的什么事，原本是想让安逸照顾贝宁，自己好去继续想方案，结果……

“别难过了，你和贝宁都是好女人，是那些人渣不好。”程诺说。

“昨天，苏浅给了我本书看，我觉得我好多了。”

“什么书。”

“《时间的终结》。”

程诺的心里一突，这书名很衰啊。

“看完了，我有一种感觉。”

“什么感觉？”不是觉得万念俱灰了吧？程诺心里满是寒意，这苏浅也是，没事给安逸看这书。

“曾经相遇、相聚的每一刻，都是美好。纵使有一天，分开了，天涯各处，仍然是在一起的。这样相信的话，就会比较幸福了。”

“胡说！”程诺眉头紧锁，“什么是幸福，你知道吗？”

“幸福就是在一起，另外幸福不是我会给，而是拿去吧，我都给你。”程诺突然有种释怀，他突然觉得对彭越不再是歉疚了。是的，他把自己能给她的都给了，而且在一起的时候，自己感到了幸福，而现在她不幸福，她想离开，他爱她，却发现再也给不了什么的时候，就该放手，让她去拥有幸福，这才是爷们。

下午3点，贝宁醒了，看到坐在旁边的安逸，有一阵恍惚。

“你醒了？”

“是，好饿。”贝宁看到程诺闻讯从书房里跑出来，明白安逸已经知道了，那就没有什么好遮掩伤悲的了，眼泪又涌了出来。

程诺翻了个白眼：“有些事情可以原谅，比如脚臭，做菜放多了盐，忘记给你买礼物。但有些事情不能原谅。一再蓄意出轨，漠视你的感受，践踏你的自尊，就得让他有多远滚多远。你不是挺明白的吗？我给你们做午饭，然后回家去。”

“你知道什么？”贝宁抽泣着，也不忘和程诺较劲，“我不是为了谢羽麟哭，也不是为了我自己哭，我是高兴的。”

“那是最好。”

“滚。”贝宁看出程诺眼中的了然，低了头。

安逸拉住贝宁的手：“你很了不起。”

程诺摇了摇头，走进厨房，做了一顿简单的面条。

憋到现在，方案还是没有方向，一边做面条，一边郁闷。

贝宁吃面条的时候，似乎真的没事了一样：“你的方案想得怎么样了？”

“毛都没想出来。”

“那就出去走走？”贝宁将碗推开。

安逸也将碗推开了，她吃得很少，似乎还沉浸在痛苦中。

“去哪里？”

“跟我们去看我二姨去，明天她又要化疗了。”

“好啊。”这个提议不错，正好可以听听曾嘉兰的建议。

来到医院的时候，苏浅正在曾嘉兰的病房里，询问业主委员会竞选的事。

“你终于想通了吗？”曾嘉兰很高兴。

“我想让一个人高兴。”

“那你来了以后，会让很多人高兴。”

“也许吧，我尽力而为。”

很多人都是为了别人的期望而努力的，以前总觉得这样很傻，但是现在，苏浅觉得这是一种幸福。

看到贝宁与安逸，还有程诺走进来，苏浅笑着往旁边挪了下，并没有想离开的意思。今天不忙，有五个他负责的病人出院了。

贝宁坐在病床上，安逸靠在窗前，程诺挨着苏浅坐了下来。

“你们怎么都来了？”曾嘉兰很高兴地看着他们，年轻真好。不过，贝宁与安逸的眼中明显有悲伤，她看向她们，“朋友送了我幅画，你们看看好不好。”说着，指着靠着墙放的一个画框。

贝宁将它翻转过来，是幅油画，她不懂画，安逸也不懂，但是这画的意境一下吸引了她们。

画面一点儿也不复杂，是一扇打开的窗，窗边有一盆蓝色的鸢尾花。窗里站着一个双手环抱在胸前的女人，低垂着眼眸，小小的脸、高挺的鼻子，嘴巴紧闭着，好像在思念一个人。

“怎么样？”

“还好。”贝宁回答，安逸也只是点了点头，除了还好，说不清自己的心情。

“我很喜欢这画。”

“为什么？”

“我喜欢他画的画，他画里的女人都是喜欢这样双手抱于胸前的。”

“那有什么好喜欢的，我和安逸现在也是这个动作，你还是喜欢活人得了。”

“他和我说过，他觉得女人拥抱自己的时候是最动人的。你们能明白吗？”

贝宁是聪明的，她看向曾嘉兰，露出一点儿没心没肺的笑容。

程诺和苏浅也听懂了，但是安逸叹气了。

曾嘉兰思考了片刻，拿出心理师的专业疏导水平来。

“安逸，你觉得真、善、美这三样东西应该怎样排列？”

安逸想也不想，便说：“当然是真、善、美。”

“我觉得是美、善、真。”

“为什么？”

“真实的东西，有时是很残忍的。”

“说得是，但是只活在谎言里，又会不甘心。”安逸低垂了头。

“那就没有什么好说的了，这些道理你都懂得。”曾嘉兰微笑。

“可是，她又宁愿生活在谎言里。”贝宁立即指摘，可是看到程诺瞟过来的眼神，也闭了嘴，她自己何尝不是这样呢？

“你们两个是很好的朋友吧？”

“当然。”贝宁和安逸异口同声。

“那你们只要做一件事，就可以从现在的低谷里走出来。”

“什么事？”

“让彼此感到幸福。”

“擦，这是男人该做的事。”贝宁忍不住爆粗口。

“朋友之间也要有这样的承担啊！而且，幸福感是什么？并不只是爱情才能让你有幸福感。”曾嘉兰意味深长地说，“幸福感是能让你去感知爱，当真正的爱情降临时，你才会珍惜。很多时候，很多人不是没有爱过或是被爱过，而是被他们自己挥霍掉了。”

“二姨，你天天做知心姐姐，真的很有心得。”贝宁不由得感慨，“好吧，我试试看，总比没做强。”

曾嘉兰嗔怪：“难道你不需要知心姐姐吗？”

“需要。”贝宁看向安逸，“来吧，让我感到幸福。”

程诺差点儿吐血：“你能认真点儿吗？”

“你怎么跟巴斯滕教训苏亚雷斯似的？”贝宁撅着嘴，“你能不假摔吗？你能假摔得认真点儿吗？可是，假摔再怎么认真也是假摔。”

“那你觉得幸福是什么感觉？”曾嘉兰问。

“不知道，那种感觉挺虚无缥缈的。”很多话不能对亲人说，但是贝宁在心里对自己说，“幸福的感觉，她原本有那么一瞬间拥有了，那就是在机场释然的一瞬。但是紧接着又认出了卫宁，一切又变得纠结。”

“幸福是可以落到实处的，只是现在的我们已经变得冷漠，对很多举手之劳都漠视了。”曾嘉兰叹气，“幸福感其实很简单，就是有被人惦记和关怀的存在感。”

突然，程诺有了灵感，他站起来：“对啊，这次竞选的目的是不是要选出能让业主们感到幸福的人？”

曾嘉兰一愣，对年轻人跳跃性的思维还是得适应一下。

贝宁皱着眉瞥了一眼程诺，他就差手舞足蹈了；再看向安逸，她正认真地思考着什么。

这时，小精灵岳翎也摇着轮椅进了病房：“你们都在啊，太好了，难道你们已经知道了我的检查结果？”

“什么检查结果？”安逸回过神来，有些不安。

“我可以出院了啊，你们会舍不得我吧？”岳翎开心地笑，“医生叔叔们看了我的CT片子，说是病情得到了控制，我可以回家去休养了。”

“真的吗？”安逸难以置信，唯恐是个假象，看向苏浅。

苏浅点了点头：“小岳翎终于可以回家了，虽然休学了一年，但是通过网络教程一点儿都没落下，期末考试也都通过了。等9月开学的时候，就可以去学校了。”

看来医学真的是发展了，安逸欣慰地笑了。

“我有礼物要送姐姐，等我一下。”岳翎摇着轮椅离开了。

安逸再次向苏浅确认：“她的病情真的得到控制了吗？前几天，她还在说很疼啊？”

苏浅沉默了，真实的东西，确实很残忍。

安逸捂住了嘴，不敢去追问，也怕苏浅说出真相的时候，岳翎恰巧听到，整间病房都变得沉寂。

不一会儿，岳翎就带了个本子过来：“这个是我写的中国版《一公升的眼泪》，不过名字叫做《一生的微笑》。还没写完，不过真的很想让姐姐看，所以就抄了一份给你。”

安逸接了过来，将岳翎揽在怀中，强忍着眼泪，很难挤出笑容。

良久，岳翎坐正了身子：“我要去收拾一下了，明天一早就回家去，还要和很多人告别呢。”

“好，你回家后，我也会过去看你的。”安逸努力瞪大眼睛，唯恐眼泪掉下来。

岳翎连连点头：“好的。”

看着她离开的背影，众人不禁欷歔。刚刚还在讨论着幸福，可是眼下看到的都是不幸。

安逸打开岳翎的日记本，她的字写得并不工整，许是在写作的时候，也会感到疼痛的缘故吧。

扉页上写着：“不管怎样疼痛，我都要微笑，因为这微笑，妈妈最需要。也许妈妈在失去我的时候，会痛不欲生，但是我希望我在的每一天，你都感到幸福，因为我用一生的微笑感谢着你。

“感谢妈妈将我带到这个世间，虽然没有其他人那样健康，但这不是你的错，而是上天给我的考验。

“感谢妈妈在我生病的时候没有放弃我，让我终于有了勇敢面对的信心，也让我知道，抱怨是没有用的，更需要的是挑战的勇气。每一天对我都将是奇迹，为了这份奇迹，我更要微笑……”

看到这里，安逸的眼前模糊一片。一个15岁的女孩都可以看穿的事实，偏偏她们这般执念。

贝宁从安逸手里拿过日记本，小心翼翼地翻开，仿佛捧着岳翎的心一般。

苏浅站了起来：“我要去看看别的病人，明天要开始化疗，您今天要多吃些。”

“好。”曾嘉兰点头。

程诺也跟着苏浅走了出去。

“她们两个怎么了？”

“说来话长。”程诺只能搪塞，贝宁的事，她一定不想四处宣扬。

“对了，你昨天给安逸看了什么书？她好像越来越陷在痛苦里了。”

“怎么会？那本书是让人活在当下的。”

“女人的领悟就是不一样呗。”

真是有些发愁了，但是苏浅有一种想让别人拥有幸福感的欲望。

安逸的手机突然响了，是杨阳打来的：“今天要办庆功宴，你这个大功臣怎么还不到？”

才想起来，昨天苏浅有转达这个事，她连忙说：“我马上过来。”说完，安逸站直了身体，和曾嘉兰告别，同时说：“您的提议我会好好做的，我想这也是岳翎想看到的。”

贝宁知道她实心眼的毛病又犯了，但是让她有事做，也挺好。想到这里，她将岳翎的日记递过去：“这个小姑娘比我们都懂得幸福的意义。”

安逸点头走了出去。贝宁在想，自己也应该做些让别人感到幸福的事吧。

想到苏浅临走前的嘱咐，贝宁问：“二姨，你想吃些什么？”

“没什么想吃的，你也会做饭了？”曾嘉兰问。

“也就会一点儿，不过，我可以告诉我妈，她们今天晚上就过来。”

曾嘉兰揽过贝宁：“所以我觉得自己挺幸福的，还有人惦记着。”

“有时想想，也挺羡慕你们的，至少有姐妹相互照顾。我们这拨孩子都是一个人，委屈了、病了，找谁去啊。”

“一样会有人惦记你的。”

“可是就算有这样的人在身边，也总有一天，会有一个人先离开。姨夫离开的时候，你多伤心啊。”

“但是我挺庆幸，是他走在我前面了，否则像我这样得了病，他会急死的。”曾嘉兰拍着贝宁，“你可真是会胡思乱想，别这么悲观。”

“好吧，我去给你做个菜带过来。”

“你准备做什么？”

“凉拌萝卜。”

曾嘉兰忍不住笑了：“也好，白萝卜有解毒的功效。”

“那我回去做。”

“去吧。”

“被需要也挺幸福的。”

“是吧！”

回到家，贝宁才发现自己的行李还在程诺家，于是又去敲门。

程诺正在理思路，刚才在病房里的灵光一现让他感到兴奋。突然被打扰，有些不耐烦，打开门，看到是贝宁，立即缓和了下来：“又来干吗？还没哭够？”

“德行！我来拿行李，里面有重金。”

“真的假的？早知道翻翻了，至少过个眼瘾。”

“切。”

“晚上我请你吃饭吧，我亲自下厨。”

“为什么？”

“你二姨给我带来了灵感啊，怎么也得表示一下啊。”

“那你直接给她做顿饭得了。”

“当然要做，不过还是得请你，没有你也不行啊。”

“德行！那你做吧，我等着给她送过去。”

“这么短的时间？”

“我说要给她做个凉拌萝卜，她挺高兴的。”

“唉，这怎么拿得出手？”

“那你做个拿得出手的，我也有面子一次。”

“那你等着。”程诺跑进厨房，打开冰箱清点了一下。这几天没有心情做饭，每天配送来的新鲜蔬菜都只能放进冰箱里，竟然有这么多！

贝宁靠在厨房的门框上，看着程诺忙碌，如果有个男人这样为自己张罗晚餐，她一定会感到幸福。

将菜送到病房，曾嘉兰惊讶得不知如何是好："是你做的？"

"当然不是，我也就会做凉拌菜。"贝宁不好意思地笑了笑，"是程诺自告奋勇做的，他说你给了他灵感。不过，为什么要有什么二次比稿的事？你应该知道，那个方案是他的原创。"

"我觉得这样挺好的，他就能做出更好的方案了，不是吗？"

"希望是吧。"

回到程诺那里，贝宁坐下来："我这个间谍怎么做着这么不爽？"

"请你吃饭了，还不爽？真是，快吃了走人，我还得赶紧写呢。"

"切。吃完了也不走，还要看你能写出什么方案来，至少这次我可以给你做见证。再说了，我爸妈一会儿就到了，我这个德行，他们肯定一眼就能看出来我在难过。"

程诺看到贝宁眼中的落寞，不好再打击她，只好说："行吧。"

安逸按照杨阳的电话指示，来到了旋转餐厅，很多的人，看到横幅才明白，这哪里是什么庆功宴，而是网络电视台的周年庆典。

杨阳走过来："来吧，咱们部门就差老大了。"

正往里走，迎面走来了虞嘉，她是嘉宾，而且这次周年庆典的活动也是特灵公关承办的。她突然看到安逸，有些慌乱。

安逸和杨阳在前面的一桌坐了下来，并没有看到虞嘉。

虞嘉带着些许复杂的心情走开了。

周年庆典开始了，总编辑莎瑞纳走上中央搭建的舞台，开始发言。

安逸听着听着就开始感动，是啊！网络电视台从无到有再到现在的规模，不管怎样都是值得骄傲的事。

接下来，很多部门的老大都上台发言了，突然轮到安逸了，她吓了一跳，她没有任何准备，甚至忘记了有周年庆典这回事。

“去吧，照着这个念。”杨阳将手机递给她，上面已经写好了一句话。

安逸小心翼翼地走上台，好在是圆形的餐厅，站在圆心处，目视范围并不大，她微低着头：“很高兴，我们的电视台有了现在的规模，希望以后可以做得更好。”

在掌声中，安逸快步走下来，脸有些发烧，突然觉得有些不满意这样的自己，特别想要有些改变。

吃着饭，看着大家编排的节目，安逸也笑了起来，曲终人散的时候，感到心情好了不少。安逸和杨阳一起走出来，说：“我要过去看看我邻居的店，你要不要也去，请你吃巧克力。”

“不了，我今天有约会，怎能辜负‘桃花盛开’的月份。”杨阳屁颠屁颠地走了。

安逸摇了摇头，据她所知，杨阳至少有过不下四个男朋友了，虽然每次都失败，但是她还能这么乐观，真是幸福。

突然去路被挡住，抬眼，是虞嘉。安逸点了点头，算是打招呼，毕竟不算熟悉，而且也不知道该怎么寒暄。

虞嘉的脸上没有笑容，尽量平淡地说：“听说你最近正遭遇情感之惑？我也是，可否一起去喝一杯？”

“我？我不太能喝酒，而且……”安逸想拒绝，但是看到虞嘉黯然的神情，只好说：“好吧。”

两个人近乎沉默地走进较为安静的“切”酒吧，虞嘉问：“听说最近有一种鸡尾酒很流行——‘重生的眼泪’，我们就喝这个吧。”

“好。”安逸一向被动。

虞嘉和安逸坐在吧台前，点了“重生的眼泪”，她问：“你想一直这样消沉吗？”

“不，不会。”安逸有些诧异虞嘉对自己的关心。

虞嘉将酒杯送到安逸的面前，浅浅地笑了下：“凡事都要靠自己才好，别人的慰藉只是一时的。”她说得话里有话，仔细回想了一下，终于将谈笑和安逸串联在一起。她安慰着自己，却又有些说不过去。苏浅对别人一向清冷，怎么会因为安逸就破了例，不仅主动安慰她，还教训了谈笑，这绝对不能忽视。

安逸点头：“我知道。”

“昨天听了朋友的一席话，我很迷茫，不知道她的做法是否正确。”虞嘉喝了一口“重生的眼泪”，辛辣中带着奶香，口感还不错。她放下酒杯继续说：“她把所有的理想寄托在男人身上，鞭策着他们努力，甚至以离婚相要挟，好像赌上了一切似的。”

“与其这样，不如鞭策自己。”安逸也喝了口酒，感觉这酒与葡萄酒大为不同，味道很复杂，但是非常清爽，不必费尽心力去幻想它的意境，它已经直白地表达了。

“看来我们的想法是一样的，鞭策自己才是对的，至少就算赌输了这一局，自己也得到了价值的提升，也许最后得到的远比失去的多。”虞嘉一口干了杯中的酒，又倒了一杯，“干一杯吧！”

安逸举起了酒杯，没想到自己的想法会和虞嘉这样的女强人一样，而且虞嘉诠释得更加激励人心。

干了杯中酒，安逸说：“我也想鞭策自己，却不知道自己适合做什么，可以做什么？”

“做你最想改变的事情啊。”虞嘉满意地看着安逸，为了现在的对话，她可是忙碌了将近24个小时去调查安逸的现状，也做了针对性的分析。这是她的赌注！

“我想改变的事情？”安逸不由得摇头，“很难，我想变得有自信，我想去帮助更多的人，我想做的太多了，甚至世界和平。可惜，都只能是去想象而已。”说完，自己都觉得沮丧。

“只要你肯去改变，一定会有好的结果。”虞嘉给了她一个鼓励的笑容，“眼下就有改变的机会，你不妨去试试竞选业主委员会委员的职务。你关心别人，想给别人帮助，但是没有任何资源和话语权的你拿什么帮呢？你说你没有自信，但是当你帮助过的人给你以真诚的笑容时，我想那时你的笑容里会满是自信。”

“那个可是需要竞选的，我恐怕做不来。”一想到需要在众人面前发表自己的竞选宣言，安逸就感到慌乱。

“总要迈出去一步，才能继续一步步走下去啊。如果你真的想改变，就该拿出实际行动来。”虞嘉给安逸面前的酒杯倒满，“干了这杯吧，回去好好想想。我可以做你的后盾，但是还要你本人下决心。”

安逸看着满满的酒杯，下了很大的决心，一口喝干，然后站了起来：“好，我想试试。”

看着安逸走出去的背影，虽然脚步有些虚浮，但是美女就是美女，总是那么婀娜。虞嘉的笑容渐渐凝固，喝干了酒，跑到舞池中央，发泄般地狂舞。记得一句诗是说狂欢其实是孤独，这绝对没错，她就是在孤独地狂欢着。

在空中花园坐了片刻，酒劲渐渐褪去，安逸来到“蜜谋”，谷丰正和陈鹏大笑。

看到安逸走进来，谷丰立即走过来，拥抱她。

安逸有些不适应，但是她感受得到，这是谷丰真心的感谢。

陈鹏也走来抱了抱他们，然后走进制作间。

“江琳还好吗？”

“她很好，手术很成功，周日就可以出院了。”谷丰咬了下嘴唇，“我的岳父岳母也没有指责我，但我还是很内疚，是我还不够成熟，所以江琳才这么痛苦。我以后会努力做好的，谢谢你安逸姐，江琳特别感激你，而我就更感激你了。有你这样的邻居姐姐，我们很幸福，也希望你幸福。”

安逸努力挤出一朵笑容，她也想很幸福，那就从明天起做个幸福的人吧，至少要努力去争取做一个幸福的人。

这时，背景音乐里传来一首歌：

为什么幸福的感觉总被思念所淹没？

为什么想要的承诺只能被微笑掠过？

如果得不到灵魂岂在乎耳鬓厮磨？

如果得不到永恒又何必长相厮守？

你可以重复着初恋，却不可以重复着后悔。

你可以重复着后悔，却不可以重复着最爱。

“这是什么歌？”安逸感到震撼。

“陈鹏找来的。陈鹏，这是什么歌？”

陈鹏从制作间里探出头：“《爱情解严》，很好听。”

“是很好听。”安逸转身走出了“蜜谋”。

似乎风雨都已过去，每个人又恢复了各自的忙碌。

周五，二次比稿即将开始，因为上次的网络直播收视率奇高，这次也变成了全网络直播。

安逸看着下属们专心调试着设备，心里为程诺祝福。这几天贝宁都住在自己那里，天天都在说程诺的方案，她想不去关注都很难。

贝宁今天一早要飞香港，没有办法看这场直播，她让安逸替她照看着。

安逸答应了，她们两个这几天正努力地让对方幸福呢，所以不会去拒绝对方的要求。

正想到程诺，他们巨星公关的一行人就走了进来，今天他们是第一个提案。这次他们一行里少了西蒙，负责安装设备的变成了克里斯和杰西。

虽然这次方案是程诺自己在家完成的，但是其中很多数据等资料是他们一起完成的。

越尚公关的人也来了，他们在外面等候，一副波澜不惊的样子。

10点整，程诺走上了提案台。

“这次我们的提案做了很大的改动，保留了部分上次提案中的精髓，添加了一个更好的主题。而且，也一改传统的竞选方式，利用类似网络游戏一样的全屏直播来进行，这样可以吸引全部居民的注意和参与。下面我开始进行讲解：我们将竞选活动的主题定为——幸福选票。雨果说过：‘有一种体验，比荣誉还要崇高，这就是幸福。’每个住在立体城的业主都希望自己可以有这种体验，也都希望自己的生活越来越幸福。我们希望通过这张选票，选择属于自己的幸福……”

程诺的讲解比上次要沉稳了不少，他自己已经被自己的案子感动了，所以他投入了十分的情感，使整个提案过程充满了幸福的感觉。

当他的讲解完成时，在座的委员们还沉浸其中，良久才爆发出热烈的掌声。

程诺带着自信的笑容走出会议室，越尚的人与他擦肩而过，进入了会场。

他没有去看越尚的提案直播，而是走到喷泉边，感受那层水雾带来的清凉，亦感受到一种成就感。

等越尚的提案完成后，业主委员会的委员们立即做出了选择——巨星公关全票得到了“业主委员会换届选举”的公关代理权。程诺感到一阵唯以名状的复杂情绪：狂喜、悲愤、解脱、征服、幸运、快乐、自信、痛苦、激动、悸动、苍白、无力，各种纠结的情绪一下把他充满，唯独没有那种幸福感，他的眼中感到一阵酸涩。

此时，程诺第一个想到的是一个拥抱，他和克里斯他们一一拥抱，甚至也和谢羽麟拥抱在一起，可心底总是有一丝丝荒凉。此刻如果彭越在身边，他会怎样呢？脑海中闪过那张经典的摄影作品——“胜利之吻”，他不禁闭上了双眼。

纽约时代广场瞬间变成了立体城的空中花园，穿着一袭白衣的彭越就在他的怀中，深情地吻下去，眼前的那张脸竟然瞬间变成了贝宁细致的小脸。程诺一愣，固执地吻了下去，因为这场胜利中，有她陪在身边，也有她无限的帮助和鼓励。想到这里，他的心底终于升起一种类似幸福的感觉。

睁开眼，阳光变得美好，可是程诺的心乱了起来。

贝宁在周六的下午回到立体城，她按照程诺的短信去敲苏浅家的门：“听说你现在很得意？”

“难道不可以？”程诺侧身，让她进来。

“哎哟喂，你把布景设置成白宫了，苏浅要当总统了吗？”贝宁撇嘴。

“这个是安逸的建议，她说这样会有助于提升自信，我把她家弄成了唐宁街10号。我还把江琳的家弄成了拉斯维加斯的大教堂，补个婚礼。”

“安逸这是怎么了？”贝宁吃了一惊。

“我觉得她这样挺好的，走吧。今天江琳回来，安逸和苏浅去钓鱼了，我们去谷丰家帮忙呗。”

“我更想去看看安逸。”贝宁很是不放心，安逸怎么一下变成这样了？

“说来我也觉得奇怪，不仅安逸要参与竞选，就连不问世事的苏浅也交了竞选表格。不过这样也好，主动去改变，总比我这个被动去改变的好。”

“还是这么心不甘情不愿？”贝宁瞄了一眼程诺，“你可真是够累的，难道不能自我满足一次？”

程诺沉默了，和贝宁向谷丰家走去。

来到谷丰家，只有陈鹏在忙碌：“谷丰去接江琳了。”

“天哪，这里设计得太好了。程诺，我觉得你完全可以不在巨星上班了，自己开个装饰公司得了，一本万利啊，你这个申请知识产权了没有？”贝宁都快惊呆了，“不过，给我家弄的时候得免费。”

“你这建议不错，我还真有这个想法。看看谷丰他们，刚大学毕业就敢创业了。我都这把年纪了还给人家打工，靠！”

“就是，还是给谢羽麟打工，多没意思。对了，你那段无间道解决了没？”

“还没，对方没有了动静。真是奇怪，难道识破了我们的计谋？”

“你们不是都拿下这活儿了吗？可能得等下一个吧。”

“嗯，现在这个已经转去执行部了，我们是要接新的案子了。可是说实话，我怎么又没兴趣了？你说为了争取这么个案子，我去拉关系，派卧底，派间谍，虽然成功了，可是怎么这么无趣呢？”

“那你做这个得了，多帅啊。”贝宁看着这室内的布置，充满了崇拜，“做自己喜欢的事才是最重要的。”

程诺点头：“我看行，下周一我就辞职去。”

“算了，你还是从长计议吧。”贝宁连忙摆手，“要不你就前功尽弃了，对了，怎么没看到彭越？”

程诺的笑容一下就消失了，不是彭越没有出现，而是他逃到苏浅这里躲开了。他真的不想在这个时刻与她分享这份成功，更不想看到她眼中的胜利神态。

“瞧你这副死相，她不要就算了，你也不用再犯贱了。”贝宁笑得没心没肺，“我需要个男佣，你来伺候我得了。”

程诺嬉皮笑脸地说：“我真的觉得你的建议很好。”

“为什么？”

“不知道。”

“神经，赶紧做饭去。”贝宁撇嘴，去帮着收拾菜了。

程诺看着贝宁的背影，心里有种很想拥抱她的感觉，这是在昨天得知拿下了换届选举公关代理权时的第一感觉，此刻更强烈。

“喂，贝宁，你过来一下。”

“又干吗？”

“彩排一下，我得做好标记，过来帮忙。”

贝宁走了过来：“做什么标记？”

“待会儿的婚礼啊，我得看看他们站在哪里合适。”

“怎么弄？就这点儿地方？”

“你过来。”

贝宁站到程诺身边，他点了按钮：眼前出现了一卷红地毯，慢慢铺陈开来，《婚礼进行曲》响了起来，然后景象慢慢推进，就好像他们在往里走一样。两边还有鲜花瓣撒出来，仿佛触手可及，神坛终于近了……

“太棒了，程诺，我以为只能是静态的，原来还可以这样！”贝宁瞪大了眼睛。

“闭上嘴吧，口水都要流出来了。”程诺呵呵一笑，“你结婚的时候，我也给你弄。这样免得走路了，多轻松。”

“切！那最好是弄个海上的场景。”

“为什么？殉情？”

“那叫相伴到天涯海角，懂不懂啊。”贝宁说完低了头，谁能陪她呢？她下意识地瞥了一眼身旁的人，心底一阵无奈。

景象里又出现了神甫，主持婚礼仪式。

“你真行啊。”

“闭嘴，好好听着。”

贝宁很想抽他，但是神甫在说：“不论她富贵贫病……你都愿意陪她到生命的终结吗？”

程诺郑重地说：“我愿意。”

虚拟的神甫竟然还冲他一笑，继而看向贝宁：“不论富贵贫病……你都愿意陪他到生命的终结吗？”

贝宁的心底一颤，有些凄惶，她看向虚拟神甫的眼眸，她们对视着，她感到一种神圣感，点头：“我愿意。”

虚拟神甫露出笑容：“新郎可以吻新娘了。”

贝宁还没有反应过来，程诺的唇就覆了过来。

她感到一阵晕眩，他口中清凉的薄荷味传来，她下意识地闭了眼睛。

时间似乎过了很久，贝宁才醒过神来，连忙推开程诺，脸颊通红地跑了出去，输入密码，直接进入安逸的家，心跳得渐渐狂野起来，可是更加纠结。

程诺并没有追过来，他也有点儿吃惊，默默地按了关闭键，走进了厨房。

陈鹏正忙碌着，看到他进来，松了口气："要快些了，还有很多东西没弄完呢。"

"早知道，弄些虚拟的食物就好了。"程诺将西兰花浸泡在水中，开始清洗。

贝宁在安逸家中，这里果然弄成了唐宁街10号的布景。还好不是白金汉宫，否则就是美则美矣，却有些悲伤，因为戴安娜吧。

站在窗口，极目远眺。盛夏的日光下，一切都明晃晃的。她不由得拨通了安逸的手机："你怎么还不回来？"

"才钓了两条鱼而已。"安逸有些沮丧的声音传过来。

"两条也是成双成对了，回来吧。"贝宁嘟囔着。

"再等一下，四点就回去。"安逸平静地说完，挂了电话。

苏浅看过来："贝宁已经回来了？"

"是。"

"今天的战绩似乎很差。"苏浅也有些抑郁。

"也许是太热了的缘故吧。"

已经入伏了，温度变得很高。

"看你的气色好了不少。"安逸太安静了，苏浅找着话题。

"是，我在努力好起来。"

"一切都会好起来的。"苏浅轻声。

安逸笑了下，表示感谢，她这一周，真的已经好多了。因为她的生活里又有了目标，虽然没有任何把握能够在竞选中胜出，但是她会尽力。

"程诺已经帮公司拿下了公关代理权，江琳今天也要出院了，大家都好了起来，你也一定会好的。"苏浅看她不说话，于是说。因为贝宁这一周飞行的任务很多，程诺又要忙着做策划，苏浅就主动承担了照顾安逸的责任。虽然大多数时间是沉默的，但是他们也会聊些书籍和电影，有时也会聊些不疼不痒的话题。

“你也有好起来吗？”安逸看向苏浅，“我前几次见你，似乎你也是不快乐的。”

“是的，我也是不快乐的，但也在好起来。”苏浅没想到安逸会这么说，更没想到安逸虽然不爱说话，但是她的内心并不像贝宁所说，那么大条，而是细腻的、脆弱的。

“怎么会这么快就好起来？”

“因为突然发现，自己一直以来的固执是个错误，所以要把它修正过来，所以就好得很快。”

“什么错误？”安逸关切地看着苏浅，她以为苏浅也有爱情的伤。

苏浅读懂了她眼中的意味，笑了笑：“我一直误会了我的父亲，而他因为忙碌一直没有什么机会和我解释，直到他病倒了，才在病床上和我说出事情的前因。我很后悔，但是我知道，我还有时间可以去弥补，所以我在努力修正。”

“那很好。”安逸浅笑了下，低了头。

“不过，我有很多问题需要面对。”苏浅接着说，“比如我不喜欢关心别人。”

“我觉得你很关心你的病人啊，那不是刻意去做就可以做出来的，看得出，你是发自内心的，而且对我们也很关心啊。”

“我还要面对沟通的问题，别人总说我冷漠。甚至就连程诺和我倾诉他要离婚时，我也没有给他什么安慰。”

“沟通的方式有很多种，但是要挑对的。在这种时候，你陪在他的身边就是安慰了，不需要多说什么，也是有力量的。”

“还有爱无能的病症。”苏浅叹气，“不是不想爱，而是不敢爱，怕受伤。这个时代，最恐怖的病就是失去了爱的能力。”

安逸沉默了，自己也这样了吧？要真是这样，那就太悲哀了吧？

“听曾姨说过，这些症候群其实都是心理暗示的结果。”苏浅淡淡地说。

“怎么才能消除呢？”

“不知道，也许很难，但也有可能很简单。我记得贝宁说，你有人前失语症，可是我从来就没觉得你有这个问题。”

“以前有，很严重，但是现在也发现好像没有了。”安逸仔细去回想，“好像是那次喝了变质的酒开始的，还记得吗？我打乱了人家的拍摄。”

“记得。”苏浅的笑容扩大了不少。

“可是，怕爱到爱无能的这个问题应该没有这么好治疗，否则就不会有那么多醉生梦死的人了。”

“是的。”

“对了，听说你要参加业主委员会的竞选？为什么？”

“这样可以把爱放大，也许就会渐渐熟悉爱的感觉了。”

“是吗？我也报名参加了，我想用自己微薄的力量去帮助别人，让自己有存在感，这样我会自信起来。”

“是啊，立体城的业主委员会有很多事情可以做，不仅仅是去和管委会做维权的斗争。而且，这次竞选是通过互联网公开的游戏画面进行的，不必戴着面具作秀，也不必担心紧张了。”

“是啊，这样的竞选才会更公开透明吧，也让人更想参与其中了。那你打算做什么呢？”

“我是医生，就从健康、环保这个角度入手好了。一个好的医生不应该只是会看病，还应该帮助大家知道如何不生病才好。”

“你这说法很对。”安逸连连点头。

“如果请你也参与，你会怎么做呢？”

“我想了，不过还不是很成熟，你别笑我。”安逸有些不好意思，“我想创建一些基金会，因为我想到了丘翎，如果有这样一个基金会专门帮助她这样的病患，她的笑容一定会更多。而且，我也想到了谷丰和江琳，他们也很需要创业基金。”

“你的想法很好啊，而且一定会得到很多业主的认同，但这似乎不是业委会的职权范围内可以解决的，这些需要当做一个事业来做。我想，只要你努力，一定会实现的，加油。”苏浅鼓励着。

“加油。”安逸笑了，这个笑容非常美丽。

鱼漂沉了下去，终于第六尾鱼钓了上来，该回去了，江琳就要回来了。收拾好钓具，安逸拎着鱼篓，两人走向停车的地方。

等安逸系好安全带，苏浅启动了车子，车子卷起的漫漫烟尘迷蒙了不远处坐在车里的虞嘉的双眸。

她也不知道自己这是在干什么，这一周来她习惯了跟在苏浅和安逸的身后。偶尔听见两句他们近乎无聊的对话，虞嘉觉得自己如果不是白痴就是快要疯了。

8：00PM

我遇到了一个人……

Chapter 12

情若真就最可贵

世界粉碎了每个人，然而许多人在那之后更强大了。
过于执著，就会偏执；过于偏执，就是固执；
过于自信，就会膨胀成自大；
过于自大，就会自负，视野亦会被束缚，
随即便会成为被打破、被粉碎的对象。

1

视线中再也没有苏浅的车的影子了，虞嘉才挣扎着坐直身体，她不想输得这么莫名其妙，一定要力挽狂澜才行，于是她拨通了手机上新添加的一个号码：“谈笑吗？我是苏浅的女朋友，我想和你谈谈，你可以来立体城吗？”

听筒里传来低沉的声音：“我不会再踏进立体城了。”

“那我过去找你。”

“随便你。”电话那头收了线。

一个小时后，虞嘉出现在谈笑的酒行里。看到谈笑憔悴的样子，虞嘉一愣，但这样最好。于是，她不请自坐在谈笑的对面。

谈笑强打起精神：“来找我有何见教？”

“见教谈不上，应该说是同盟。我需要你的帮助，而你也需要我的帮助。”

“怎么说？”谈笑皱眉，眼神中却多了丝光亮。

“我帮你追回安逸，而你去争取立体城葡萄园的管理权吧。”

“为什么要这么做？你和安逸又不熟悉，你能帮我什么呢？”

“她现在正在参与业主委员会的竞选，如果你争取到立体城葡萄园的管理权，你就有投票权，也有参与她推行的计划的机会。”

“你说的是安逸吗？她会去参与竞选？太不可思议了。”谈笑难以置信地摇头。

“她想要有所改变并不是坏事，这恰恰也是你的机会。”

“那你要我做什么？”谈笑是商人，他明白等价交换的道理。

“你只要抓牢安逸就是帮我了。”虞嘉微笑着看向谈笑。

谈笑皱眉：“你的弦外之音是，苏浅和安逸最近走得很近？”

没想到谈笑一语中的，虞嘉略显尴尬地看向别处。

气氛一下凝结了，沉默了很久，谈笑方说：“其实我早已在网上递交了葡萄园管理权的申请，也通过立体城的网络二手房交易平台购买了一套房子，但不是为了抓住安逸不放。”

“什么意思？”虞嘉听了狂喜之后，紧接着是大大的疑惑。

“喝一杯吧。”谈笑没有回答虞嘉的疑问，转身走向后面的酒窖。

虞嘉有些急切地跟了过来：“我没有心情喝酒。”

“但你需要喝。”谈笑没有停下脚步。

从高大的酒架中抽取了一支，谈笑看了看酒标，点了点头：“就是这支，此刻，我们最需要这支酒。”

虞嘉有些不耐烦了：“算了，你不说原因也无所谓，只要你肯去争取就好。”

“你的提议也许不错，但是我劝你一句，不要太强求了，免得害人害己。我之所以想成为立体城的业主，是因为立体城让里面的人都有所改变，而且变得很幸福，我也想有那种幸福的感觉。”谈笑转过身，看着虞嘉，坚定地说。

“你要放弃了吗？”

“你没来之前，我还没有想通，是否要放弃，而你来了之后，我终于决定了。”谈笑惨然一笑，“人就是这样，往往要通过看别人才能领悟其实很简单的道理。”

“你说的话，是我长这么大听到的最可笑的一句话。”虞嘉凄绝地笑了，“别为自己的失败找借口了，看来我是来错了，你这样的男人不值得做同盟，你是扶不起的阿斗。”

谈笑的脸上抽搐了一下，他捏住了虞嘉的右臂：“你错了！今天之前，我一直在为自己的失败找借口。但是现在，我无比清醒，失败不是用借口就可以掩饰的，更不是用另一个错误去掩盖就有用的。”

“只要掩盖得好，失败就不是失败，而是成功。”虞嘉被捏得吃痛，拼尽力气甩开了谈笑的桎梏。

“那祝你成功！”谈笑越过虞嘉，走出了酒窖。

虞嘉又有些懊恼，因为这个计划中，缺了谈笑这个重要角色，难以实施下去，只好追上去，拦住谈笑：“只要你争取到葡萄园的管理权就算是帮到我了，接下来的事情，我自己努力。如果真的无法成功，我不会怨天尤人。”

谈笑点了点头：“不管怎样，谢谢你带来这样的消息，让我有机会偿还我对安逸的歉疚。”

虞嘉长出了口气，感到疲惫万分。

谈笑熟练地打开瓶塞，取了一个造型奇特且美丽的玻璃器皿过来，将瓶中的酒倒了出来。倒酒的动作十分优雅，淡金色的酒液缓缓地淌入醒酒器中，散发出百花园中的各种花的香气，还混杂了一些果香，甚至还有动物皮毛和奶香夹杂在一起的只属于田园的香气。

虞嘉一下被这种香气震慑住了，她对葡萄酒了解得不少，而且公司还有几个葡萄酒品牌的公关代理权。但是这瓶酒散发出来的气息非常有力，而它是一瓶白葡萄酒，竟然会有这样的香气，真是太不可思议了。

谈笑从醒酒器中倒了一杯递给虞嘉，她接了过来，望向谈笑的眼底。

给自己也倒了一杯后，谈笑说：“《酒业风云》的电影你看过吗？这就是那影片中的酒——Montelena 1973年份的霞多丽白葡萄酒。”

“没看过。”虞嘉摇头。

“那海明威的这句话你一定听过——世界粉碎了每个人，然而许多人在那之后更强大了。”

虞嘉点头，其实听没听过都不重要，反正现在听到了。

“其实这个影片是结合着这酒展开的，美国的葡萄酒在那时是无法和法国的酒相提并论的，但是蒙特莱娜酒庄坚毅的男人们酿制出了这瓶打破世俗观念的名酒。

“这瓶酒时时提醒着人们——过于执著，就会偏执；过于偏执，就是固执；过于自信，就会膨胀成自大；过于自大，就会自负，视野亦会被束缚，随即便会成为被打破、被粉碎的对象。”

虞嘉放下了酒杯，没有去喝，转身离开了。谈笑的话她听得明白，而且那道理早就深深地懂得，但是，心底纠结的情感哪儿会那么轻易就放下呢？谈笑能放下，是他的幸运，而自己放不下，未必就是不幸。

谈笑自顾自地喝了起来，这酒的味道真好，亦如他真正放松下来的心情。他谈笑并不伟大，也根本不是真的为爱而选择放手，而是要给自己一条生路。人活着自私一点儿不是罪，只有珍惜自己，才会懂得珍惜他人，这是在痛彻心肺之后才领悟的道理，好在不算太迟。

回到立体城中，安逸和苏浅直接来到谷丰的家。他们还没有回来，苏浅将鱼送到正在厨房忙活的程诺手里。

安逸则问：“贝宁呢？”

“在你家。”程诺回答。

回到自己的家，一眼就看到贝宁站在窗前的身影，双手环抱于胸前，确实很好看的样子。

听到门响，贝宁立即转身，拉着安逸坐下来：“我快崩溃了。”

“为什么？”

“我好像心里有另外一个人的存在了。”

“这不是好事吗？刚才苏浅还在说，这个时代，最恐怖的病是失去了爱的能力。你心里有了程诺吗？”

“你怎么知道？”

“很容易想到，因为你十句话里有八句都会提到他。”

“是吗？”贝宁郁闷了，“可是他那么了解我的过去，知道我和谢羽麟的事，他会对我认真吗？”

“如果他有所表示，那应该是认真的；如果没有，你就别想了。”

“他有所试探，我知道。”贝宁低着头，长发遮住了通红的脸。

“他是个好人，他会珍惜你。”安逸回忆着，开始为贝宁感到高兴，“你也该珍惜他才对。”

“可是，你记得我说过的挑选苹果的话吗？我和他都是烂了一块的苹果，还可以吗？”

“如果正是因为看到彼此烂的这块，才彼此依偎呢？”安逸反问。

贝宁凝视着安逸：“你怎么变得这么睿智了？说得很精辟。”

“不知道，可能是最近看了不少书，又静下心来思考的缘故。”安逸叹气，“过去吧，江琳他们就要回来了。”

“好。”贝宁洗了脸，重新化了妆，一起回到谷丰的家。

餐桌上已经摆满了餐点，程诺探出头：“刚才上网查了下，江琳最近不能吃鱼啊，那就不做了，行不？”

“不行，我想吃。”刚走进来的贝宁说。

“那好，那就做。”程诺冲她宠溺地笑了笑，又退回厨房。

贝宁在内心叹息，他也对彭越这样好过吧，彭越为什么不珍惜这样好的程诺呢？

门上传来响动，谷丰和江琳回来了！

大家跑到门厅，逐一给了他们结实的拥抱。江琳在安逸的怀里哭着笑了，其实贝宁他们，她都不认识，但是谷丰已经告诉她有这样一群安逸的朋友给了他很大的帮助。她只有感激，无尽的感激。

“情绪别激动，待会儿还有更美好的。”程诺提醒着。

“要不要先休息一下？”

“好。”江琳随着大家走进客厅，惊讶地张大了嘴，“好漂亮。”

“是虚拟的。”程诺怕她误会，连忙解释。

“嗯，我知道，听说‘蜜谋’里也是这样的布景吧？”

“你怎么知道？安逸姐给你透露的？”谷丰想给她一个惊喜的，一直没有说。

“咱们的同学姗姗告诉我的，她也住在立体城啊。她每天都去买巧克力的，你没有认出她吗？”

谷丰想了半天，也没想起来什么端倪，看向陈鹏：“你也认识姗姗，有看到吗？”

“没有。”陈鹏摇头。

那可真是有些奇怪了，但是江琳无暇顾及这些，置身于这样神圣的教堂中，她的心潮难以平静。左手在谷丰的右手中，右手握紧了安逸的左手，渐渐温暖。

庄严的仪式过后，吃了一顿丰盛的晚餐，大家告辞走了出来，留给他们这对新生一般的新人一个美好的夜晚。

安逸回了自己的房间，而且拒绝了贝宁跟来：“你该回家了，我已经没有事了。”

贝宁有些尴尬，但还是走了，看着他们离开的背影，安逸有些幸福的感觉。

苏浅原本就住L区，他也和他们告别了。陈鹏要回去照看店铺，也走了。程诺原本想继续躲在苏浅家，但是转念，该面对的一定要面对。

“你躲安逸家去，想明白什么了？”

“什么也没想，睡觉。”

“真的？”

“那你认为我该想什么？”

“怎么也得思念一下我吧？”

“德行！先把你的婚离了再说吧。”贝宁突然想到还有这个问题。

“当然，昨天已经签字给她快递过去了。”

“她不就住在D区，还要快递？”

“你知道得够详细啊？观察我多久了？”

“切！别往自己脸上贴金了。我回去了，明天还要飞芝加哥，要五天以后回来。”

“好好休息。”

“嗯。”贝宁在程诺的面前关上门，心上竟然有初恋时那种有如小鹿乱撞的激动，这才是她想要的感觉，久违的感觉。

是啊，这婚还没离呢。程诺看向旁边的家门，不知道彭越在不在里面，昨天把离婚协议递出去后，就把手机关了。他还没有做好心理准备去面对她，而且，在并不清楚贝宁的心思前，他心里没有底。

程诺狠狠地鄙视了一下自己，叹气，没有办法，如果没有托底的，漂浮在空中就会没有安全感。当然，就算贝宁没有给自己这份信心，他也一样会整理好与彭越的这段婚姻，然后去努力争取贝宁，去争取那份幸福的感觉。

想到这里，他深吸了口气，打开了房门。

屋子里一片昏暗，窗外的霓虹闪烁，映照得屋子里并不完全漆黑。看来彭越不在，程诺点亮了灯，心情又复杂起来。

按说那份快递，彭越应该已经收到了，也许正是得了她的意吧，可是又觉得不像。算了，一周都没有好好睡一觉，不要再想了，不论怎么设想，计划永远没有变化快。

周一早晨，程诺哼着《明天会更好》的曲子来到巨星公关。杜力也正好走过来，看到他，露出笑容：“恭喜你，拿下这个案子。”

“谢谢你。”程诺真心地说，如果不是杜力给了自己巨大的压力和挫败感，还那样逼自己，他一定做不到。

“你谢的不该是我。”杜力摇头。

程诺眯起了眼睛，杜力亦认真起来：“我说的是真的，你现在去‘切’酒吧，你该谢的人在那里等你。”

程诺隐约地有些明白，在原地站了片刻，立即转身，走进电梯，径直来到“切”酒吧。

在踏入酒吧大门的瞬间，他一眼就看到了彭越，果然是她。

程诺的脚步有些踉跄。突然有些明白，为什么自己会那么真诚又坦然地对杜力说感谢，虽然有些无奈和淡淡的哀伤。如果没有杜力，他和彭越会怎样呢？如果真的离开了彭越，至少还有他吧。

最终，他还是走到彭越的对面坐下：“为什么这么做？”

“我希望你能成功。”

“成功有很多种，你觉得成为一个策划总监就是成功了吗？我并不认为，尤其是以这种我最不喜欢的方式。”

“但也是最快的方式。”彭越凝视着他。

程诺摇头：“这不是我想要的，只是你想要的，所以我放弃了，我今天就会提出辞职。”

“为什么？”彭越完全无法理解，差点儿尖叫。

“你这样做，伤害的不仅是我，还有杜力，更有你自己。”程诺叹了口气，“我本来就不喜欢做策划，混在策划部也是为了你高兴而已，然而你还不满足。非逼着我去做案子，去竞争，我很不舒服，也很累。没想到，你还利用杜力来完成你的计划。彭越，你这么做太过分了。你可有顾及过我和杜力的感受呢？还是你就是要把自己作为赌注豪赌一次？可是你错了，爱情不是赌局，不是你肯押宝，就一定能得到自己想要的。”

“你把平庸当中庸，我当然不能容忍。我当初爱你是因为你有才华，可是结婚以后，你就变得碌碌无为，得过且过，一点儿担待都没有，我怎么放心把未来托付给你？”

“如果我还在设计部，就一定不会这样。”

“借口。”

“越尚公关又是怎么回事？”程诺不想再老调重弹，直接问出心中的疑惑。

“是杜力拜托虞嘉帮忙的，他和虞嘉是同学。他将你的一稿方案做了完善，用虞嘉的另一个公司去做的提案。目的是让你经受考验，否则太容易的成功，你会不珍惜。”

“你和他想得可真是够周到了。”程诺闭了眼睛，“虞嘉为什么要帮你们？”

“她又不想拿下这个案子，她的目标是帮助苏浅参选，才不会因为整个竞选流程分散注意力，只是做了个顺水人情。”

“那杜力呢？你想过他又是为了什么？”

“他心甘情愿。”

“他凭什么心甘情愿？”

……

“够了，现在我们再讨论这些已经没有意义了，离婚协议书我签字了，你应该已经收到了。是要今天就去办手续吗？”

“难道你真的不理解我的良苦用心？”

“我不理解，也不认可。你这样打击我，虽然让我成功地拿下了这个方案，可是我更自惭形秽。我比不上杜力，他爱你已经爱到毫无原则了，而我因你这样的作为讨厌你了，憎恶你了。”

“你！”

“真的，而且我不能再守住我们的婚姻了，我爱上别人了。”

彭越震惊地看着程诺：“你在说什么？”

“我说得很清楚，我要和你离婚。原本我是那样的想挽回，可是我发现，你这样的女人，再选十次，我也是要放弃的。”程诺站了起来，“今天就去办手续吧，正好我也要辞职了。”

彭越也站了起来，挡在他的面前："你不感谢我也就罢了，竟然这样对我？果然应了那句话，男人可以输给女人，却绝对不可以输给自己的女人。"

"你错了，彭越，你这样做不是为了让我成功，而只是去完成你的梦想，将你的愿望强加给我。对不起，我做不到心甘情愿。这不是输赢的问题，而是你没有真心对待我的问题。你设局考验我、作秀鞭策我，你已经把我们的婚姻当做一场策划案来操纵了。可惜，我不是牵线木偶。"

"我只想让你成功，这有错吗？成功对于男人是多么的重要，我甘心为你付出，这都错了吗？"

"没有比较之前，我还真不容易分辨，你的作为和江琳的完全不一样。如果你像她那样做，我会感激你一辈子，更会爱你一辈子，因为她为谷丰付出的比任何人都多，用心才叫良苦。你比不上她，你只是想让自己的面子好看，你也只是想弥补一下自己失去这份工作的缺憾。"

"江琳又是谁？"彭越就要崩溃了，抓不住他说话的重点，只感到天崩地裂。她不认为自己哪里做错了，这明明是一场堪称完美的改造夫婿计划，可是为什么，程诺说恨她，而且，还说爱上了别人。

"我们分居才三个月而已，你就爱上了别人？难道你做的这些，并不是我的成功，而是你为了她而做的吗？"彭越摇晃着靠住旁边的桌子，勉强不让自己晕倒。

"不是。"程诺摇头了，"你真的不了解我。算了，结束吧。"说完，他转身想离去。

彭越一下从后面搂住他，号啕大哭。

程诺没有任何感觉，他不感谢彭越，甚至无法原谅。但是突然又有些感激，至少她让他有了清醒的认识，知道了什么适合自己，还有，谁更值得珍惜。

分开彭越的手，程诺头也不回地走了。

虞嘉凝视着程诺离开的背影消失不见，她才走进酒吧，彭越还在徒自悲伤。

她知道彭越设计的大戏在今天落幕，只是没有想到会是如此。

扶起蹲在地上哭泣的彭越，让她坐在舒适的卡座里，虞嘉坐在她的对面。

“我很羡慕你。”

彭越抬起泪眼：“羡慕我什么？”

“你至少努力尝试了。”虞嘉招来服务生，“‘重生的眼泪’一份。”

“我输得一败涂地，看来男人是不能被培养的。”彭越忍住眼泪，“因为他们忍受不了女人比他们强的事实。”

“也不尽然。”虞嘉说着，“昨天我和一个和我处境差不多的男人同谋，终于有了一点点领悟。”

“是什么？”

“不要奢求让男人为自己改变，除非是他自觉自愿。”

“我知道，但是我想挑战一次。”

“但你只是设了一个把自己套进去的局而已。”

“也许吧。”

“因为你忘了一点，男人会对每一项游戏都认真。他们总是使自己处于一种竞争的环境中，典型的就是开车，马路上老老实实走自己的道、从不闯红灯的一定是女人，一有机会就超车的一定是男人。女人开车是为了安全地把自己送到目的地，男人开车是为了把那些和自己一起出发的车子甩到后面去。前提是，这个游戏是自己的选择！”

“我也想竞争一次。”

“来我的特灵公关吧，策划总监非你莫属。”

“你是在想，如果我去了特灵，巨星的杜力不忍与我为难吗？”

“一开始我答应帮杜力的时候，有这个打算，但是我改主意了，他已经答应去越尚做杜总了。”

“赢的只有你一人，高明的也只有你。”

“我一直都希望把别人甩到后面去，但是现在，觉得很孤单。”

"何止孤单。"

"所以也想做些有意义的事，让自己看上去没有那么失败。"

"是什么？"

"为自己的爱情也争取一次，且用真情去感动一次。如果失败，愿赌服输。"

"不错的主意。"

"明天就来上班吧，重拾你的梦想。"

"我会考虑。"

酒端了上来，两个野心勃勃的女人干了这杯，灼痛的感觉很强烈……

刚回到巨星，程诺就把辞职信交给了杜力："我不知道该说什么，既不是感谢，也不是惭愧，亦不是痛恨，而是一种悲伤。你比我爱彭越！她想让我做的，我一直没有为她努力达成，而你做到了。让一个女人快乐，是一个男人最起码的承担，可是我做得不够好，我让她失望了。只有你能让她快乐，我自愧不如。我决定离开，这个职位确实不适合我，但是我想我的组员们都是优秀的。"

"我知道。"杜力点头，"我始终都是羡慕你的。不论是彭越，还是你的那帮兄弟，他们都选择了你。西蒙甚至愿意背负骂名，来我这里做卧底，我亦自愧不如。也许是因为在一开始的时候，我没有坦诚相待的缘故吧……"

程诺走出杜力的办公室，默默地收拾了自己的东西，其实不多，就一个小箱子而已。在巨星工作了十年，也不过如此，最舍不得的还是那些兄弟。

"老大，你为什么要走？急流勇退吗？"瑞娜很难过。

"不是，这里真的不适合我。"

西蒙走了过来："还是要走？"

"谢谢你，兄弟，不过咱俩的计谋不高明，人家识破了。"

西蒙笑了笑："那有什么关系呢？"

谢羽麟走了过来："程诺，你来我办公室。"

程诺打了个手势，跟着他走了进去。

“为什么要辞职？”

“我有我的理由。”

“什么理由？”

“我不想你看着我生气，我已经决定负责贝宁以后的人生了。她与你毫无关系了，我也得和你毫无关系才行，要不总有牵连，没法活。”

谢羽麟沉默了，谁说男人的直觉不敏感，在旋转餐厅碰面的那时，他就有了这种预感……后悔吗？不能，只能感叹鱼与熊掌不可兼得，可所爱的人是鱼还是熊掌呢？事业又是哪个呢？心被掏空了一般，毫无生气。

一切仿佛又都归于平静，但是立体城里热闹起来，业主委员会换届选举的宣传铺天盖地般袭来，网络竞选测试版也在调试进程中。

位于立体城中心位置的综合博物馆，整面外墙屏幕都被调整为网络竞选的公示牌。其实更像是一款关于竞选的网络游戏，每个人都有参与权、发言权、投票权，没有了暗箱操作，也没有了人前的尴尬，一切都变得更贴近，更没有隔阂。

周四的午后，程诺坐在家中看着网络新闻，虽然这些都是他的创意，但是毕竟真的执行出来是另外一种感受，真切又激动。

连续三天，和彭越的拉锯战让他身心疲惫，终于在昨天傍晚让杜力领走了那个女人。今早就办了离婚手续，顺利地让人称奇，甚至有些难受。

彭越满含热泪地走了，程诺在民政局的门口站了很久，每一场结束都不会是愉快的，除非他没有心。

贝宁明天就要回来了，一周不见了，很是想念。程诺每次都是算好了时差，给她发短信，然后她就回过电话来，聊得不多，不拌嘴过不去，但是很有意思。

谷丰的小店由刚开业的火暴异常，渐渐变得有了稳定的客户预定，每天没有那么忙碌了，开始兼顾网店的生意。江琳还在养病期间，但也已经开始接不太急的婚纱定制。

可是安逸和苏浅似乎忙得有些找不到人影，这让程诺有些孤单。他将电脑关上，走向医院，公司还在注册过程中，反正是闲人一个，就由他主动去联络感情吧。

苏浅并不在办公室，也没有手术，程诺只能从每个病房外面张望一下。要不是曾嘉兰已经做完第二次化疗，回家调养了，还可以在她的病房里等候。

突然在一间病房的门牌上看见苏漠山的名字，程诺吓了一跳，连忙推开病房门，苏浅就在里面，坐在苏漠山的床边，握着他的手。

“阿诺！你怎么知道了？”苏浅看到程诺有些惊愕。

“心灵感应。”

苏漠山还在昏睡，程诺看向苏浅。

“刚做了手术，麻药劲马上就要过去了。”

“怎么会这样？”

“铁打的身体也抵不过劳累过度的。”苏浅叹气，“好在他还有每年体检的习惯。”

“很难过吧？”

“是，不过我们也因此冰释前嫌。”苏浅笑了，前阵子程诺太忙，他还没来得及和他分享这份喜悦。

“听说你报名参选了，我做你的后援团吧，给你策划竞选方案如何。”

“好啊，安逸的策划案也由你来吧，她正在上讲演训练班。”

“你和她最近走得很近。”

“很正常，‘窈窕淑女，君子好逑’。”

“真的？其实确实是很正常的一件事，只不过是因为以前的你不正常而已，好在现在你正常了，最近真是喜事连连。”程诺攥了拳头砸到苏浅的肩上，“我今天离婚了。”

“这也算好事吗？”

“没有结束，就没有开始啊。”程诺挤了下眼睛。

“你的下一站是贝宁吗？和你的牵绊还真是扯不开了。”

“呵呵。”程诺挠了挠头，突然腼腆起来。

突然手机震动起来，苏浅立即接听，安逸颤抖的声音传了过来：“岳翎在接受抢救。”

苏浅和护士交代了几句，和程诺匆匆赶到急诊室。安逸焦急地站在门口等候着，曾嘉兰和虞嘉亦在旁边。

原来安逸去探望曾嘉兰，岳翎和虞嘉都在曾嘉兰家中，这种不期而遇并没有让人兴奋多久，岳翎就突然昏厥了。

20分钟过去了，急救室的门打开了，岳翎的主治医生和急救医生一起走了出来，苏浅走上前问：“情况怎么样？”

“已经有了肾衰的迹象，这次虽然急救得当，但……”

苏浅点头，岳翎的病症他很清楚，这次出院也是因为她的母亲希望她能回到家中，度过可能是最后一个生日。

岳翎被护士们推了出来，安逸立即上前扶住了推床。岳翎脸上不正常的红晕正渐渐褪去，浓密的黑色睫毛将她的脸颊映得苍白。

曾嘉兰也走了过来，看到岳翎这个样子，一阵难过。

“您还是回去休息吧。”虞嘉上前扶住曾嘉兰。

“是的，您还是回去吧，化疗后的抵抗力是很弱的。”苏浅对虞嘉点了点头，走到安逸的身边，和她一起将岳翎推进了观察室。

程诺刚要跟过去，却被曾嘉兰叫住了：“听说你辞职了？”

“是的。”

“为什么？”

“每个人都有属于自己存在的价值，我想我的价值不仅仅是在巨星公关。”

程诺诚恳地回答。

曾嘉兰点了点头，认同程诺的回答，转头对虞嘉说："我想和你说的话也大致如此。我认为你想辅助的人有着自己的价值和梦想，如果你真的是要辅助他，就该和他做好沟通，按照他的意思去协助他，而不是将自己的做法强加给他。"

虞嘉连连点头，想要扶曾嘉兰进入电梯。

"我还是想等小机灵鬼醒了再回去，否则我放心不下。"曾嘉兰说。

虞嘉只好和曾嘉兰一起走进观察室，苏浅见她们进来，没有再阻拦，而是叮嘱了几句就离开了。

程诺看着她们的背影，不禁有丝疑惑。最近虞嘉的动作有些奇怪，听说彭越去了特灵，而杜力竟然成为越尚的总经理。虽然换届选举的公关代理权被巨星拿下了，可是那些参选人被特灵和越尚瓜分了。苏浅和安逸暂时还没有选择公关公司，但是特灵做了一系列宣传，已经把苏浅和安逸纳入其中了。

程诺一边思考，一边在观察室外的座椅上坐了下来，还有很多问题无法串联起来。

将近一个小时后，岳翎才醒过来，众人终于松了口气。

岳翎微微眨了下眼，轻声说："我晕倒了吗？其实只是困了而已，别这么担心。"

安逸抽了张纸巾将岳翎额头上的汗擦去："是不是哪里疼？"

"没有。"岳翎虚弱地回答。

"要是困了，就再睡会儿，我陪着你。"安逸强压着悲伤，尽力平静地说。

"我还想和你继续说我的想法呢，还是说完了吧，免得错过了，就没机会了。"

观察室里的气氛凝重起来。

"好，你说吧，不过别着急。"

"我好喜欢你说要创建基金会的这个点子，我也想做些贡献。"一说到这里，岳翎就有些兴奋，"我的这本《一生的微笑》已经写完了，而且有出版社和我妈妈签了出版协议，我想把这笔稿费捐出来，虽然不多，但是我的心意。”

安逸一向爱哭，听到这里，眼泪就忍不住了：“谢谢你，可……”

“我和妈妈商量过了，她很支持，而且，也同意我捐眼角膜了，因为我答应给她留下我最珍贵的礼物。”

安逸和曾嘉兰同时握住了岳翎的手，她露出笑容：“猜猜是什么礼物？”

“你个机灵鬼，肯定是与众不同的。”曾嘉兰说。

“那是必需的。”岳翎得意地说，“我上网查过，说是可以把骨灰提炼成钻石，我要把这个送给妈妈。”

“做这个不需要费用吗？”虞嘉记得看过类似的报道，貌似价格不菲。

“这个我已经搞定了，自从发病以来，我每天都坚持在病友论坛上发帖、回帖，积攒的经验值够换两个了。一个留给妈妈，另一个还是要捐给安逸姐，你可以把它拍卖了，让我能为更多的人出点儿力。对了，安逸姐，你不是说你要做的这些基金会不能纳入业委会里吗？因为这不属于为大众服务的项目，我突然想到，在立体城也可以成立这样一个骨灰钻石基金，既低碳环保，又能与亲人永远在一起。”

安逸努力了几次，都发不出声音，只能将岳翎的手轻轻地握住。

虞嘉在旁边听得若有所思。

岳翎又说了会儿话，觉得累了，闭上了清亮的眼眸。

虞嘉从病房里走出来，直接去了葡萄园。8月的葡萄园里，枝叶浓密，阵阵清凉。谈笑正和园艺师在验看藤上的果实。

“你来管理这片葡萄园的真正目的是什么？”虞嘉问得急切，她急于压制住心头的想法。

谈笑继续看着葡萄，缓缓地说：“其实上次我已经说过了，我真的爱上了这里。而且，可以有投票权，也可以资助她的基金会。”

“然后呢？看着她和别人牵手？”

谈笑皱眉，捏着葡萄的手不禁攥紧，一手的汁水，亦如他的心，千疮百孔。昨天在D区的校园里，讲了一堂葡萄酒的讲座，离开时，不经意看到旁边教室里，安逸正在认真地听着讲演课程。她脸上神采飞扬，仿佛一下回到了当年初见时的样子，他刚刚安静下来的心湖又一次起了褶皱。

虞嘉从他纠结的表情上看到了希望：“还是和我合作吧，至少我们应该努力一次，为了自己的所爱努力一次。如果结局悲惨，那是命运的安排，我们再坦然接受不迟。”

“但我觉得现在还是做好眼前比较好，因为我知道，很多事越急切就越容易搞砸。不如慢慢来，让时间来冲淡伤痕，不能把刚结痂的伤口反复撕开。”谈笑叹息。

“你说得不是没有道理，但等待是最消极的努力。”虞嘉转身快步离开，向公司走去，只有那里是属于她的王国。

刚走进特灵公关，就看到彭越正送周权出来。

“你的想法我已经知道了，我会按你的要求做出一个整体方案来。不过，我还是想再说一下我的建议，就是希望你不要保持这种高高在上的姿态。因为我也是业主，我希望代表我们说话的人是和我们在一起的人，而不是以为高我们一等的人。尤其是整个立体城的业主年龄结构很年轻，他们是不会轻易接受不平等待遇的。”

周权点头：“好，我接受你的建议，明天我来看你的方案。”

送走了周权，彭越和虞嘉一起走进办公室。虞嘉叹气：“昨天你似乎还心有不甘，今天怎么就全情投入到工作中了？”

“我想明白了。”彭越坦然地说，“情若真才最可贵，其他的都是浮云，转瞬即逝。执念着眼前的，却忽视了很多最该看到的，弄得大家都辛苦，何必？”

虞嘉看向窗外陷入沉思，她似乎从来没有这样审视过立体城，也从来没有这样审视过自己。立体城很大，纵横交错，却没有一个阴暗的角落。立体城又很小，浓缩了世间所有都会发生的事。

推开眼前的这扇窗，夕阳倾泻在虞嘉的身上，暖暖的……

周五的晚上，安逸和苏浅依约来到程诺的家里，贝宁正打开行李箱，看来是刚回来。

“你们来得正好，看我带回来什么了？”贝宁宝贝似的捧出一个精美的礼盒。

“是什么？”程诺凑过来问。

“看。”贝宁打开了盒子。

里面是奥巴马一家的玩偶，他们穿着印有竞选口号的T恤——Yes We Can。

“其实，我更喜欢克林顿的竞选口号。”程诺摇头。

“他的是什么？不记得了。”

“Buy one, get one free！”

“你是不是又找抽啊！”贝宁火大。

“我说句实话也不行。”程诺立即逃进厨房。

贝宁追了进去：“那你给他们两个设计的口号是什么？如果还是那么欠抽，你就死定了。”

“这个，是秘密，一会儿吃饭的时候再说。”程诺故意卖关子。

贝宁靠在料理台前，望着程诺，眼神中的情绪很是复杂。

程诺笑着走过来，吻了一下她的唇：“干吗？才几天不见而已，有这么想念吗？”

“我是在想，你最近有点儿诡异，总把安逸和苏浅送做对，这行不行啊？”

“走吧，菜都做好了，别想得太多，没必要，他们的事让他们自己解决去。”

在餐桌前落座，程诺举起酒杯：“来，先干一杯，为了相聚。”

喝下这杯酒，程诺说：“也许是生活让我们感到疲惫和迷失，我们需要一些信仰来让自己充实，这个信仰就是追求幸福，我觉得以这个作为你们的竞选口号会很好。”

“幸福这个口号太虚了，每个人的幸福点不一样。”贝宁反对，“有人认为天天有肉吃就很幸福了，有人认为得到所有人的尊重才幸福，有的人则是觉得中了五百万就幸福了，可是天差地别的。”

“我知道，但追求幸福的想法是一样的。”程诺解释，“我在第一次提案时就说过，我们隐藏了太多自己的想法，活得很虚假，所以很疲惫。幸福的感觉应该是卸下这些包袱的感觉，把真实的想法抒发出来。”

“真心话大调查？”贝宁有些明白了，“让业主们先说出想得到的东西，然后尽我们所能去做，让他们满意了，就当选了。”

“有一点儿着边。”程诺点头，“毕竟，咱们立体城的业主委员会不是专门去找管委会纰漏的，也不仅仅是维个权什么的。其实大家的政治参与度还很低，但是如果和他们的生活息息相关，业主们自然会积极参与。”

“是的，从江琳和谷丰的事情上，我就觉得应该有创业基金来帮助这些想自己创业的人。”

“行啊，安逸，你还这么有政治头脑，这不就是美国总统竞选时主打的提升就业率吗？你这点业绩要是起来了，一定对你竞选有好处。”贝宁笑起来，“不过，这种事光想是不够的，得真的有这个基金才好。”

“这个点子我和莎瑞纳讨论过，可以做一档栏目，就是让人们来参与，PK创业点子，赢得创业基金，她很支持呢。她说，现在的年轻人敢于表现，只是缺一个机会而已。大赛公告是昨天发出的，今天就有不少居民响应，而且也有不少企业要赞助呢，听说葡萄园的业主最积极，要冠名这档栏目。”

“你还是安逸吗？”

“当然是。”

“嗯，这副皮囊是，但德行不是了。”

“有吗？人总是会经历一些，然后成长。”安逸深吸了口气，“作为竞选的举措，我准备采纳岳翎的建议，创建立体城的骨灰钻石基金。生老病死，我们无法逃脱，而死亡带给人们的除了悲伤之外，还应该有份力量和怀念。”

“这个太对了，这次去芝加哥的航班上，有一个女人是去美国办理丈夫后事的，除了悲伤之外，她还有一份骄傲和担忧。骄傲的是丈夫得到了梦寐以求的数学奖；担忧的是，承载她哀思的墓地贵得惊人。我当时还在想，立体城的立体墓园不错，但是与这个骨灰钻石比起来，差得太远了。”

“是差得很远啊，我死了一定给你留几个大钻石。”程诺点头。

“那我就主打医疗改革和全民健身喽。”苏浅笑着看程诺被贝宁敲打。

“没错，没错，就是这样。要有自己的政见，做些实事，让业主们感到真实存在的幸福感。”程诺逃开了，拿酒回来后说，“听说虞嘉也参选了，你什么感觉？”

“还不知道，明天是我们参选的人发表竞选演说的日子，听听她的政见吧！对了，你把我的3D形象设计得好些哦。”

“最近你生动多了。”

“也许。”

“今天几号了？得抓紧制作参选宣传资料了。”

“8号。”

“哟，说起来，今天是我和安逸碰面两个月的纪念日哦。”程诺跳了起来，“这得好好庆祝一下。当时我们哪里会想到，两个失意落魄的人能这么快就振作起来。是吧？”

“嗯。”安逸笑得腼腆。才两个月而已吗？她感觉过了很久似的，似乎煎熬永远都无法结束了，然后突然一切就变得美好起来。也许这就是曾嘉兰所说的迈过了心理的那道坎吧！

安逸突然想起程诺对她说的第一句话，笑了起来。

“笑什么？”

“当时我说去立体城，可是你说只想回到昨天。”

“有吗？不可能，我可是坚信明天会更好的人，怎么会说那些呢？”程诺连忙辩解。

“那明早去观景台看日出吧。”贝宁提议。

“你起得来吗？”

“我可以不睡。”贝宁白了程诺一眼，“要想明天会更好，一定要从看日出开始新的一天。”

“那就这么定了。”程诺点头，“干杯吧，明天会更好。”

“干杯！”

“这是什么啊？”程诺忙不迭地从嘴里吐出一个东西，亮灿灿的钻戒一枚，“不是吧？”

“哟，这不是你和彭越的结婚戒指吗？这东西还不扔了，干什么呢？”贝宁笑得诡异。

安逸笑了，关于钻戒曾经发生的故事她早已知晓，新的故事即将开始。

程诺捏着钻戒，看了半天，指着贝宁的杯子：“你怎么不喝完？”

“干吗？”

程诺忍无可忍地将杯子里的酒倒在自己的杯子里，杯底一枚花型的钻戒熠熠生辉。

“这年月，钻戒不值钱了吗？四处都是？”苏浅不禁笑了。

贝宁看着设计巧妙的钻戒，内心激动：“很漂亮。”

安逸凑过去：“真的很漂亮。”

“那当然！”程诺将杯子扣在贝宁的手中，“一朵花的花期很短，但在每个人的心中，可以饱满而壮烈地盛开很久，因为有爱，所以永远不会枯萎。”

贝宁连连点头，又拉起安逸的手：“爱情不是朝夕相处就能携手相伴，而是在伤痕累累后依旧勇敢地相握共度一生。你！加油！”

安逸温婉地笑了笑，不置可否。突然手机震动了几下，打开滑盖，是莎瑞纳发来的短信：“创业大赛冠名已定，是谈笑。”

手抖了一下，手机掉在了地上，贝宁连忙弯腰拾起，短信的内容也看到了，眉头立即纠结：“他什么意思啊？还不死心？”

安逸摇头：“我不知道，也许他只是想这么做而已。”

“不对啊，谈笑不是咱们立体城的业主，企业也没在立体城中，是不能冠名的。”程诺觉得奇怪。

贝宁坐不住了，立即打开网页，在论坛上看到企业公示，葡萄园的经营主一栏赫然是谈笑的名字。

程诺和贝宁都看向苏浅，他只是浅笑着看向了窗外。在这个美丽、时尚、现代的城中，虽然一样会有看似平常的生活，但一样会在历练中遭遇种种困惑。执著、逃避、成功、失败，是每个人都要面对的问题。在这个过程中，自己逐渐懂得了什么是责任，什么是理想，什么是友情，什么是真爱，什么又是必须面对的。他不会再事不关己般置身事外，亦不会轻言放弃……

在这座小小的立体城中，得到凝聚和升华的不仅是亲情、友情和爱情，更多的是自我的苏醒——自己是谁，可以成为谁的谁，在人生的何处……

图书在版编目（CIP）数据

同城热恋/宋丽晅著. —长沙：湖南文艺出版社，2011. 3

ISBN 978-7-5404-4826-4

Ⅰ. ①同… Ⅱ. ①宋… Ⅲ. ①长篇小说-中国-当代 Ⅳ. ①I247.5

中国版本图书馆CIP数据核字（2011）第026509号

上架建议：都市长篇小说

同城热恋

作　　者：宋丽晅
出 版 人：刘清华
责任编辑：朱　莹
选题策划：北京万通立体之城投资有限公司
特约编辑：一　草　马冬冬　罗　岚
营销支持：欢　莹
版式设计：张丽娜
封面设计：天行健设计
出版发行：湖南文艺出版社
（长沙市雨花区东二环一段 508 号　邮编：410014）
网　　址：www.hnwy.net
印　　刷：北京鹏润伟业印装有限公司
经　　销：新华书店
开　　本：787 × 1092　1/16
字　　数：200 千字
印　　张：18
版　　次：2011年 3 月第 1 版
印　　次：2011年 3 月第 1 次印刷
书　　号：ISBN 978-7-5404-4826-4
定　　价：24.80 元
（若有质量问题，请直接与本社出版科联系调换）